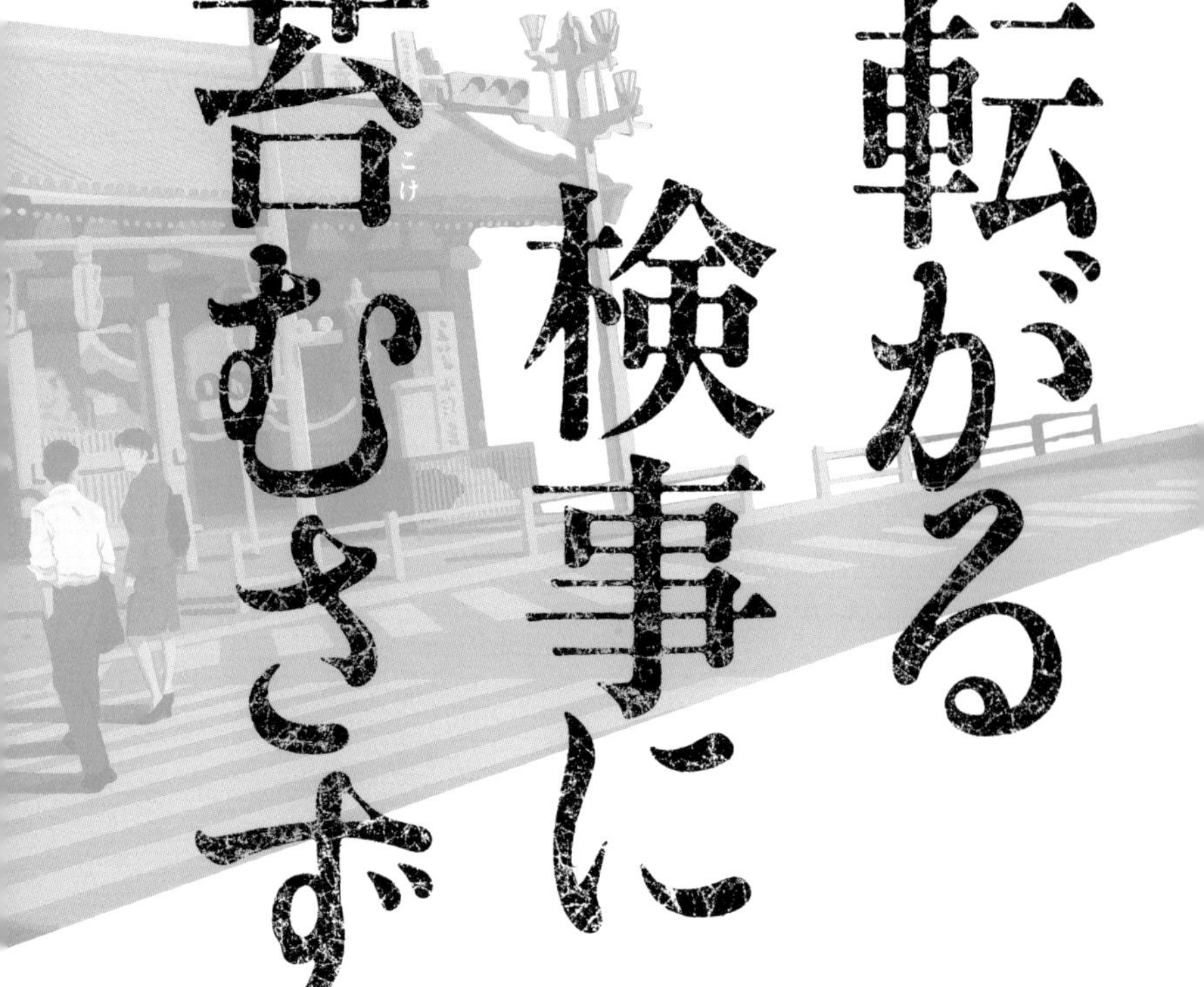

転がる検事に苔《こけ》むさず

直島翔
NAOSHIMA SHO

小学館

転がる検事に苔むさず

目次

◉登場人物

久我周平　東京地検浅草分室勤務。
倉沢ひとみ　東京地検浅草分室勤務。久我が指導官を務める。
有村誠司　墨田署交番巡査。刑事志望。

河村友之　自動車ディーラー営業職。鉄道の高架下にて遺体で発見。
河村和也　理容師。友之の兄。
武藤結花　友之の友人。ボクシングジム練習生。
渡瀬省造　ボクシングジム経営。
渡瀬勝美　中古車ディーラー、ワタセカーゴ社長。省造の弟。
松井祐二　元プロボクサー。

小橋克也　東京地検刑事部、主任級検事。
田中博　東京地検特捜部財政班。公認会計士の資格を持つ。
常磐春子　ヤメ検弁護士。東京地検特捜部初の女性検事だった。
里原忠夫　東京高検検事長。次期検事総長の呼び声高い。
吉野謙三　仙台高検検事長。里原のライバル。
福地浩介　東京地検特捜部長。吉野派の筆頭。

装画　太田侑子
装幀　國枝達也

プロローグ

風がやみ、雷門《かみなりもん》の大提灯はぐらつくのをやめていた。

地下鉄の階段を早足で駆け上がってきた久我周平《くがしゅうへい》は門の陰に回ると、快晴の夏の大気を吸い込んだ。

浅草寺《せんそうじ》へと続く参道は朝の九時というのに紫外線が容赦なく照りつけていた。観光客のにぎわいがないと、石畳がこんなに白かったのかと思うほど白い。

参道を線香の煙の匂いがする境内の手前まで進み、右に曲がって五分ほど歩いたところに、久我が検察官として勤務する庁舎がある。

東京区検察庁　浅草分室
古ぼけたコンクリート造りの建物にこんな看板がかかっている。

つい先日、久我が昼食に出るため玄関を通ったところ、バイクでスピード違反をして罰金を納めに来た学生風の若者にこう聞かれた。

「あのう、ここは台東《たいとう》区の検察庁ですか?」

その問いに、むっとする気持ちを抑えて説明した。

「いやいや、区検というのはね、区役所とは何の関係もないんだ。一応、国の役所で東京地検の下にある機関と言えばわかるかな」

若者は口をぽかんと開けていた。頷《うなず》いてはいたものの、理解したかどうかは怪しいものだった。

警察に比べれば、検察というものはかなりなじみが薄い。裁判所との関係でいえば、最高裁判所には最高検察庁、高等裁判所に高等検察庁、地方裁判所に地方検察庁が対応すると上から順に説明し、さらに簡易裁判所には区検察庁が対応すると言えばよかったのだろうか。その場合の「区」は千代田区、港区のような行政上の区分ではない。検察・裁判所独自の管轄の地域分けで、「東京区」と言えば東京二十三区全体のことを示すため一般の人にはややこしい。

いや……たぶんそこまで説明したとしてもわかってもらえなかったろうと、久我は盛りソバをすすりながら思い直したのだった。

区検分室には玄関を入ってすぐのところに罰金納付窓口があり、交通違反などで切符を切られた人が訪れる。出納係のそばで本庁の交通部から来ている副検事が事務を執っているが、仕事は重ならない。久我はあくまで刑事部に所属する検事として分室に席を持っており、日頃は簡裁へ罰金刑を求めるといった軽めの事件ばかりを扱っている。

「おはよう」久我は拘置所から輪番で来ている若い衛視に一礼すると、「アイツ、来てる？」と聞いた。

衛視は「倉沢《くらさわ》検事なら、もう二十分も前に出勤してますよ」と答えた。

ずけずけと意見表明することにかけては人後に落ちない後輩が遅刻を怒っているにちがいない。階段をあくせく上って検察官室のドアに指をかけたところで、首の長い扇風機を抱えた倉沢ひとみに出くわした。

「遅いじゃないですか」案の定、彼女は目をつり上げてにらんでくる。

「すまん、すまん、電車が混んでたもんで」

ん？　倉沢は首をかしげた。彼女の頭の回転はいつもながら速い。おかしな言い訳に気づいて、いかにも自己主張が強そうな黒目をくりくりと動かした。

「ねえ、久我さん、電車が混んで遅れる人はいません。漫才のボケみたいなことを言ってはぐらかさないでください。私は笑って許したりなんかしませんよ。家から扇風機を抱えて電車に乗って、しかもだらだら汗をかきながらここまで歩いてきたんですから」

「ご苦労、では取調室のレイアウトをやろう」と、久我はバツが悪そうに頭をかく。

取調室にはエアコンはあるものの、鉄格子のついた小窓が一つしかなく換気が悪い。机をはさんで向かい合う被疑者との間に二メートルの距離を空けたとしても互いの吐き出す息が室内に充満するだろう。感染症のリスクはまだ完全には封じられていない。倉沢は地方の地検で取り調べ中に被疑者から感染した検事がいると聞くや、行動に出たのだ。扇風機で滞留する空気を窓に向かって逃がすのだという。

「よし、この辺かな」彼女は机の真横に扇風機を置くと首を最上部まで伸ばし、スイッチを入れた。ブーンと音がして風が吹き抜けた。彼女は眉根を寄せ、いささか心配げな面持ちでスカイツリーの塔がのぞく窓を見やった。

「ちゃんと換気されてますかねえ」

「と思って、こんな実験道具を買ってきたんだ」久我は背広のポケットから包装紙にくるまれたものを取り出した。

「何ですか」

「風鈴だ」

「なるほど」

「参道の土産物屋で見つけた。海外からの観光客が制限されて売り上げが戻らないらしくて、店のおばちゃんに感謝されたよ」

風鈴は、雷門の赤い大提灯を模したものだった。

「かわいい」倉沢は機嫌を直したのか、頬を緩めた。久我の手からそれを受け取り、窓の鉄格子の間に吊すと、和紙の風受けがそよいだ。チリン……取調室にはそぐわない風雅な音がした。

第一章　川辺の検事

1

区検の検察官室には机が三つ。久我と倉沢、そして空席になっているのは定年で辞めた田崎《たさき》事務官のデスクだ。倉沢がつっけんどんに聞いた。「田崎さんの後任はいつ来るんですか」

「知らない」

「本庁をせっついてくださいよ。ぜんぶ私が代わりをやらなきゃいけないんだから。本庁の同期連中がうらやましいですよ。事務官の方も多くいるでしょうし」

倉沢は任官しておよそ一年半になる。法務省の人事・研修カリキュラムでは二年目までは独立した仕事をさせず、指導官の指示を仰ぐ決まりになっている。彼女の場合、この下町に置かれた区検分室が初任地で、久我が指導官を務めている。同期十人のうち分室勤務になったのは一人だけで、倉沢にはそれが不満でたまらないのだ。

検察官の仕事の見せ場は被疑者の処分だ。警察から送られてくる事件について、地裁に正式な裁判を請求する〈起訴〉、簡裁への〈略式起訴〉、〈不起訴〉の三つから一つを選ぶ。だが倉沢の場合、「区検分室」という出先機関に配属されてしまったために正式起訴レベルの事件はとんと送られてこず、軽微な事件ばかりを扱う日々を過ごしている。

ちなみに浅草分室は東京北東部の担当で、霞《かすみ》が関《せき》の地検本庁内の区検が中央部、品川に置かれた分室が南西部を受け持っている。

倉沢が口をとがらせて言う。「ここって隅田川分室なんて呼ばれてるんですよ」

「そんな別称があるのか?」

「知らなかったんですか。別称じゃなくて、人を差別するほうの蔑称ですよ。本庁に書類をあげにいくとき、同期の面々と顔を合わすんですが、心なしかバカにされているような気がするんです」

「カバー地域が異なるだけで、みんな主にやっていることは同じ略式事件だろ?」

「そうですけど、疎外感あるんですよね。ちなみに久我さんの振り出しはどこでしたっけ?」

「浜松支部だけど」

「えっ、静岡の? 最初から支部だったんですか」と言ってすぐ、彼女は慌てて口元に手をあてた。さすがに失礼な問いだと気づいたのか、気まずそうに口をつぐんだ。

「まあ、気にするな」と久我は平然と口にしながらも、司法修習生時代の教官に聞かされた人生指南を脳裏に浮かべた。

「きみは検察官志望だね。考え直すなら今だぞ。当たり前に出世できるのは二浪までだ」

久我は司法試験に受かるまでに四浪した。その教官の言ったことが後の検察官人生を決めたかのように、浜松支部を振り出しに中小の支部ばかりを渡り歩いた。それぞれの地域で「本庁」と呼ばれる地検の建物にはいまだ通ったことがない。

「で、倉沢検事兼事務官、きょうの警察からの送致予定は？」とからかったものの、彼女は失礼なことを言ったのをまだ気にしているらしく普段の勢いで突っかかって来ることはしなかった。素直に「確認します」と返事をしてパソコンをのぞき込んだ。「えーと、身柄は一件ですね」

検察官は逮捕されて送検されてくる被疑者を「身柄」と呼ぶ。書類送検の「書類」と区別する意味が大きい。

「一件か、少ないな。どこの署だ？」

「綾瀬《あやせ》署です。男が一人、公然わいせつの現行犯で逮捕されています。綾瀬駅前の商店街で露出したそうです。えーと、再犯でもありますね。千住《せんじゅ》署管内で去年、同じ事件を起こしています。三十六歳の無職で名前は……」

「あっ、思い出した。おれが起訴猶予にしたんだ。泣いて反省してたから。元教師で、不動産賃貸業をやっている地主の息子だろう？」

「ええ、その人です」

久我は天を仰いだ。

公然わいせつ罪は、六月以下の懲役もしくは三十万円以下の罰金と定められている。

「綾瀬署からは午後三時に連れてくると連絡がありました。もちろん今度は再犯だから略式起訴するにしても、満額の三十万ってとこでしょうか」

「ああ、それでかまわん。金持ちの息子だから罰金ではこたえないかもしれないけどな」

この日も予定表に重犯罪はなかった。たとえ同じ綾瀬署で殺人事件が起こり、犯人が早々に捕まったとしても、正式な公判請求事件になるかどうかは警察の方でもわかるので、分室を通り越して本庁に事件が送致されてしまうのだ。かといって、検事の判断で軽微な事件を公判請求レベルに切り替えることが許されないわけではない。

久我は倉沢が抱えている事件について指示しなければならないことを思い出した。

「きみが器物損壊容疑で検事拘留《こうりゅう》をつけた年寄りは三橋五郎《みつはしごろう》って言ったっけ?」

「そうですよ。レストランが夜まで営業していることに腹を立てて、ショーケースを蹴り壊したおじいさんです」

「釈放してくれ」

「はあ? 裁判所に連れて行って十日の拘留を認めてもらったばかりなんですよ」倉沢は抗議の目を向けた。壊したショーケースは三十万円相当、さらに三橋は反省の態度をまったく示しておらず、彼女はそれを根拠に罰金では不十分と判断し、分室ではまれなる公判請求に意欲を示していたのである。

「三橋老人の息子さんが店と示談したそうだ。追出《おいで》さんから早朝、おれの携帯に連絡が来た」

追出孝夫《たかお》――墨田《すみだ》署の刑事課長で、久我と飲み友達であることを倉沢はよく知っている。

「追出課長ったら、私に連絡しにくいものだから、久我さんに言ってきたんですね」

図星だったので、久我はいかにもバツが悪そうに頭をかいた。

倉沢がにらんでくる。「私が跳ねっ返りのきゃんきゃん女だからですか？」

「おい、おれに何を言わせたいんだ」久我は言葉を濁して答えをごまかした。今時、こんな質問にまともに答えたりしたらセクハラに発展しかねない。

「私、釈放なんてしませんよ。示談が成立すれば、正式起訴は無理かもしれませんが、拘留満期いっぱい絞り上げてやることがあの老人には必要です」

「そんなに態度が悪いのか」

「ええ、私は頭にきています。自分は赤提灯をはしごしておいて、感染が広がるのは若いやつにステーキを食わす店が営業を止《や》めないせいだなんて言うんですよ」

「確かに、たちが悪い」

「でしょ？　あなたは何様なのかと問い詰めてやりたい。おじいちゃんだからって、大目に見るつもりはありません」

久我はもっともだと思ったが、示談の成立は軽んじられない。「きみの気持ちはわかる。しかし息子さんが誠意をもって賠償と謝罪をすれば、本人の反省に関係なく罪の重さが減じられる。検事が罰金相当と認識しながら、拘留を継続するわけにはいかない」

倉沢は「あーあ、結局、いつもと一緒か……」としぶしぶと頷いた。

2

娘の菜穂《なほ》は最近、声が妻の多香子《たかこ》にめっきり似てきた。インターホン越しでは区別のつかないことがよくある。

「帰ったぞ」

「はい、今開けるから」ドアの向こうから解錠の音が聞こえ、多香子が顔を出した。「あら、菜穂じゃなくて、ちょっと残念だった？」

「ちょっとどころじゃない」

「このやろう、ご飯抜きにするぞ」と連れ添って二十年近くになる妻はひとにらみしてほほ笑んだ。久我は妻と高校生の娘と三人で、門前仲町《もんぜんなかちょう》の法務省官舎に住んでいる。

娘が出迎えなかったことにがっかりするそぶりを見せつつ、内心ではいささかホッとするところがあった。この一、二年、態度がつれないのだ。返事がきわめて短い。うざっ、きもっ、やばっ、別に……。最近は「草《くさ》っ」がカンに障《さわ》る。ネットの絵文字から派生した「笑える」という意の言葉なのだそうだが、バカにされたような心持ちになる。肩車されてきゃあきゃあ言っていた幼い頃を思い出せば、さみしいものである。

「あの子、きょうから夏期講習なの。十時を過ぎないと帰らないわ」

「そんなに遅いのか」

「予備校のカリキュラムをワンランク高いコースに変えたのよ。急に東大行くって言い出したから」

「うちの子とは思えないな」

「ほんとね。東京に転勤なんて聞いたときは転校先がどうなるかと思ったけど、いい都立に入れたし。ほんとに隣のお父さんの後輩になるかもよ」

隣には裁判官が住み、菜穂と高校はちがうのだが、同じ年の受験生の息子がいる。

菜穂は司法試験の浪人時代にできた子供である。久我は都内の私大を出たあと、ドラッグストアでアルバイトをしていた。多香子は化粧品会社の子会社で営業をしており、店に出入りするうち恋に落ちた。妊娠がわかったとき、定職を持たない身ゆえ彼女の両親から怒りと心配の目を向けられたが、生まれてくるかわいい赤ちゃんを人質に結婚を許してもらった。

「菜穂ね、隣の光司《こうじ》くんから刺激を受けたみたい。彼も予備校の同じコースなんだって。のんき者の菜穂をやる気にさせてくれたうえに、帰り道はボディガードまでしてくれるらしいわ」

「ボディガード？　そんなにたくましい男の子だったかなあ」

「きっと菜穂に気があるのよ」

「くそっ、菜穂に変なマネしやがったら、逮捕してやる」と毒づきながら、久我は冷蔵庫からビール缶を取り出した。プシュッと栓を開けたとき、テーブルに載る白身の刺し身に気づいた。

「これ、もしかして真鯛か？」

「そうよ。カツオと変わらない値段だったの。料理屋さんにお客が戻りきらないみたいで、たまに高級な魚がびっくりするくらい安い日があるのよ」

久我は生まれ育った瀬戸内の町の景色を脳裏に浮かべた。いわゆる漁師町で、大学に行くため母に見送られて列車に乗るとき、駅の海産物売り場から干物の匂いがホームまで漂っていたのを思い出す。

「話があるの」多香子がふいに目の前に腰をおろした。

「何だよ、妙に改まって」

「いろいろよ、ちょうど菜穂がいないから」

「スマホをファイブGO《ゴー》に替えたいというのを却下したことか」

「ファイブGでしょ。Oがよけい」

「じゃあ、何?」

「東大は東大でも、法学部に行って法曹界をめざすんだって」

久我はプッとビールを噴き出しそうになった。唇を拭《ぬぐ》いながら言った。「文学部じゃなかったのか……バカ言うな、文化祭を体育祭と間違えて、体操服で登校するようなやつなんだぞ」

「反対?」

「当たり前だろう」

「どうして?」

「どうしてって、法廷に体操服で現れたら困るだろう」と、歯切れ悪く言った。

「あの子、怒ってるよ。いつまでも子供扱いするって。だから、父親とちゃんと口をきかなくなったのよ。それに、まだある。周平さんの実家のことよ。あの子、おかしいと思ってるみたい。そろそろ、話してあげたほうがいいんじゃないかしら」

「ああ、親父《おやじ》のことか？」

「ええ」妻は静かに頷いた。

久我はシンクの蛇口に目をやった。父、芳郎《よしろう》は水道工事の職人だった。仕事に使っていた軽ワゴン車には工具箱はもちろん、水漏れの修理に欠かせない古タオルの束、ステンレスの蛇口の部品やパッキンが無造作に積んであった。どんな顔であの出来事を伝えればいいのか、答えを出せないまま娘は十八になった。

そのとき、迷いを引きはがすように携帯が音を立てた。画面に墨田署の追出の名が浮かんでいる。

「久我です」

「もう退庁されたんですかな」

「ええ、家でくつろいでいるところです。何かありましたか？」

「いやね、例のじいさんの釈放指揮書が届かないんですよ。息子さんが引き取りにきているのに監房から出せなくて困ってましてね」

「うわっ、そいつは申し訳ない」

倉沢が届けるのを忘れて帰ったのだ。彼女の自宅は埼玉にある。久我が区検にとんぼ返りして書類を持っていったほうが早い。久我は自分が届けると言って電話を切った。

官舎を出てまもなく雷の音がした。空を仰ぐと、昼間の晴天が嘘のように低い雲がたれこめ都会の街明かりを鈍くはね返している——と気づいた瞬間、にわか雨が降り出した。無数の水滴がアスファルトを叩く音に包まれ、駅へと走った。濡《ぬ》れた背広のまま十五分ほど地下鉄に揺られた。浅草駅から地上に出ると雲が去って雨はやんでいた。隅田川の向こう岸に立つスカイツリーには、あたかも設計者が凝らした意匠のように塔の先端付近に星がいくつかまたたいていた。

久我は検察官室に足を踏み入れるなり釈放指揮書の捜索にかかったが、所定の場所にはなく、なかなか見つからなかった。あまりいいことではないと思いつつ、倉沢の机の引き出しを開けたところ、行方知れずのものが見つかった。やれやれ……

安堵《あんど》したところで、一枚紙のそれを引っ張り出すと、その下に意外な書類が隠れていた。〈国際刑事法学会〉と印字されている。開催日時は今夜だ。検事にはまれに海外の大使館やＩＣＰＯ（国際刑事警察機構）に出向する者がいる。久我は将来に希望と可能性が広がる倉沢をうらやましく思った。

3

墨田署は徒歩で隅田川を渡って約十分の場所にある。久我が着いたとき、署の前庭で若い巡査がパトカーの拭き掃除をしていた。通り雨に打たれて泥をかぶってしまったらしい。その巡査がいくぶんこわばった顔つきで声をかけてきた。

「当署に何かご用ですか」

「刑事課長の追出さんに呼ばれたんだ」

すると巡査は背筋をきりっと伸ばして敬礼した。彼は地域課の有村誠司《ありむらせいじ》と名乗った。

「お待ちしていました。追出課長から急ぎお連れするように言われています」

有村はぞうきんをバケツに放り投げ、かたわらに置いていた制帽をかぶり直すと、きびきびした動作で後部座席のドアを開けた。「さあ、どうぞ」

「えっ、私がこれに乗るのかい？」

「はい」

久我は戸惑いながら座席に体を預けた。感染症がなかなか収束しない時節柄、頭によぎるのは一つのことしかない。三橋老人に発熱か何かの症状が出て、救急病棟に運ばれたか。もしそうなら釈放の遅れが命にかかわりかねない。パトカーが走り出すと、久我は心配顔で聞いた。

「何があったんだ？」

「私は何も知らされていません。一介の巡査ですから。パトロールから戻ると、追出課長からすれ違いざまにお客さんを連れてくるよう言われただけです」

「で、どこに行くのかな？」

「すぐ近くです。東成電鉄と都道の交差する高架下ですが、地域で言えば向島《むこうじま》です」

「そこに病院があるのか」

「いえ、病院はありません。ショッピングモールの建設現場はありますけど」

「ショッピングモール？」

「ご存じありませんか。浅草とスカイツリーの二つの観光地の中間点にショッピングモールを造るんですよ」

有村はしきりに首を捻《ひね》る久我には気づかないようすでアクセルを踏み込んだ。高いビルのない下町の景色のなかを五分ほど走ると、パトカーや救急車が何台か先着し、道路が黄色の反射テープで封鎖されている場所にたどりついた。どこをどう見ても事件現場だ。

追出の姿もあった。ぎょっとして久我を凝視する顔に、何かおかしなことが起こったと書いてある。追出は運転手の巡査が車を降りるや、つかつかと歩み寄り、雷を落とした。

「おい、有村、お前いったい誰を運んできたんだ」

「七方面の検視官殿です」

「ばかもん！　このおっちょこちょいが。この人は検事さんだ」

巡査の目が泳いだ。

「すっ、すみません。すぐに署に引き返します」

「もういい。検視官が来れば当直の誰かが送ってくるだろう」

久我は苦笑いしながらも、取りなすように言った。「追出さん、私が名乗らなかったのもいけなかった。有村くんだったね。私は区検の久我です」

「くっ……くけんですか」

この若者も警察官にして区検を知らないようだった。久我は区役所と間違えないでくれよと付け足した。

「いやいや久我さん、こちらこそ失礼した。あの電話のあと、急に通報が入って署を飛び出したんですわ」

「例のおじいさんはまだ檻《おり》の中ですか？」

追出はちらっと腕時計を見た。「消灯して眠っている頃です。息子さんには事情を話して帰ってもらいました」

「ここでは何なので書類は帰りがけに当直に預けておきます」

「そうしていただけるとありがたい。なにせ道路を封鎖しちまったもんで、早いとこやることやって引き揚げないと、市民から署に苦情が来るもんですから」

そのときギッと金属を削るような音が辺りに響いた。分離帯のない都道の中央付近で、レッカー車がボンネットのへこんだ事故車両の牽引《けんいん》を始めたところだった。いかにもスピード狂が好みそうな赤いスポーツタイプの乗用車で、前部ガラスに蜘蛛《くも》の巣のようなヒビが入っている。

久我は聞いた。「いったい、何があったんですか」

「あの車の上に若い男が落ちてきたんです。あそこから」と、追出は道路の真上にかかる東成電鉄の高架を指さした。集合住宅で言うなら四階のベランダぐらいの高さがある。考えられるのは、飛び降り自殺か、誤って落ちたか、何者かに投げ落とされたか。転落した人間は死亡し、救急隊が着いたときはすでに息がなかったという。

「赤い車の兄ちゃんのほうは命に別条はありません。急ブレーキを踏んで車が一回転したようですが、シートベルトのおかげで首が痛いと言っている程度です」

「かなりスピードを出してたんですね。落ちてきた人間があそこまで飛ぶとは」久我は高架の真下から十メートルほど離れた遊歩道をしげしげと見つめた。鑑識捜査員がうろつき、街路樹の間に張った灰色のシートの隙間から動かない男の足がのぞいている。

「どこから高架に登ったのでしょうか」

「恐らくあの建築現場でしょう」追出は商業施設の工事現場を示した。レンガ風の壁に窓がいくつも並んでいる。いわば屋根の上を電車が走るビルで、八割方完工に近づいている。よく見ると、側面にジグザグの階段が設置してある。折りたたみ式であることは素人目にもわかった。工事のため臨時に設置されたものにちがいない。

有村がおろおろした。

「おい、お前、おれに何か言うことはないか」

「申し訳ありません」彼は低く頭をたれた。

「なにね、こいつに命じていたことがあったんです。現場監督に言って階段を畳ませておけって。町内会から夜ごとホームレスの男らが何人も不法侵入していると通報があって、出て行かせたばかりなんですよ。夜に当直以外の者から人をかき集めて、いやあ、あのときは大変でした」

「そんな騒ぎがあったんですか」

「こいつが現場監督を知ってるなんて言うもんだから、指示したんですが、階段を放置したばかりに別件が発生しちまったということですわ」

有村はうつむいて肩をすぼめた。

そのとき不意に「課長！」と追出を呼ぶ声がした。無線機を肩から提げた警官が一人、渋い顔つきで近づいてくる。「無線連絡が入りました。検視官の到着があと一時間ほどかかるそうです」

「なに？　遅れるってことか」

「はい、そのようで」

「理由は？」

「知りません」

「まったく、強行の連中ときたら」

検視官は殺人や強盗を扱う捜査一課強行班の出身者が多い。追出は墨田署に赴任するまで三課の盗班に長く勤務しており、同じ刑事でも育った畑がちがうのだ。久我と飲んでいるときも、よく花形の強行班に対してひがんでいるかのような物言いをする。

追出は遺体の置かれた遊歩道の方角に目配せし、ささやくように言った。

「久我さん、ちょっと見ていきますか？」

そう来ると思っていた。


「有村、この久我さんという人はおれの死体の先生なんだよ」

「死体の先生？」巡査はきょとんとした。

「誤解されるような言い方はやめてください」久我は苦笑いするほかなかった。

「この前、地鶏《じどり》の刺身を食いながら肝臓の話を教わったんだ。生のレバーをこう、箸で引き裂きながらな」

死亡推定時刻を割り出すとき、最も頼りになるのは肝臓の温度から得られる情報だ。十分な血液がとどまるうえ、外気の影響を受けにくい臓器であるためだ。

追出がシートをそろりとめくると、うつぶせの若い男が現れた。車の壊れ具合から想像したより、ずっときれいな遺体だった。出血はほとんど見られない。夏の薄手の背広を着て、枕をつかむような姿勢で横たわっていた。

久我は追出からラテックスの手袋を借りて両手にはめると、彼の寝姿の横にしゃがみ込んだ。泥が首筋にはねているものの、頸椎《けいつい》に外傷は見当たらない。背骨のラインにも不自然なゆがみがないのは上着を脱がさなくともわかった。

「首も背広も無事ということは頭ですね」と、久我は黒い豊かな髪が街灯の光をつややかに受ける部分を指さした。「側頭部から後頭部にかけて緩やかな陥没がある。死因は外傷性の硬膜下出血だと思います。陥没域は直径七センチほどでしょうか。わりと広い。頭にぶつかった物が、バットやハンマーのように硬くて接触域が狭いものだと、こうはならない」

「ならば、フロントガラスで決まりだな」

「いや、それが……」

「えっ、ちがうのかい？」

久我は悩ましげに頷いた。「事故車のフロントガラスはヒビが入っているだけで、割れていないでしょう」

「ああ、確かにそうだ」追出は運ばれようとしている赤い車をまじまじと見つめた。

「人間の頭の骨は全身の骨のどこよりも硬い。素手のけんかで思い切り殴ると、指の骨が砕けるほどです。猛スピードで走る車のフロントガラスに頭がぶつかったとすれば、粉々に砕けてないとおかしい」

しばらく黙っていた有村が、ここで口を開いた。

「検事さんは検視もやるんですか」

久我は巡査の素朴な質問に笑みを向けた。「検事は殺人、傷害致死、交通死事件と毎日のように証拠を見ているうちに、死因に自《おの》ずと詳しくなるんだ」

「でも久我さんは書類や写真ではなく、遺体の検分に慣れているようにお見受けしました」

「おっ、有村、いいところに気づいたな。久我さんは司法解剖の立ち会いも、検視官任せにしない検事さんなんだよ」

「まあ、その話は……」と打ち切ろうとしたが、追出が許さなかった。北九州市の小倉《こくら》支部時代に久我が主任検事を務めた暴力団事件の話を始めた。

「北九州では暴排運動をしていた市民に犠牲者が出た。この人は傷害致死で警察が送ろうとした事件を、死因を徹底的に解明して殺人に仕上げたんだ。起訴された組長は痛恨だ」

久我は悪い気はしなかったものの、余談はそのぐらいにしましょうと言って制し、遺体に向き直った。「この男の身元は?」

追出は手帳を取り出し、免許証や名刺から写したメモを読んだ。

「河村友之《かわむらともゆき》、二十七歳、自動車ディーラーの営業職ですね」

久我には遺体となった男の服装が若さや職業に不釣り合いに思えた。「いいスーツを着ていますね。それに時計も」

「ですね、こりゃあ服地も時計も高級品だ。盗品を山ほど見てきた私が言うんだから、間違いありません」追出は三課で培《つちか》った眼力に関心を向けてほしそうにした。

だが久我は取り合わなかった。遺体の検分にふたたび没頭していたからだ。「きれいな手だ。防御創がない」

「何者かと争った跡はないということですな」追出はホッとした表情を浮かべた。盗犯一筋のデカは不慣れな殺人事件は起こってほしくないと思っているのだ。

そのようすを久我はちらりとうかがい、「安心するのはまだ早いですよ」とささやいた。「右の靴を見てください。つま先に泥が付いている。擦ったような傷もある」

「ほんとだ」

「有村くん、ちょっと追出さんを後ろから羽交《はが》い締《じ》めしてくれないか」

「僕が課長を、ですか」

「きみのほうが、身長が高い」

「そうか、おれに死体の役をやれってことですな」追出はやや不服そうな顔をしたが、有村がためらいながらも後ろに回ると、素直に両手をあげた。

「羽交い締めしたら、少し体を持ち上げて横に歩いてくれないか」

有村が指示通りにすると、地面の土の上を追出の靴の先端が滑った。地面がアスファルトやコンクリートであれば、そこに傷が付いてもおかしくない。

「つまり靴の傷は、何者かが高架の上に遺体を引きずって運んだ証拠なんですね」

「いや、あくまで可能性だ。靴の傷はブロック塀を蹴飛ばしてもできる」久我は興奮気味の有村をたしなめるように言った。

追出は渋い表情を浮かべていた。殺人など本格的な事件と断定できない以上、捜査一課を呼ぶわけにもいかず、所轄の刑事課長には中途半端な証拠が一番困るのだ。

4

翌日、久我は倉沢に昼食に誘われた。珍しいことだった。

街中の焼き肉店に入った。彼女は冷麺《れいめん》のスイカがインスタグラムで見たものより、ずっと小さかったことが大いに不満であるらしい。種を箸でほじくりながら言った。

「私が見たインスタではスイカが冷麺を半分隠すほどだったんですよ。これじゃあ、シロクマに載っているやつと変わらないわ」

「シロクマってなんだ?」

「かき氷ですよ。スイカのほかに、イチゴとかメロンとかミカンとか、果物をかき氷の上にちりばめた練乳がけです。鹿児島が発祥らしいですよ」

「ああ、そういえばコンビニにも売ってるな」と、菜穂がたまに食べているのを思い出した。

彼女は冷麺がなくなったあたりで、ようやく用向きを切り出した。

「久我さん、きのうはすみませんでした。区検にとんぼ返りしてくださったそうで」

「まあ、それはいい。書類はすぐに見つかったから」

「朝から何も言われないので、ずっと気になっていました。それでランチに誘ったんです。この通り、すみません」と、ぺこりと頭を下げた。

「それと……」倉沢はバッグの中に入れた手をもぞもぞさせながら、一つの包みを取り出した。

雷門の提灯を模した風鈴だ。「私もお土産物屋さんで買ったんです。教えてくださって、ありがとうございました」

「おれに何で礼を言うんだ?」

「おばあちゃんへの格好のプレゼントが見つかって、うれしいんです」

彼女は風鈴を久我の目の前で揺すった。

チリン、チリン、チリン……浅い眠りに落ちてしまいそうな澄んだ音がした。

「おい、おれに催眠術をかけるつもりか」

「ハハハ、ちがいますよ。音の響きを確かめたんです。うん、これならおばあちゃんでも気がつきそう」

「プレゼントって言ったな」

「ええ、祖母は団地で独り暮らしをしています。冷房が苦手で猛暑の日でもうっかりエアコンを切ったままにしていることがあって、熱中症で倒れないか心配なんですよ。だけど、これをエアコンの近くにつるしておけば、風が吹いてないことに気づくでしょ？」

「おばあちゃんが好きなんだな」

「私が十代の頃、両親の関係がおかしくなって、二年ぐらい祖母の家で暮らしていたんですよ。だから、おばあちゃんは好き以上の存在です」

久我は風鈴の音より、きれいなものがあると思った。

壁時計を見やると、昼休みの時間が終わろうとしていた。管内の警察で午前中に送検事案が発生すると、午後一時過ぎに電話が集中することが多い。

「よし戻るか」

だが倉沢はもじもじとして席を立とうとしなかった。

「どうした？」

「じつは久我さんと、もうちょっと話したいことがあって……」

彼女の顔にはなぜか困惑が張り付いていた。

目もくらむほどの強い照り返しの中、久我は参道にぽつんとたたずみ、倉沢が団子を買い終えるのを待った。「よく食うな」

「おやつに買ったんです。よければ一本どうですか」

「遠慮する。健診でいつも糖質が引っかかるんだ」

浅草寺の香炉が煙をふわふわと立ちのぼらせていた。境内に足を踏み入れたところで、倉沢がようやく話を切り出した。「久我さん、小橋《こはし》さんと過去に何があったんですか」

小橋克也《かつや》。久我の二期下で、数か月前、主任級検事として刑事部に異動してきた男だ。法務官僚も経験したエリートだったが、横浜地検時代にキャリアに傷が付いた。そのときから久我とは浅からぬ因縁があった。

「アイツがどうしたんだ?」久我はぞんざいな呼び方をした。

「私、本庁にSがいるんです」

「しもべのSか」

「スパイのSですよ……ふふっ、あっ、いけない、笑っちゃった。私、久我さんの自然体のボケは、けっこういけてると思うことがあります」

「自然体のボケ? ほめてんのか……まあ、いいや。で、S氏は小橋についてどんな情報をよこしたんだ?」

「久我さんのあら探しを始めたそうです」

「あら探し?」

「久我さんの区検に来て以来の仕事を洗い直せと指示したそうです。で、Sが言うには、私も巻き込まれるんじゃないかって。彼は管理者として、しっかりしたところを上に見せて副部長に昇格したいのだと思います」

「部下のミスで自分を肥やそうというわけか。アイツらしい」

「でもどうして久我さんが選ばれたんです？」

久我は眉間にしわを寄せ、黙ってピーカンの空を見上げた。ややあって、ぽつりと言った。

「調活費の件だろう」

調査活動費。検察官が使う機密費の予算上の名称だ。久我は請求の仕方も知らなかったが、駆けだし時代、過激派の内ゲバ事件を担当した先輩から「証人を匿《かくま》う費用に使った」と聞いたことがある。

「久我さん、使い込んだんですか？」

「ばかいえ……じつはおれが横須賀支部にいたとき、横浜地検に法務省の調査が入ったことがあったんだ」

「そっか、小橋さんは横浜にいたんですね。で、調査を受けたのは誰なんですか？」

「それは……」久我が言葉を濁していると、倉沢が肘《ひじ》で小突《こづ》いてきた。

「教えてくださいよ。私も巻き込まれそうなんだから」

久我はしばらく渋い顔で黙ったあと、「しかたないか」とつぶやいた。「検事正だ。いまは仙台で高検の検事長をしている」

倉沢は驚いて足を止めた。「吉野《よしの》謙三《けんぞう》さんですか」

「ああ、特捜のヨシケンといったら、きみがさっき寄った団子屋のご主人も知っているかもしれない」

「でしょうね。特捜検察の看板みたいな人だもの」

吉野は特捜部の副部長、部長、東京の次席検事と階段を駆け上がる間に政治家や財界人を捕まえ、そのたびにマスコミにもてはやされてきた。

「それで？　調査の結果はどうなったんですか」

「まあ、結論を急ぐな。この話には大事な前提がある。横浜の後任が、出世のライバルの里原忠《さとはらただ》夫《お》さんだったことだ」

「ひょー、里原さんまで登場するんですか」

今の東京高検の検事長である。法務検察の最高幹部の序列は、検事総長、東京高検検事長、最高検次長検事、法務次官の順とされている。この定説に従えば、里原は現在ナンバー2ということになる。

「里原さんは公安畑だ。組織犯罪に強い。宗教団体が毒ガスを散布した事件で指揮を執り、成果をあげた人だ。警視庁を表舞台に出しつつ、大事なところは里原さんが決断したと言われている」

「そうなんですか、研修で講演を聴いたけど、どこかのんきな話し方をしていて、すごい検察官とは思わなかった」

「能ある鷹《たか》は何とかというからな。外に手柄を吹聴《ふいちょう》したり、マスコミに写真を撮らせたりしない。公安検事は過激派のような組織を敵に回すわけだから、供述をとったのはおれだなんて自慢していたら背中から撃たれかねないだろ？」

「吉野さんとは正反対ですね。目立っちゃいけないんだ」

「そしてその二人は、ヨシケンが一期上なのに今や地位が逆転している」

「知ってます。吉野さんを仙台高検に置いておくのはおかしいじゃないかって、特捜びいきの人たちが言ってますよ。その逆転人事のわけが横浜の調活費なんですね。飲食やタクシー代でしょうか？」

久我は首を横に振った。「おれはどんな使途が問題になったか、知らないんだ。法務省が不正を認定したかどうかも」

「里原さんが検事正を継いだとき、問題を指摘したんですね」

「その通りだ」久我は彼女をカンのいい検事だと認めながら境内に木陰を探し、縁石の一つに腰掛けた。倉沢も並んで座った。木々の枝葉の隙間からセミの鳴き声が注いだ。

「でもそのことに、小橋主任と久我さんがどう関係するんです？」

「そのころ小橋は汚職事件を独自に内偵していた。だが調活費の問題が発覚したあと、里原さんは小橋を外して担当をおれに替えた。小橋にすれば、県の南の端で冷や飯を食っていた支部検事に事件をとられたわけだから、屈辱だったんじゃないか」

倉沢は想像をたくましくした。「小橋さんもかかわっていたのかしら。検事正と一緒に高級クラブで豪遊したとか」

「詳しくは知らないんだ」久我は困り顔を浮かべた。ほんとうは複数の人間が絡む込み入った事情を知っていたが、小橋にかかわる部分だけ明かすことにした。「あの男は行くはずの特捜部に行けなかった。札幌に異動になり、東京に戻っても最初は本人の望まない公判部だった」

「だから刑事部で何としても目立って、再起しようとしてるわけですね」

「そうかもしれないな」

東京地検は独自に汚職などを摘発する特捜部のほか、刑事部、公安部、交通部、公判部などに分かれて検事が業務を行う大所帯だ。小橋の刑事部主任という役は警察から送致される事件全体に目を光らせる立場でもあり、実質的な権限は小さなものではない。

倉沢はそこで、疑問を顔に浮かべて首を捻った。「でも、意趣返しなら吉野さんや里原さんにするべきなのに、どうして久我さんを貶《おとし》めようとするんですか。お門《かど》ちがいじゃありません？」

久我はぼそっとつぶやいた。「おれの立場が弱いからだろう」

「つまり、偉い人間には怖くて仕返しできないけど、立場の弱い人間なら平気で矛先を向ける。最低……」倉沢は怒ったようにすっくと立ち上がり、小石を蹴飛ばした。

5

区検に戻ると、前庭で誰かを待つように周囲に視線を走らせる若い男がいた。久我はその人物が墨田署の巡査、有村誠司とわかるまで数秒を要した。一目でわからなかったのは制服を着ていなかったからだ。

背広に身を包んでいたため印象が変わって見えた。ネクタイはしていない。開襟シャツが首もとを広く露出させ、スーツは薄い抹茶色で若い女性にはセンスを疑われるだろう。短く刈り込んだ髪と相まって、任侠《にんきょう》映画に登場するチンピラに見えないこともない。

「誰かいますよ」倉沢の顔に警戒の色がありありと浮かんだ。「最近、これ関係の送致はなかったと思うけど」と、人さし指で頬に傷を描くしぐさをした。

「いや、あの男を聴取する予定はない。被疑者としてはね」

「お知り合いですか」

「ああ、墨田署の巡査だ」

有村は久我に気づくと、お辞儀をした。

「有村くんだったね？」

「ごっ、ご相談がありまして」彼はやけに緊張して声がうわずっていた。

「相談？」

「はっ、はい」

検察官室を出るときは二人だったが、入るときは三人になった。

「その椅子を使ってくれ」と、久我は空いている事務官の席に座るよう促した。有村は腰を落ち着けても、まだ不安そうに室内をきょろきょろと見回している。

倉沢は冷蔵庫の前で笑いをこらえ、肩を揺らしていた。紙パックのアイスコーヒーを取り出すと、「そちらのお二人様、いかがですか」と愛想良く聞いてきた。

久我は倉沢を彼に紹介していないことに思い至った。「有村くん、この人は同僚の倉沢検事だ」

「倉沢ひとみです。よろしく」と、彼女は笑顔を向けた。

有村は慌ただしく起立した。「墨田署の有村です。所属は向島交番であります」

「きょうは非番かしら?」倉沢は巡査の服装を眺め回して聞いた。

「いえ、きょうは私服勤務です。追出課長から、捜査の手伝いを命じられております」

交番巡査が刑事課の応援に駆り出された場合、私服になるのはよくあることだ。

倉沢は、一度はチンピラと勘違いしたくせに、その口から出た言葉は百八十度ちがった。「そうなのね、背広もよく似合って立派な刑事さんに見えますよ」

若い巡査は素直に受け止めたらしく、いかにも照れくさそうにもじもじした。

「有村さん、コーヒーの飲み方は?」

「はっ、クリームなしでお願いします」

「わかった、クリームなしね……あっ、いけない。クリームは切れてるわ。だったら、ミルクなしでいいかしら?」

有村はぽかんとした。聞かれたことにどう答えていいかわからないようすで、おろおろした。

「と、いうと……クリームはなくて、ミルクがえーと……」

「倉沢、からかうのはやめろ」久我は注意した。

「へへ、有村さんに緊張を解いてもらおうと、外国の映画で見たジョークを借用しました。きょとんとした人の顔を見たいときに使ういたずらだそうです。ハハハ、大成功でした」

巡査はまだ理解に及んでいなかった。「ミルクなしといいますと?」

「有村くん、かまわなくていい。彼女に悪気はないんだ。なあ、倉沢、同世代の人間が職場に来てうれしいんだろ?」

「ええ、まあ」彼女はちろっと舌を出した。被疑者を除いては、めったに二十代の客が来ることはない。

結局、有村は笑うことはなかった。要領が悪くて損ばかりしているやつと、追出がこぼしていた通りの若者に思えた。

有村はコーヒーを遠慮がちに飲み干すと、かしこまって席を立って書類を差し出した。「検視報告書です。見立ては久我さんとまったく同じでした。死因推定は頭部の緩い陥没とあります」

久我は手書きの字句に目を走らせた。「司法解剖に回したんだな」

「はい、監察医務院から二、三日で結果があがってくるとのことです」

検視官の報告書は、河村友之という若者が履いていた革靴に、地面で引きずったような痕跡があることにもしっかり触れていた。

倉沢が首を伸ばして、のぞきに来た。「例の自殺か他殺か判然としない事件ですね。高架に指紋はなかったのかしら?　飛び降り自殺ならフェンスに手をかけるでしょう」

「道路に面しているのは金属のフェンスではなかったんです。コンクリートの低い壁なので、指紋はとれませんでした」

「高架へと続く外階段の足跡はどうだ?」

「一つも見つかりませんでした。夕べの通り雨で消えてしまったようです」

「鑑識は何もなしか」

「ええ、それと身内や職場にもまだ接触できていません。私は遺書がないか、捜せと言われています」

久我が聞いた。「きょうの予定は?」

「河村さんの勤務先には午後、アポを入れてあります。それとお兄さんが一人いることがわかって、承諾をもらって故人のアパートに入れてもらおうと思っています」

「遺書が見つかればいいわね……いや、そういう問題ではないか」倉沢は失言に気づいて、グーの握りで自分の頭を軽く小突いた。

「ところで、きみはここに来るまでの間、何をしていたんだ?」

「墨田署防犯協会の会長さんのところに」

「やっぱり、それか」と、久我はつぶやいた。地域の防犯協会は盗班の刑事の有力な情報源となっている。「追出さんから、真っ先に行けと言われたんだろう?」

「はい、朝一番から」

「防犯協会って?」

「会長は質屋さんなんです」

「ああ、なるほど。河村さんって人は高そうな時計を身につけていたんですもんね」

有村は手帳を開いた。「背広と靴は量販品なので質草《しちぐさ》として引き取るなら合わせて三千円も出せないと言っていました」

高級服地ではなかったのだ。「追出さんの眼力もあてにならんな。で、時計は?」

「そこなんです。時計だけは追出課長が言ったように高級品でした」有村はそう前置きし、慎重な口ぶりでメモを読み上げた。「えーと、スイスのですね、ブライトリングというメーカーの人気モデルで五、六十万円の価値があるそうです」

「へー、そんなに高価なの~」倉沢の声が裏返った。「そこは明らかに不審だわね。だってこの人、アパート暮らしなんでしょ?」

久我は検視書類に添付されていた遺体の写真に視線を落とした。あおむけに姿勢を変えて撮られた写真だ。河村友之という若者は、モデルと紹介されても信じてしまうほど美しい顔立ちをしていた。

6

路地を曲がっても曲がっても、午後のぎらつく太陽が追ってくる。有村は日暮里《にっぽり》に向かって自転車をこいでいた。河村友之が勤めていた自動車ディーラーを訪問するためだ。

国道に出たところでリュックのベルトが緩んでいることに気づいた。いったん自転車を止めて肩に手を回し、ベルトの長さを調節していると、汗が噴き出してきた。外野の守備位置まで走って止まり、いざ打球を待とうかというときにかく汗に似ていた。

ふと、高校の野球部で一緒だった下園俊之《しもぞのとしゆき》の顔が浮かんだ。正月に故郷の鹿児島の町に帰省したとき、焼酎のグラスを片手にこう話した。「おれは検事が許せん。それに比べて警察はていねいぞ」

下園には選挙違反の前科がある。現職町長のため老人ホームの入所者の票を集めるべく、施設長を買収しようとして通報されたのだ。現金五万円入りの封筒とともに警察に拘束された。

「検事が許せんって？」

「何でおれらが町長のためにこげんこつせにゃならんか、聞いてくれもしない。調書を読み上げて、『間違いありませんか』って質問で終わりよ。何で国民が選挙違反をしなければならんのか、興味を持っとらん。自営業は町役場の顔色をうかがわんと、生きていけんのじゃ。おれはそげんことを話したかったのに」

下園の実家は従業員数人を雇い、県道沿いで道の駅をやっている。もとは工務店だったが、町から補助金をもらって商売替えをしたのだ。

「刑事はちがうのか」

「同情してもろた」

「刑事は機嫌をとって、お前に容疑を認めさせたんじゃろう？」

「そうかもしれん。じゃっどん、検事の態度は気にくわん。話は十分で終わりよ。略式命令にしてやるとか言うて、罰金二十万やぞ」

「なんじゃ、金の恨みか」

有村は、二十万円が道の駅で売る桜島大根の何本分に相当するのか聞こうと思ったが、下園がますます気を悪くしそうだったのでその質問は胸にしまった。

「とにかく検事は機械的よ。あれは高速の料金所と変わらんような仕事やぞ」

自転車にまたがり、ペダルに足をかけたとき、ふたたび下園の声が響いてきた。

「もう一人、許せんのはゴッツンじゃ」

野球部の監督のあだ名だ。生徒に頭突きをして体育教師をクビになりかけたという噂から、そう呼ばれていた。「ベスト4に入れば、大学からスカウトが来る。おれが保証するって言っとったのに、大会が終わると知らんぷりじゃ」

「だが嘘にはならん。おれらはベスト8で負けたわけだから」

「おまえゴッツンに利用されたのがわからんか。あいつは強豪校の監督に呼んでもらいたくて、うずうずしとった」

「そうなんか?」

「かあー、お人好《ひとよ》しじゃな。キャプテン任されて、練習メニュー作って、さぼるやつを取り締まって、お前に何の得があった? 大学のセレクションいくつ落ちたんか?」

「三つ受けて、全部だめだった」

東明《とうめい》大学は最終テストまで進み、体育会系学生のための筆記試験も受けたが、合格通知は来なかった。

「鹿児島の外野手じゃ、足はお前が一番やった」

「足だけじゃなくて、けっこう打ったぞ」

「あほ、おれが有村を凄《すご》いと思ったのはカバーリングじゃ。おれが捕って投げようとすると、もうお前がファーストベースの向こうにおる。おれは安心して暴投できたわ」

有村はライト、下園は三塁を守っていた。内野に球が転がるごとにダッシュしなければならないのが右翼手のつらさだ。下園がわかっていてくれたことがうれしかった。

警視庁に入ってからのことにも思いをはせた。

今の交番の前にいた機動隊では、ハイジャックやテロに対応する特殊部隊SATの候補生になったものの、ぎりぎりで落とされた。最近は巡査部長の試験で初めて学科をクリアしたのに、二次の面接のあと昇任候補者名簿に自分の名はなかった。大学野球のセレクションから数えると、三打席連続三振だ。

下園には悩みも打ち明けていた。

「父ちゃん、母ちゃんが、鹿児島に帰って来いって言いよる」

「農業を継げってことか?」

「兄貴が遊び歩いてばかりで、仕事を覚えようとせんのじゃ」

「居酒屋を始めて失敗したところまでは聞いとったが、ふらふらしちょるんか」

「うん、そうなんよ。借金もまだ返しきらんのに、女つくってヒモみたいな生活をしてるらしい」

「兄貴は男前やし、町におる頃からモテモテやったもんな」

有村は、あのくそったれがと胸のうちでつぶやいた。

7

「あの人、こんな熱暑のなかをチャリで出ていきましたよ」倉沢は窓辺に立ち、自転車をこぎ出す有村を見送りながら言った。

「引き締まった筋肉をしているし、たくましい男だろう。前は機動隊にいたそうだ」

「彼のこと、よく知ってるんですね」

「ああ、じつはけさ追出さんに呼び出されて駅前でお茶してきたんだ」久我はそう明かし、会談の中身を話して聞かせた。

辛党には甘ったるい豆乳ラテが口に合わないのか、追出はちびちびと口に運びながら切り出した。「久我さん、有村の面倒をお願いできませんかね」

「きのう会った若者ですね」

「ええ、何かにつけてツキのない野郎でしてね。じつはチャンスをやろうと思ってるんです」

「チャンスですか？」

「あいつは二十八歳でしてね。刑事志望ですが、そっちに行くか、このまま地域課で交番勤務を続けるか、ぎりぎりのところなんですわ」

「で、どんな面倒を見ろと？」

「高架下の事件の処理です。自他殺のどちらにしろ、きちっと事実を固めてくれれば推薦理由になるので……しかし私は久我さんも知っているように泥棒の捜査一筋で、人の死や暴力に関する捜査に弱い。係長にも内心バカにされている始末ですから、久我さんに頼めないかと思ってね」

追出は今からほぼ一年前、去年の夏に世間をざわつかせた事件を持ち出した。銀座で貴金属宝石店の社長が覆面強盗に遭い、銀行から引き出したばかりの現金五億円を持ち去られた事件は久我の記憶にもあった。拳銃のようなものを突きつけられ、トランク三つを渡すと車がそこに乗り付け、あっという間に逃走した。犯人はいまだ捕まっていない。

久我は聞いた。「それと有村くんに何の関係が?」

「それが、大ありなんですよ」と追出は前のめりになった。「犯人の車は多目的なんとか……いわゆるSUVでした。墨田方面へと続く幹線道を北に向かったことがわかった。そこで急きょ、応援に駆り出されたのが交番勤務の二人の巡査だったんです。逃走経路のビルや商店を一軒一軒回り、防犯カメラの映像を集める仕事です」

「一人が有村くんだったんですね」

「ええ、だが、有村が引いたのは外れクジだった」

有村ではなく、もう一人の巡査が入手した映像に逃走車両が映っていたという。通りが一本ちがえば有村の手柄になっていたのだが――職務評価点が上がらなかったため、有村が巡査部長試験に落ち、もう一人が合格したのだと追出は説明した。

「あくまで私の目から見てのことですが、受かったのは要領良しの手抜き人間、落ちたのは要領が悪くとも決して手を抜かない人間……運というものは愚直にこつこつやる人間を嫌うのかもしれませんなあ」


倉沢は何かを思いついたように、あごに人さし指をあてた。「うむ、確かに巡査部長試験は関門ですよね。刑事をめざす若い警官にとっては」

「そうだな。司法警察職員になれるかどうかで、仕事の幅が大ちがいだ」

令状請求や供述調書の作成を行う司法警察職員は、巡査部長以上が有資格者と決められている。久我は言った。「追出さんは泥臭く仕事をする有村に刑事の資質を見ているのに、その道が閉ざされそうになっていて悔しいんだろう」

「人情家なんですね」

「そういえば、長い付き合いの泥棒さんたちにも人気があるらしいぞ。食いあぐねて刑務所に戻りたくなる人間は、追出さんを訪ねて墨田署に自首に来るらしい」

「すごい。何だかドラマに出てくる伝説の刑事みたいですね。でも、真《ま》に受けていいのは半分ってとこじゃないかしら」

「おれもそう思う」

「いったい誰から聞いたんですか?」

「ご本人だよ」

「やっぱりね」

8

　有村は日暮里駅前の商店街で目的の会社を見つけた。河村友之が勤めていたのは、ワタセカーゴという名の中古車ディーラーだ。車がずらりと並んで展示される光景を想像していた有村は、狭い事務所しかないのにまず驚いた。

　中へ入ると、奥のデスクからメガネの五十がらみの男が首を伸ばした。手にしていたファイルを閉じ、来客を品定めするようにじっと見つめた。メガネの度が合ってないのか、目をしばたたいている。

「墨田警察の有村と申します。社長はおられますか」

「私です。河村の件でございますね」

　社長の名は渡瀬《わたせ》勝美《かつみ》といった。有村が名刺を差し出すと、めざとく交番巡査の肩書を見つけたらしい。「刑事さんじゃないのですか」

「ええ、刑事課の手伝いをしています」

　有村には、渡瀬が刑事ではないと知って安心感をよぎらせたように思えた。

「河村さんはこちらの営業マンだったと聞いています」

「そうです。ご覧の通りの小さな会社ですよ。社員は河村を含めて三人しかいません」

「売りものはどこにあるのですか」

「群馬の藤岡です。私の父がそこの出身でね。田畑をつぶした土地に整備工場を置いて、そこに整備士が二人います」

「整備工場？」

「そういうと、すごい商売みたいに誤解されるのですが、中古トラックが五台置けるかどうか」

「ここは貨物車両専門のディーラーなんですね」

「父が創業した会社です。以前は渡瀬貨物という社名でしたが、三年前にカタカナに変えたのです。友之がそのほうが客の食いつきがいいと言い出しましてね」

「河村さんはここでどんな仕事を？」

「主に買い付けです。こんな経済のなかでも物流は好調で、大手運送会社からいい出物が次々あるんです。私らはそれを右から左に動かす商売ですよ」

「河村さんに最近、変わったようすはありませんでしたか」

「自殺の兆候がなかったかということですか」

「ええ」

「それが私には思い当たるものがないんですよ。死んでしまった日も、行ってきますと元気に言って出て行きましたから」

「何かのトラブルに巻き込まれたようすはなかったでしょうか」

「いや、それもわかりません。死亡したという連絡に始まって私は気が動転してしまった。夕べはよく眠れませんでした」

渡瀬はそこでメガネを取り、つらそうに眼の縁を指でもんだ。

ここで有村は聴取の方向を変えてみた。「河村さんの生活は以前から派手だったのでしょうか？」

「派手？　友之のことですか」渡瀬はきょとんとして聞き直した。

「派手な人ではなかったのですか」

「ああ、顔のことでしょう。いい男ですからね。飲み屋でよくホストさんと間違えられていました。ですが、暮らしぶりは質素なはずですよ。ぜいたくできる給料はうちじゃ出せませんから」

では、あの腕時計は何だろう？　有村は首を捻った。

「私生活を知っているなら、どなたでしょう」

「私生活ねぇ」とつぶやいて、渡瀬は腕を組んだ。

「たぶん、私が知っている以上のことは兄が知ってます」

「社長のお兄さんですか？」

「ええ、そこに写真があるでしょう？　すぐそこでボクシングジムをやっています」と言う渡瀬の視線の先には、プロのリングでグローブを構える男の古いカラー写真が飾ってある。

「兄は省造《しょうぞう》といいます。友之はもともとジムの会員で、うちに来たのも兄の紹介でした。勤めていたアパレル会社がつぶれましてね」

「河村さんはプロをめざしていたんですか」

「いやいや下手の横好きってやつです。それでも多少は上達して、会員のスパーリングの相手をすることはあったようですよ。ただし相手はみんな女性」

「女性？」

「兄のジムはプロを養成するところではなく一般の人が体を鍛えるために来ています。ほら、護身術とかいうやつですよ」

「お兄さんをご紹介いただけますか」

「いやそれが……」

「何か問題が？」

「省造は若い頃、やんちゃでいろいろありましたもので警察が大嫌いでしてね」

有村は苦笑いして言った。「ご心配なく。そういう人に僕は慣れています。うちの兄貴も一緒です。私をポリ公って呼ぶぐらいですから」


「ほっ、報告に、もっ……戻りました」

久我は有村の第一声を耳にした瞬間、鎮静剤代わりの冷たいコーヒーがいるなと思った。「のどが渇いているんだろ？　そこの冷蔵庫開けて好きなだけ飲んでくれ」

「は、はい……」

彼は倉沢をちらっと見て、顔を赤らめた。女性として意識しているのだろうか。久我は有村が冷蔵庫の前に立ち、こちらに背中を向けている間、倉沢に意味深な目配せを送った。彼女はそれに気づかないふりをした。

有村は微妙な空気を醸《かも》す二人の検事に困惑の視線を向けながら、聞き込みの報告を始めた。一通り終わると、倉沢が感想を口にした。「つまり、河村友之に自殺の兆候はなし、トラブルもなし……しかも私たちが推測したような派手な生活はしていなかったってことね」

有村は頷く。「彼のことを最も知っていたのはワタセカーゴの社長の兄で、渡瀬省造という人物です。署に寄ってデータベースを調べたところ、若い頃に前科がありました」

「どんな？」

「傷害事件で執行猶予になっています。飲み屋でトラブルになった客を殴ったようです」

「粗暴な男だな」

「はい、ただし相手は暴力団組員でした。執行猶予になったのは、組員がふだんから店を困らせていたことが原因のケンカで、店主から減刑を求める嘆願状が出ていたからです。スキンヘッドで見た目は怖いんですけど、話してみると温厚な人でした。河村の子どもの頃からのこともよく知っていました」

省造によると、河村は九歳にして両親を交通事故で失った。その面倒を見たのが七歳上の兄で、高校を辞めて理髪店に勤務しながら弟を育てたという。有村は手元のメモに目を落としながら続けた。「友之はデザイナーの専門学校を卒業しています。学費はお兄さんが出してあげたのだそうですけれど、デザイナーの仕事は見つからず、アパレル企業で店員をしていた。しかしそこが倒産し、省造さんの口利きで弟の勝美の会社に入社したということでした」

「苦労したんだな」

「友之はジムではグローブ磨きを無給でやっていたそうです。会社でも明るく熱心に仕事をしていました。渡瀬兄弟への恩返しでしょうね。イケメンなのに気取ったところがなくて、周りの人から好かれていたようですよ」

「でも、ちょっと待てよ」と久我が冷静な口ぶりで言った。「友之のお兄さんは両親を亡くしたとき、十五か十六の少年じゃないか。児童福祉法でそんな年齢の者には親権は与えられないはずだが？」

その問いに有村が答えられず、おずおずとしていると、倉沢がさらに別の疑問を呈した。「省造さんって人も、やっぱり怪しいんじゃない？　有村くんのお人好しを察して、本当は何かあるのに人情話でごまかそうとしているような……」

有村は困り顔を浮かべた。「確かに僕には人を信用しすぎる面があります」

そのようすを見て倉沢は「あっ、ごめん、有村くんを批判したんじゃないからね……ところで、生年月日を見て気づいたんだけど、友之って人、私と同じ学年だわ」

「じつは……僕もです」有村が控えめに打ち明けた。

「えっ、そうだったの？」倉沢は目を丸くした。彼女の目にはおどおどしたところのある巡査が年下に見えていたのかもしれない。

久我が聞いた。「例のスイスの腕時計については何かわかったのか？」

有村は首を横に振った。「誰も知らないとのことでした。ただ交友関係を尋ねてみたところ、恋人がいることがわかりました。彼女なら知っているかもしれません」

「恋人？」

「ええ、この女性です」有村が示した手帳のメモにこうあった。

武藤結花《むとうゆいか》　東京都練馬区……

「彼女はジムの会員で、日本橋の企業に勤めています。省造さんは、いいとこのお嬢さんだから、貧乏育ちの友之とは不釣り合いじゃないかと心配していたそうです」

「ところで、有村くんはきょう、理髪店のお兄さんと一緒に友之のアパートに行く予定じゃなかったたっけ？」

「それが、だめになったんです。彼は弟の身元確認のため午前中、監察医務院に足を運んでいます。それを最後に携帯にかけても電話に出てくれないんです。これから帰りに店に寄って、ようすを見てこようと思います」

「殺人犯は六割が被害者の身内だ。慎重に接してくれ」と久我が言うやいなや、倉沢がきっとにらみつけた。

「いま何と言いました？」

久我はしまったと思った。

「有村くん、今のは忘れなさい。犯罪被害者の遺族は久我さんのような偏見の持ち主のせいで、身内の死を悲しむさなかに疑われて、ずいぶん傷ついてきたの。私たちがすることは、一つ間違えば犯罪と同じなんだからね」と、気勢荒くこれから面会に向かおうとする巡査に迫った。

そのときだった。久我の机の固定電話が面目をなくした検事に助け船を出すようにプルプルと

音を立てた。刑事部ではない。本庁舎内線の知らない番号が表示されていた。受話器をとると、

「久我くんか？」と低い男の声が響いた。

9

久我が官舎の自宅のインターホンを押したとき、時計は七時を回ったばかりだった。この時間にしては珍しく菜穂がいた。カレーライスを口に運びながら、スマホをいじってニヤついている。

疲れて帰宅した父親に目もくれない。

「予備校はどうしたんだ？」

「休み」

返事が恐ろしく短い。

「でも隣の光司くんはカバンを持って出かけていったわよ」と、多香子が心配げに聞いた。

「光司くんはテスト。希望者が受けるんだよ」

いつもながら、母親への返事は極めて平常だ。

「あなたは受けなくていいの？」

菜穂はテーブルに頬杖をついて父親の顔をぼんやりと眺めている。得てしてこういうときは、間接話法が始まる。「ねえねえ、お母さん、最高裁の調査官ってなんだっけ？」

「お父さんに聞きなさい」

久我はすでに用意済みの答えを言った。「最高裁判事の補佐をする仕事だ。若い裁判官のなかから、とびきり優秀な人が選ばれる。歴代の最高裁長官もほとんどが経験している」

「なんだ、それでわかった。光司くん、進路のことでプレッシャーをかけられてるんだわ。隣のお父さんって最高裁調査官の経験者なんだって」

「ということは、光司くんのお父さんは長官候補？」と多香子が目を丸くする。

「お母さんのお父さんも、日弁連の偉い人なんだって」

「法曹ファミリーなんだな」と父親はつぶやいたが、娘はいともあっさりと無視した。母親を向いて言う。

「光司くんはかわいそうだよ。ほんとは工学系の学部に進みたいんだって。でも言い出せなくて悩んでいる」

「うちも家族会議が必要だな。菜穂、法学部に行くのか」

「やだ、お母さん、話しちゃったの？」

多香子は叱った。「当たり前じゃない。誰が働いて学費を出してくれると思っているの」

菜穂はつんとした顔でカレーを平らげたあとの皿をシンクに運ぶと、「フロリダ」と一言いって自分の部屋に行った。

久我はいらついた。「何だ、あの態度は……フロリダって何だ？」

「ＬＩＮＥの会話から抜けるときに使うみたい。風呂に入るから離脱する……の略なんだって」

「つまり家族会議はフロリダってことか」

「そう、やりたくないってこと」

「何でだ?」

「思春期が今頃、本番になってきたのかしらねえ。あの子、人より成長が遅いところがあるから。うーん、でもやっぱり……」と、多香子はやや暗い顔つきになって口をつぐんだ。

しばし沈黙の時間が流れたあと、久我が聞いた。「やっぱりって、何だよ」

「父親が家族は大事と言いながら、家族の話をしないのが引っかかるんじゃないかな。さっき光司くんの家の話をしたことだって、あなたの実家のことが気になってるからだと思うわ」

久我はむすっとしたまま言った。「わかった。考えておく」

多香子はそこで表情を変えた。「あっ、そういえばね、あの子、変な人たちを見たそうよ。夜遅く官舎の自転車置き場に隠れるようにして立ち話をしてるんだって」

久我はピンときた。「記者の夜回りだろう」

検事は幹部にならない限り報道機関との接触を禁じられている。記者が平の検事と会う場合にはひそかに接触しなければならない。ただ久我は同じ官舎に住む中で、取材を受けるような立場の平検事に思い当たる名はなかった。

ふと特捜部という部署名が浮かんで、あすのことが気になり始めた。久我は洗い物をしている妻のもとに静かに歩み寄った。「あしたの朝一番に特捜部長に呼ばれた。福地《ふくち》さんって人だ。おれに会いたいんだと」

「へっ、それはまたどうして?」多香子は顔に驚きと心配を同時によぎらせた。夫の以前の落胆を思い出したのだ。小倉支部にいたとき、福岡の検事正から東京の特捜部行きを内示されたものの、いざ赴任という際になってご破算になった経緯がある。同じ東京地検でも机が用意されたのは刑事部の区検分室だった。

「今さらってことはないでしょうね」

久我は首を横に振った。「わからない。だけど部長本人からの電話だった。おれに何か話があるそうだ」

「福地さんというと、あのときと同じ人じゃない……まだ部長を代わってなかったんだ」多香子は法務検察人事に不満を述べるように言った。

「特捜部に来いって話ではないと思うが……」と口では言いながら、淡い期待が胸を通り過ぎていく。

妻は夫の胸中を気遣ってか、いつものさばさばとした口調に戻った。「そうか……偉い人に会うのならネクタイが必要よね。アイロンかけとくから」

10

目覚まし時計がけたたましい電子音を立てた。有村は時計に恨みがあるかのようにベルを乱暴に押さえつけておとなしくさせた。眠い目をこすりながら洗面所に行き、顔をばしゃばしゃと洗う。それでもまぶたの重さはあまり変わらなかった。

午前四時を少し回ったところだった。独身寮の階段を一つ飛ばしに駆け降りていると、同じ墨田署の交番勤務の先輩が上ってきた。当直明けだろう。寝不足で顔が土気色をしている。どこの交番の誰だか思い出せなかったが、向こうは知っていた。

「おっ、有村じゃないか。このごろ私服巡査やってるらしいな」

巡査の身で私服に着替え、刑事のまねごとをしてやがると言いたいのだろうか。

「ただの雑用ですよ」

「調べているのは東成線の飛び降りだろ？　自殺じゃないのか」

「まだ、いや、その……」

「そっか、刑事課の仕事だもんな。漏らしちゃいけねえってわけだ」

その口調には反感と羨望がこもっていた。「頑張れよ」と心にもない励ましを言い、けだるそうに階段を上っていった。

愛車のスポーツサイクルは署の拾得物競売の売れ残りを五千円で買ったものだが、性能に支障はない。こげばこぐほどがらんとした車道でスピードが出た。東京の夜明けが故郷の町とちがうところは、鶏の鳴き声がしないことだと朝日が赤っぽく照らす都会の街並みに思った。

隅田川沿いをしばらく走り、遊歩道沿いに整備されたスポーツ公園で自転車を止め、目当ての鉄棒に駆け寄った。ジャンプして飛びつき、懸垂《けんすい》を始めた。腕の力だけでなく、腹筋を使うのが要領だ。水面から飛び出す鯉《こい》のような動きを繰り返し、二十回の昇降をやり遂げた。そのまま逆上がりをして鉄棒に上半身を載せると、隅田川の流れが遠方まで見渡せた。ふと機動隊時代に着衣遠泳で誰にも負けなかったことを思い出した。

私服巡査とやらが何日も許されるはずはない。時間は限られているのだ。有村は下半身を前方に高く振って鉄棒を飛び降りた。ひりひりする手のひらに豆がないことを確かめてから、両頬をぱんぱんとたたいて気合を入れた。

河村友之のアパートは、会社事務所からそう遠くない路地裏にあった。モルタルの壁が燻《いぶ》したように黒ずみ、見るからに安アパートだった。六十万円の腕時計をする人間が住む場所とは思えない。

有村はきのうの夜、友之の兄の和也《かずや》と少しだけ話すことができた。彼の営む理髪店は、区検から自転車で十分とかからない、金物店が軒を連ねる合羽橋《かっぱばし》商店街にある。訪問したとき、赤白青のサインポールは回っていなかった。

呼び鈴を押すと、和也の青白い顔がドアからのぞいた。有村が身分を告げると、「弟の件ですか」と小声で聞いてきた。眼窩《がんか》が落ちくぼみ、白目が赤く濁っている。倉沢に言われたように偏見を抱くまいとしたが、心情を気遣《きづか》うべき遺族ながらどこか怪しさを漂わせているように思えた。

「友之さんの部屋を検分させてもらいたいのです。許可をいただけるでしょうか」

「遺書がないかどうか調べるのですね」

「ええ」

「わかりました。遺品を大事に扱ってくださるのでしたら」と、和也は目をそむけたままお辞儀をしてドアを閉じた。

アパートの鍵はきのうのうちに大家を訪ねて借りていた。差し込むと、合鍵であってもすんなりと回った。

部屋はほのかに男性化粧品の匂いがした。有村はリュックからラテックスの袋を出し、靴下の上から両足首を包んだ。もちろん手袋もしている。まずは隅々まで写真を撮った。家具は最低限しかなく、特別のものはない。だが銀の光を鈍く放つジュラルミン製のアタッシェケースはいやが応なく目に留まった。

友之は営業回りを終えたあと会社に寄らず、この部屋にいったん戻ったのか。ケースを開けると、封筒が並んでいた。納品書や車両税の説明書類らしきものが収まっている。有村はそれを床に広げ、一枚ずつ写真を撮った。最後の書類をケースに戻そうとしたとき、内側の小物入れが膨らんでいるのに気づいた。

取り出してみると、ミニチュアのボクシンググのグローブが付いたキーホルダーに鍵がぶらさがっていた。グローブは片方だけしかなく、どこか違和感を覚えたものの、ふと思い立って玄関に引き返し、鍵穴に突っ込んでみた。するっと、内部のシリンダーが回った。

「どうして、部屋の鍵がここに……」有村はぼそっとつぶやき、首を捻った。ここに来たとき、間違いなく玄関ドアは施錠されていた。

誰が閉めたのだろう。合鍵を持つ誰かと一緒に出て行ったのか?

第二章　人事案

1

　廊下の左右に特捜検事の個室が並んでいる。久我がきょろきょろしていると、通りかかった事務官らしき女性に「お困りですか」と声をかけられた。部長に呼ばれたのだと告げたところ、九階ではなく十階だと教えられた。何も疑問を持たずに九階まで来たのは、この階に久我の部屋と机が一度は用意されたと聞いていたからだ。

　福地浩介《こうすけ》のいる部長室は階段を上ってすぐのところにあった。

　特捜部のボスはデスクに前屈みになって書類に目を通していた。来客に気づくと、「おお、久我くんか」と言った。ひょこひょこした足取りで出迎え、ソファにかけるよう促した。「ひょんなことからきみを思い出してね。頼みごとをするなら、私が直接話すべきだと思ったんだ」

「頼みごとといいますと？」

のっけから異動の内示ではないとわかり、部屋の空気がにわかにほの白く感じられた。

「おっと、その前にきみと話したいのは二年前のことだ」福地は眉間にしわを寄せた。日比谷公園の木々の緑を見下ろす窓を見やったあと、ため息交じりに言った。「じつは久我くんの異動がなくなったのは、吉野謙三さんが人事案にきみの名前を見つけ、難色を示したからなんだ。言い訳するようだが、私の本意ではなかった」

ああ、そういうことだったのか……久我は心の中でつぶやいた。目を伏せ、膝の上でこぶしを握った。つまりは、吉野は調活費が問題になったあとの小橋との因縁を知っていて拒否反応を示したということだ。

「特捜検察の親分みたいな人でね」

「だが、なぜなのでしょう。私を嫌う理由は?」

思い当たる理由はあえて口にせず、疑問をぶつけてみた。だが調活費問題とはいささかずれた答えが返ってきた。

「きみがヨシケンさんのライバルの里原さんの門下生だからだ。春《はる》さんの推薦というのも気に障ったかもしれない。彼女は特捜でも名をあげたが、元はといえば、里原さんの弟子だから」

春さんとは、弁護士法人の理事長へ転身した常磐春子《ときわはるこ》のことだ。特捜部初の女性検事にして、前の福岡地検検事正。久我は常磐の杯を受けながら、「きみを特捜部に推薦しておいた。胸を張って東京に乗り込め」と背中をたたかれたことを思い出した。

久我は「里原門下生」と呼ばれて口をあんぐりと開ける思いだった。おれが次期総長にとって常磐春子に並び立つほどのかわいい弟子？　里原との接点は一度だけ。小橋が着手していた汚職事件を引き継げと命じられた際に五分ほど話をしたにすぎない。

あきれて席を立ちたくなったものの、誤りはきっぱりと否定しておくことにした。「私は門下生などではありません。それに里原さんは派閥を作らない方だと存じております」

「ほー、うまい言い方だ。その論法なら里原派など存在しないことになるな」と不機嫌な顔つきで言った。

福地は信じなかったらしい。だが検察内のパワーバランスの変わり目に、ヨシケン派幹部として里原の総長就任を受け入れられない気持ちはありありとうかがえた。と考えると同時に、窓際検事の自分が検察内の権力争いのなかで語られていることに違和感が高じてしかたなかった。ばかばかしい。

「そんなことがあってね、結局、きみの代わりに来てもらったのが、田中博《たなかひろし》くんだ。企業財務に明るい人材でね」

「彼の評判は存じております。公認会計士の資格を持って任官してきた検事ですね」

「ああ、彼は見込み通りに働いてくれたよ」

「私では、とてもかなわない優秀な検事です」

「いやいや、謙遜だな。実績は知っている。長く地方の支部勤務が続いて目立たないが、きみは割り屋と呼ばれておかしくない数少ない人材だ」

警察官は被疑者を自白に追い込むことを「落とす」と言うが、検察官は「割る」という言い方をする。福地は続けた。

「割り屋のきみに春さんはほれたんだな。しかし、きみを採らなかったことで春さんは怒ってしまってね。その後、彼女の機嫌はどうだい？」

「私は東京に来てから一度も常磐さんとはお会いしていません」

「ほんとうか？」

「ええ、そんなことで嘘はつきません」

福地は怪訝《けげん》な顔つきで久我を凝視した。だがそれ以上は聞きただすことはせず、一呼吸おいて本題を切り出した。「では、頼みごとを話そう。ここだけの話にしてほしい。ある著名人を取り調べるのに、区検の部屋を貸してほしいんだ」

「本庁に呼べないほど顔を知られている人物の聴取を行うのですね」

「ああ、そうだ。任意聴取の段階で新聞やテレビに騒がれると事件がつぶれかねない」

「いつからですか？」

「あしたからだ」

「わかりました」

「きみが快く応じてくれたことに礼を言う。目立たない場所が必要でね」

「このように丁寧な形で指示を伝えていただき、恐縮しております」

「まあ、そうかしこまらなくてもいい」

話は終わった。久我が立ち上がると、福地は〝目立たない場所〟に毎日通う検事の肩をぽんとたたいた。
久我は内心、恥辱を顔に出すまいと必死だった。

浅草寺の参道を歩いていると、本庁をあとにして以来、胸の内を行ったり来たりしていたさざ波はいくぶん静まってきた。だが帰って多香子にどう話すかを考えると、気が重い。

「また、だめだったよ」と切り出す自分を想像したりした。

ぼんやりと歩き、気づけば、あすから花形検事の仕事場となる区検に着いていた。階段を途中まで上がると、なぜか倉沢のけたたましい笑い声が響いてきた。

「なんだ？　高笑いして、ここは演芸場じゃないんだぞ」久我は入るなり、注意した。

「だって、おかしいんですよ。彼の話が」

有村が来ていた。久我と目が合うと、困り顔で一礼した。

「久我さん、きのうのランチのとき、シロクマってかき氷の話をしたでしょ？」

「鹿児島のかき氷だって言ってたな」

「有村くん、鹿児島の出身なんですって。高校生のときは野球部のキャプテンで、くっくっ……」倉沢はこみ上げてくる笑いに声を詰まらせた。

「もうやめてください。久我さんに迷惑ですから」

「なに言ってるの？　この先輩、こう見えてけっこうな芸人なんだよ」

「勝手におれの職業を変えるな」

「おっ、そのツッコミさえてます。芸はボケだけじゃないんですね」

「で、何がそんなにおもしろいんだ？」

「聞きたいですか？」

「うん、聞きたい」と、つい乗ってしまった。

「シロクマに対抗して、クロクマってかき氷もあるんですって」

「クロクマ？」久我も思わず頬を緩めた。

「僕たちの野球部がお世話になった喫茶店の名物です」

「シロクマは練乳がけなんだろ？　クロクマには何がかかってるんだ。あっ、そうか、南国だから……」

倉沢が遮《さえぎ》った。「黒砂糖じゃありませんよ。おじさん臭くしないでください。コーヒーのシロップだそうです。ちょっとおしゃれな感じがある」

「ああ、なるほど」

「何だか地方に行ったら楽しい発見がいっぱいありそう」と倉沢は声を弾ませた。彼女はあと半年ほどで久我の指導期間を終え、東京以外の地検に配属されることになっている。

「では、県民ショーはこれぐらいにしておこう。有村、報告があるんだろう？」

巡査はまじめな顔つきに戻り、深く頷いた。「河村友之の営業書類から、不可解な取引を見つけました。ワタセカーゴって会社、やっぱり何かありますよ」

2

有村は倉沢のパソコンを借りて説明を始めた。画面に浮かぶのは、河村のアタッシェケースから見つかった書類の写真だ。

「これを見てください。横浜税関へ提出した申告書類の写しです」その記載からは、シンガポールからメルセデスの中古車を船便で運び、横浜港から陸揚げされた経緯がうかがえた。

「このベンツの型番を調べてみたら、フォードアの乗用車でした」

「おかしいな。ワタセは貨物専門の会社だったはずだが」

「輸入販売をしているんです。取引額はえーと、消費税込みで七百六十万円あまりです」

「高いの？　私、車の値段は見当もつかないんだけど」

「ネットで調べただけですが、他の業者より二割も高く売っています」

「買い手は個人か？」

「いいえ、法人です。株式会社オーディエンスといって、これの代表者が河村友之になっていました」

「えーっ！　自分に車を売っていたの？」

「まあ、そうなります。すごく不自然ですよね」

「何だか話がかなり怪しくなってきたわね。河村友之という若者は苦労して育って、まじめに働いている人間だと思っていたのに」

久我が言葉を継いだ。「友之がいい人間かどうか、これでわからなくなった。彼をほめるばかりの渡瀬兄弟の話には何かが隠れていそうだ。営業マンが外車を輸入して自分自身に高値で転売するなど、あまりにおかしい」

倉沢がやや先走り気味に観測を披露した。「この不審な取引に何かが隠れているとすれば、麻薬の密輸かしら。車体のどこかにひそかに隠して密輸していたとか。オーディエンスという会社が高値で買い取るのは、ワタセに手数料を落とすため……」

さらに久我が疑問を付け足した。「オーディエンスという会社名もどこか変じゃないか?」

「ほんとそうだわ。日本語にすると『聴衆』のことですからね。そういえば『ザ・オーディエンス』ってエリザベス女王を描いた劇映画もあるけど……まっ、関係ないか」

有村が尋ねた。「倉沢さん、映画ファンなんですか」

「うん、オジサンくさい?」

「いえいえ、だから劇中のセリフに詳しいんですね」

「もしかして、からかったことを根に持ってる?」

「いいえ」と、有村は苦笑いして首を横に振った。

「よかった。ちなみに洋画でも邦画でも古い映画が好きなの。けっこうしゃれたセリフが多くて、ぐっとくる」

「おい、そんな話は喫茶店でしろ」久我は困ったやつらだと顔に表して、無駄なおしゃべりを制した。

倉沢はぺろっと舌を出して、パソコンに向き直った。法人登記のデータベースにつなぎ、オーディエンスの会社名で検索すると、たちまち情報が現れた。事業概要の欄には〈飲食業〉と記されていた。河村が代表取締役になったのは一年ほど前で、彼が会社を買い取ったことが資本変更の記録からうかがえた。

倉沢が言った。「飲食業とは、ちょっと意外です。ネットで検索しても出てこないし、どんな店なのかは所在地に行かないとわからないでしょうね。所在地は、えーと、日本橋蛎殻町《かきがらちょう》……」

「あっ」と有村が声を発した。「日本橋というと、河村の恋人の武藤結花が勤めている会社があるところです」

偶然ではないだろう。三人は当然、怪しむべき対象に恋人を加えることで一致した。河村の部屋に最後に鍵をかけたのは彼女である可能性もある。

さっそく有村は武藤の自宅のある練馬に向かうことにした。検察官室を出て行く間際、ズボンの裾を膝下までまくり上げ、バンドでとめた。

彼の姿が見えなくなったあと、倉沢がふしぎそうに首をかしげた。

「有村くん、練馬までチャリで行く気かしら。ここからだと二十キロはありますよ」

3

窓に夏の強い西日がさしてきた。ブラインドの隙間からオレンジの光がこぼれている。書類の束に顔をうずめていた倉沢が顔を上げると、久我が声をかけた。「これから赤提灯、寄って帰らないか」

「いいですね。私もビール飲んで帰ろうかな、なんて思っていました」

二人は場外馬券売り場の裏手の通りに入り、軒先にテーブルを出している一杯飲み屋の隅に席を探して腰掛けた。白い泡を載せたジョッキが運ばれたときには、すっかり日は落ちて路地を抜ける風がほのかな涼を運んできた。

「蒸し蒸しが少し収まりましたかね」倉沢はそう言うと、乾杯しましょうとジョッキを差し出してきた。

「何に？」

「きょう久我さんの身に起こった何かに」と、探りを入れてきた。

「本庁に呼ばれたことか」

「ええ、帰ってきて機嫌も悪くなさそうだから、もしかしていいことがあったのかなあと思って」

「機嫌ねえ」と、久我は特捜部長との面談を振り返りつつ言った。「きみは根っからの詮索《せんさく》好きだな」

「まあ、それは認めます」

「それがちょっと、面倒な話だったんだ」

「えっ、小橋主任から呼ばれたんですか？」

「いや、そうじゃない。特捜部長の福地さんだ」

「ヒエーッ！」倉沢はビールをこぼしそうになるくらい大げさにのけぞった。「どういうことですか？」

久我はあすから取調室を明け渡すよう指示されたことを明かした。倉沢にも愉快な話ではなかったようだ。

「私たちは窓のないほうの調べ室を使うんですね。扇風機を移動させなきゃ。風鈴も」

「気に入らないか」

「ええ、大いに。特捜部だからって、偉そうに……分室の仕事なんて、どうでもいいと思っているんだわ。でもいったい、誰を調べるのでしょうか」

「さあ……まだ表には出ていない事件らしい」

「顔を記者に見られたら、騒ぎになる人物ってことでしょ？」

「たとえおれたちが誰だか知ることになったとしても、まずやることはスリー・モンキーズの徹底だな」

倉沢は少し沈黙したあとで、プッと噴き出した。「見ざる、言わざる、聞かざる。久我さん、へんな英語を使うのはおやじギャグの典型ですよ」

久我は頰を緩めた。だがそのとき、彼女はふっと表情を曇らせた。

「取調室を貸すこと、小橋さんはご存じなのでしょうか？」

「いや、知らないはずだ」

「そうなんですか」

「知ったら、どうなるんだろうなあ。区検の施設管理者は小橋ということになっている。言いがかりをつけてくるんじゃないか。私に無断で了解したのかと」

冗談のつもりだったが、なぜか倉沢はいつものように絡んでは来なかった。

4

有村はこぢんまりした応接間で武藤結花という女性を目の前にして、いささか戸惑いのなかにいた。友之を外に連れ出し、部屋の鍵を閉めた不審人物の第一候補であったはずの武藤は、楚々《そそ》とした女性にしか見えないのだ。

彼女は渡瀬兄を「省造さん」と親しげに呼んだ。「私たちを恋人同士と思うのは省造さんの早合点です。ちょっと、そそっかしい方ですから」

「では、武藤さんは河村さんとはどういうご関係なのでしょうか」

「お友達です。一緒に食事をしたりすることはありました」

「ジムでお知り合いになったんですよね」

「ええ、殴る相手をしてもらいました」武藤はそこで口角を少し持ち上げ、笑みをこぼした。切れ長の涼しい目をしている。だが冷たさを感じず優しい面立ちに見えるのは、下がり加減の目尻のせいだと思った。まぶたの下には、ふわりとした髪と同じ薄茶色の瞳がのぞく。

有村は質問を続けた。「武藤さんのお勤め先は日本橋とうかがっています。どんな会社でしょうか」

「日陽《にちひ》物産という商品取引会社です。『ニチヒ』というロゴはご存じでしょうか。先物を扱う東京商品取引所が日本橋にあって、近くに同じような会社が軒を連ねています」

有村はスマホを取り出し、ニチヒのホームページを呼び出した。会社概要を閲覧し、数秒も読まないうちに歴史の古い企業であることを認識した。戦前の創業で石炭や農産物の取引から出発し、高度成長期に事業を多角化して総合商品取引会社に移行したという。

「まったく存じませんでした。ニチヒという会社やこんな業界があることも……たいへん失礼しました」

「いいえ、気にしないでください。同じ先物を扱う会社でも証券会社のようにテレビで宣伝することはありませんし、一般の方にはほとんど知られていません」

「お仕事の内容はわかりました。ちょっと話が横道にそれましたね。私が来たのはあくまで河村さんの件です。じつは彼はオーディエンスという会社の代表取締役でもありました。ご存じでしたか?」

「えっ、彼が？　社長さんですか」

「日本橋蛎殻町にある会社です」

彼女は思い当たる節がないようだった。「蛎殻町は近くですけれど、彼が会社の社長という話は初耳です」

「やや失礼な質問になりますが、日本橋と河村さんを結ぶものは今のところ、武藤さんしかないんです」

「いいえ、何のことだか私には……」

有村の目には戸惑う彼女の顔に嘘が交じっているようには映らなかった。「お勤め先は渡瀬さんのジムとは離れた場所にありますよね。どうしてあなたは日暮里のジムに入り、河村さんと知り合ったのでしょうか」

「ああ、そのことでしたら」と、武藤は首をたてに振った。「私、地下に入るのがだめで、地下鉄を使わず山手線で通っていたんです。途中の日暮里駅で看板を見かけまして。『女性大歓迎』とあって、体を動かせばストレスが吹き飛ぶんじゃないかと思って」

「ボクシングでストレス解消ですか？」

「その頃の私はかなり鬱っぽくなっていました。会社の人間関係に行き詰まりまして。そんなとき、省造さんのジムに入門したんです」

「そこにいたのが河村さんで、友達になったというわけですね」

「ええ、悩みも聞いてもらいました。お食事も何回か……でも、ほんとうに友達の範囲を出ないお付き合いですよ。恋人と思い込んでいた人もいるみたいですけど」彼女はにっこりとして肩をすくめた。だが、すぐに顔を曇らせた。「でも私、みなさんに助けてもらったのに、結局、会社をやめてしまったんですよ。堪えきれずに……」

有村も組織にいて、いろいろと嫌な思いをすることがある。共感を寄せつつ手帳にペンを走らせた。

次に洋酒棚の上に飾られた写真に目をやった。そこには万歳をする人たちに囲まれた初老の男性が中心にいた。「失礼ですが、お父様は何をされている方なのですか？」

「都議会議員です。あれは選挙で初当選したときの写真です」

有村は我ながら鈍いと思い、首を横に振った。「だから万歳なのか」

「何に見えました？」彼女は薄く笑った。

「すみません、察しが悪くて。おかしいですよね」

「いいえ、ほっとしているんです。父の世界にはぎらついた人が多いですから。有村さんのように、選挙や政治に関係のないお客さんはめったにないことですので」

「ご両親はご不在ですか？」

「お通夜に出かけています。それも仕事のようなものですから」

もう一つ気になる写真があった。パーティーのような場所で、さまざまな人種の若い男女に囲まれ、にこやかな視線をカメラに向ける彼女が額縁に収まっている。「外国にいらしたんですか？」

「ええ、アメリカの西海岸に二年ほど留学しました」

有村は、自分とは育ってきた世界がちがうなと心の隅でうらやんだ。海外の生活に興味を覚えたものの、時間は限られている。そろそろ事件へ話を戻すことにした。

「河村さんと最後に会ったのはいつですか?」

「そうですね、ジムに行った一週間前のことです。きょうも本当はジムに通う日なんですけど、朝から偏頭痛がして休んだんです」

「そうですか……」と有村は静かに言い、手帳にメモした。「では最後に一つ、お尋ねしたいことがあります。彼は何かのトラブルに巻き込まれていませんでしたか」

「いえ、ないと思います」と、彼女の口調はなぜかきっぱりしていた。

「なぜそうはっきりと言えるのですか」

「だって、とてもまじめで、人柄のよい方でしたから。悪口を言う人はいないと思いますよ。私も職場の問題で悩んでいたとき、彼に話を聞いてもらって随分助けられました」

オーディエンスの件で何かあると思わせた男はことのほか親切な人間であったらしい。

武藤はふいに首をかしげた。「トラブルって、彼が事件に巻き込まれたということでしょうか。高架の事故は自殺ではなかったのですか?」

有村は彼女が突っ込んだ質問をしてきたことを意外に思った。

「もしかすると、彼に自殺の兆候があったのですか」

「ええ、兆候というほどのことかどうかはわかりませんが、酔いが回ると、僕なんかもう死にたいって話したことがありました」

「理由は？」

「むなしいからだそうです。何のために生きてるかわからないって。お酒が入れば誰でも言いそうなことだから、私、深刻に受け止めなかったんです」

彼女は細い肩を落とした。「自殺だったら、私、後悔します。近くにいたのに彼の死を止められなかったなんて」

5

終電までまだ二時間あった。倉沢は自宅のある埼玉方面の電車にではなく、都心に向かう空《す》いた地下鉄に乗った。日本橋駅で降り、スマホの画面に映る矢印に従いながらビルの谷間を歩いた。まもなく電信柱の表示が〈蛎殻町〉に変わった。スマホの道案内アプリに入力した番地は、表通りに平行して走る薄暗い路地にあった。今にも取り壊しが始まるかと思うほど古くて小さなビルがそこに建っていた。

一階に中華の店が入り、二階と三階には大手ではない旅行代理店が入居していた。おやっと思ったのは郵便受けだ。計四つあり、地下一階に〈オーディエンス〉と目的の会社の名が書かれていた。

地下へ続く階段が目に留まった。下りていくと、何の看板もかかっていない扉に行く手をふさがれた。倉沢は階段を引き返し、中華料理店ののれんをくぐった。すると、五十がらみの店主が厨房《ちゅうぼう》から血色のいい愛想笑いを向けてきた。

「お客さん、申し訳ない。きょうはもう終わりでね」

「いいえ、私は客じゃないのです。下の階のことを教えていただきたいのですが」

「おや、警察かい？　前に来た人とはちがうでしょ」

「ええ、ちがいます。私、じつは検察官でして」

「ほう、こりゃまた検事さんが何のご用でしょう」店主は名刺を珍しそうにのぞき込みながら言った。

「前に警察が来たといいますと?」

「地下の店に泥棒が入ったんですよ」

「どんなお店だったんですか」

「ライブハウスですな」

「ライブハウスですか?」倉沢は店名のわけを理解した。

「ジャズとか言ってたな。昔は音楽雑誌にも紹介されるような店だったらしいけど、私がここに店を開いたときはすでに演奏を止《や》めていて、普通の飲み屋になってました。いや、普通じゃないか」と、店主は言い直した。

「どう普通じゃないのですか」

「客層ですよ。うちに来ることもあったけど、行儀も目つきも悪い連中です。警察の人が半グレとか言ってました」

「半グレというと、暴力団に入ってないだけのヤクザみたいな連中のことですよね」

「日本橋署の刑事がそう言ってました。やつらが半グレっていうだけで、どこの誰かわからんのだと」

「警察はそいつらを盗みの犯人じゃないかと疑っていたのですね」

「そう思いますよ。下の店は藤木《ふじき》さんって人が経営してたんですけど、泥棒が入ったあと、脳溢《のういっ》血《けつ》で亡くなったそうです」

藤木道夫《みちお》という名前は、河村の前の代表取締役として法人登記に出ていた。

「事件はいつですか」

「えーと、去年の……たしか雪が降ってた頃なんで一月か二月じゃなかったかなあ」

「一年半ほど前ということですね」

河村が代表となる半年ほど前だ。

「犯人は捕まってないんですか」

「いや、それは私には……検察官なら、そちらのほうがお詳しいんじゃないですか」

倉沢はあす朝一番に日本橋署から捜査資料を取り寄せなければと思った。会社自体が盗まれている可能性がある。

6

台風が列島に近づいていると、自宅を出る間際に見た朝のテレビニュースが告げていた。久我は浅草駅から地上に出て空を見上げた。気流が複雑になっているのか、互い違いの方向に流れゆく雲があった。

特捜部の者が出張ってくるかと思うと、区検に向かう足が重くなり、雷門を回り込んで裏道に入った。すると、駆け足で近付いてくる観光用の人力車の一団に出くわした。客は乗せていない。タクシーでいえば営業所のようなところから、雷門の前に出勤するところなのだろう。すれちがいざま「おはようっス！」と威勢よく声をかけられた。久我は「おはよう」と右手をあげ、カラ元気で応じた。

一団の足音が去ると、外国のポップスが響くのに気づいた。〈喫茶エレン〉という看板を掲げる店があり、初老の店主が軒先をほうきで掃《は》いている。音楽はその店から流れ出ていた。久我が内窓に貼られた手書きのメニューを眺めていると、店主が声をかけてきた。

「ヨネヅケンシなんてえのは、うちではかけないから来てもがっかりするよ」

久我は目尻を下げた。「じゃあ、せっかくだから、がっかりさせてもらいますよ」

狭い店の真ん中辺りの席に座り、コーヒーを頼んだ。店内には少々、「全席喫煙」時代の残り香があった。合成皮革のあちこちの破れをテープで補修したソファは意外に座り心地が良かった。

観光客相手ではないだろう。久我には世の中の片隅にいる人が疲れて、束《つか》の間の休みを取りたいだけのために来る場所のように思えた。

「お客さん、朝飯は？　サービスでトースト付けてやるよ」

「いや、済ましてきたから遠慮します」久我はそう言いながら、今では珍しくなった個人営業の喫茶店の内装を見回した。ふと、音の源流はカウンターの隅に置かれた小ぶりのオーディオセットであることに気づいた。カセットテープが中で回っている。久我が凝視していると、店主がうれしそうに聞いた。

「見たことあるかね？」

「もちろん、親父が持ってました」

「あんたいくつ？」

「まもなく四十二です」

「じゃあ、ぎりぎり間に合った世代だな。おれはどうも、デジタルのキンキンした音がだめでな。テープが好きなんだよ。ちょっとこもり気味な音がいい」

デッキから響く洋楽はシンプルなギター演奏に切り替わり、ローリング・ストーンズの『サティスファクション』が始まった。ロックに夢中になった少年期に何度聴いたかわからないストーンズ草創期の曲だ。

満足できねえ
満足できねえ

人生は思うに任せない。ともすれば投げやりになってしまいそうな日々を、ミック・ジャガーがポップなメロディーに乗せて歌っている。

「マスター、お年は？」

「おれは六十を過ぎたところだ。ここで店を開いて三十年になる」

「コーヒーうまいよ」

お世辞ではなかった。こんがりした香りがいつまでも鼻腔《びこう》に残る。

「おっと、そいつぁ、うれしいなあ。おれのオリジナルブレンドだ」

「へー、おじさんのオリジナルなんだ」

「というのは嘘だ」店主はぽかんとする久我を満足そうに見つめながら、ガハハと声をあげて笑った。なんだ、このおやじ……

「豆はその辺のスーパーで売ってるやつさ」

「こんなにうまいのに？」久我はコーヒー通ではなかったが、思ったままを素直に聞いた。

「豆を挽《ひ》くとき、カッターを使うんだ」

「どんなのです？」

「あれさ」彼は厨房の隅に置かれた、表面にサビの出かけた機械を指差した。「グラインダーって知ってるかい？　豆を押さえつけてすりつぶす電気の機械だ。あれでやると摩擦熱が出て、豆が酸化して風味が落ちるんだよ。それに対してカッターは押さえつけずに削るから熱は出ない」

「なるほど」

「安い豆でも挽き方のちがいで、いい味を出すんだな」
久我は感心しながら、最後の一滴まで味わった。「ごちそうさま、また来ますよ」と言い、席を立ってレジに向かった。そのときレジ横に無造作に置いてある新聞の見出しに目が留まった。
芸能プロ社長聴取へ
脱税疑い
東京地検特捜部
久我は、釣り銭を取るのも忘れて記事に目を落とした。

7

有村は夜明けとともに起床し、ワタセカーゴの輸入貨物記録を調べようと横浜税関に自転車で向かったものの、羽田を発着する航空機が見える所まで来て、都心に向け逆戻りせざるを得なくなった。

「友之のロッカーから、たいへんなものが見つかったよ」ボクシングジムの渡瀬省造からの電話で呼び戻されたのだ。歯を食いしばり、ペダルをフル回転させた。

日暮里には約束の時間の二十分ほど前に着いた。裏道に自転車を止め、遠目にジムのようすをうかがった。二階の窓に渡瀬兄弟の姿が見て取れた。スキンヘッドの兄の顔が上気し、弟の勝美と激しく言い争いをしている。そのようすを観察していたところ、ひょろっとしたボクサー体型の若い男が外階段を下ってきた。トレーナーの一人だろうか。階段の裏に回り込み、携帯でこそこそ話を始めた。有村はそっと近づき、建物の陰で聞き耳を立てた。

「言われた通り、やった……おやっさんがさあ、いま弟呼びつけてやき入れてる。恐ろしくて、出てきちゃったよ……サツ？　たぶんあいつだぜ、ほら、友之が死んだ次の日、ダサいスーツ着た巡査が来たって言ったろ？」

怪しい男を見つけたと思った。「言われた通り、やった」とは、何かが出てきたという友之のロッカーに関係するのだろうか。男が外階段を引き返すと、有村は今着いたばかりといった体《てい》でジムに駆け込んだ。省造が長いすに座り込んでいた。さきほどまで二階で口論していた弟の勝美の姿はなかった。入れ違いに出ていったあとらしい。

省造は有村に気づくや、腰の重さが倍になったように苦しげな顔つきで立ち上がった。

「有村さん、とんでもないことになっちまったよ」

「河村さんのロッカーなら、昨日うかがったときに見せてもらいましたが」

「別にもう一つあったんだよ。おい、ユージ、この人を案内しろ」

リングの陰から、階段下でこそこそ話をしていた男が現れた。

「こいつが見つけたんだ。おい、鍵は持っているか」

「はい、ここに」ユージと呼ばれた男は短パンのポケットからじゃらじゃらと音をさせて鍵束を取り出した。そのまま三人で更衣室に入り、A9と表示されたロッカーの前で立ち止まった。

「会員が使ってないのが三つあったんだよ。有村さん、一つがこれだ」

省造があごでしゃくると、ユージが鍵を差し込んで扉を開けた。

「ほら、見てくれ。開けてびっくりだよ。友之のやつ、何してやがったんだ！」

長細いクッキーの空き缶があった。上蓋は省造が取ったらしく、白い粉を小分けにした袋が並んで詰まっている。麻薬だろうか。缶のそばには紙袋もあった。有村は手袋をはめ、慎重に袋の先を開いてのぞくと、数十万円の札束が見て取れた。

「いつ見つかったんですか」

「けさの掃除のときさ。ユージが誰も使ってないはずなのに、鍵がかかっていることに気づいて開けてみたんだ」

「このロッカーが、どうして河村さんが使ったものだとわかったのですか」

「あいつのタオルが置いてある。T・Kってイニシャルが刺繍《ししゅう》してあるだろ？　おれがジムを手伝ってくれている礼に贈ったものだ」

有村は無造作に放り込まれたらしいタオルを見つめたまま言った。「更衣室は立ち入り禁止にしてください。鑑識を呼ばなければなりません」

そのとき、ユージの短パンの尻ポケットから携帯がはみ出しているのに気づいた。

「あれっ、どこだろ？」有村は背広のポケットというポケットをまさぐった。「すみません、携帯を署に忘れてきたみたいです。ユージさん、それ貸してもらえませんか」

彼は「えっ、えっ」と戸惑ったが、省造が言った。「おい、貸してやれ。電話代が何千円もかかるわけじゃないだろうが」

有村は軽くお辞儀をしてユージの携帯を受け取った。自分の顔に近づけ、番号を思い出せないふりをしながら発信番号の履歴を盗み見た。追出の卓上電話につなげ、報告している間も十一桁の数字をまぶたの裏に明滅させ続けた。ジムの外に出ると、声に出して呪文のように何度もつぶやいた。ユージが話をしていた謎の人物の番号が消えてしまわないように。

8

久我は定時より一時間ほど遅刻した。区検の階段を駆け上がると、取調室の前に衛兵のように陣取る事務官に出くわした。三十歳前後に見えた。肩幅が広く、ラガーマンのような体格をしている。取調室ではすでに特捜部の聴取が始まっているのだろうか。素知らぬ顔で通り過ぎるつもりだったが、ラガーマンに呼び止められた。

「久我さんですか?」

「ええ、私が久我です」

「このたびは、お騒がせします。特捜事務課の野辺《のべ》です。田中検事と部屋にあいさつにうかがったのですが、ご不在のようでしたので」

「田中というと、田中博くんですか?」

「ええ、もう中で調べを始めてます」

「それはご苦労さまです」と穏やかに口にしながらも、久我は屈辱に耐えがたくなった。よりによって、担当検事がまさか人事の因縁を引きずる田中博とは。

検察官室に足を踏み入れると、倉沢の冷ややかな視線が待っていた。

「遅すぎませんか。遅刻の理由はまたもや〈電車が混んでたから〉じゃないでしょうね」

「喫茶店に寄ってきた。いい店だったよ」

「あきれた。のんきなことですね」

「たまに街の人と話すのはいいもんだ。コーヒーもうまかった」

「田中さんがあいさつに来ましたよ。たしか公認会計士の資格を持っていて、特捜の中でも断トツに将来を期待されている人ですよ。だけど取調室には入らないでくれって言われて、ムカッときました」

「どんなやつだ？」

「知的で都会的で、とても感じのいい人でした。足がすらっと長くて」

「おい、ほんとにムカッときたのか。人を外見で判断するなんて」

彼女はいたずらっぽく笑った。「久我さんは適用外だから気にしないでください。たぶん、奥さんもそうだと思いますよ」

「どういう意味だ」

「ぜひ、いい意味にとらえてください」

久我の心の底では屈辱が渦を巻いていた。しかし倉沢と無駄口をたたいているうち、だんだんと渦が小さくなっていくのを感じてもいた。

「けさの新聞、見ましたか？」

「ああ、見たよ」

喫茶エレンで読んだ記事には、特捜部が脱税で立件をめざす人物として高津安秀《たかつやすひで》の名があった。一代で築いた大手芸能プロダクション、フジアワードの経理に多額の使途不明金が見つかったと報じていた。

倉沢が口をとがらせた。「いきなり実名がでかでかと報道されてるんですよ。スリー・モンキーズもくそもないじゃないですか」

「おい、そんなでかい声で言ってると、聞こえるぞ」久我は扉の向こうをあごでしゃくった。

「どんな事件が、この先にあるんですかね。高津安秀って人は、政界にもずいぶん顔のきく人のようだけど」

「そんなこと何で知ってるんだ？」

「私のSからの情報です」

「そうなのか」

彼女は首を横に振った。「ふふふ、なんてね。ネットですよ。以前から週刊誌で疑惑がいろいろと取りざたされてきた人物のようですね。政財界の新フィクサーじゃないかって……まあ、私たちには関係ない事件ですけど」とすねたように言い、隣の取調室の話題をしめくくった。

久我はまじめな顔つきになって言った。「道すがら、有村のメールを読んだよ。麻薬が見つかったんだってな」

「ええ、現金もあったようです。友之は密売人だったんですかね」

「そうすると、車を使った密輸も本格的に疑う必要がある。きょうは、有村は来ないのか?」

「ええ、来ません。来られないそうですよ」

「風邪でもひいたのか?」

「いえいえ」倉沢は首を横に振った。「さっき電話がありました。渡瀬兄のジムのスタッフに怪しい人間を見つけたから、張り込んで尾行するんだそうです」

「どんなやつだ?」

「とりあえず身元の割り出しを私が頼まれました。前科がないか、刑事裁判データベースを引いていたところです」

彼女の手元のメモには一人の男の名があった。

松井祐二《まついゆうじ》

有村は、抹茶色の背広は世間ではおしゃれなものではないらしいと気づき、リュックにしまってポロシャツ姿になった。買ったときを思い起こしてみれば、「お客さま、お目が高いですね」と言って採寸した女性店員の顔がこわばっていた気もする。

ジムから何軒か離れたベーカリーの前の電信柱に隠れ、コロッケパンをかじりながら、ジムの玄関から目を離さなかった。自転車はガードレールの歩道側に、車輪にロックをかけて立てかけた。ふと遺体になっても彫像のように整っていた河村の顔立ちを思い浮かべた。男前なのに、浮いたうわさは武藤結花が恋人と誤解された程度のことしかないのがふしぎだった。暮らしぶりは質素そのもので、知人評もすこぶるいい。まじめ、好青年、誠実、やさしい……そんな男の隠しロッカーから麻薬と大金が見つかった。どんな裏の顔があるのだろう?

見張っていたジムの景色に変化が出た。鑑識係が警察車両の周囲に集まり、帰り支度を始めた。そのタイミングを見計らったように、松井祐二がジムから出てきた。駅の方角に向かって商店街を歩き出した。有村は慌ててパンをのみ込んだ。

追跡対象の男は日暮里駅まで来ると、JR駅構内には入らず「舎人《とねり》ライナー」に乗った。東京都交通局が運行する新交通システムは五両編成のコンパクトな車両で、足立《あだち》区に向かって真北に延びている。松井が二号車に乗り込むと、有村は隣の三号車に乗った。まもなく追尾対象は荒川近くの駅で降り、改札を出たあと、見通しのよい一本道を歩き出した。

有村はバス停を見つけると、ベンチに腰掛けて横を向いた。その瞬間、松井が振り返るのを目の端でとらえた。気づかれたかどうかは定かではなかったが、数秒の間に姿が見えなくなった。横道に入ったにちがいないと、駆け出した。松井が消えた付近は住宅と小さな町工場が入り乱れる場所だった。

姿はどこにもない。見失ったか……落胆しかけたとき、ブーン、ブーンとバイクのエンジン音が響いた。トタンの壁に囲まれた建物のシャッターが開き、フルフェイスのヘルメットをかぶった男がバイクを駆って飛び出して行った。顔は確認できなかったものの、建物の壁に「松井板金」と薄くペンキの跡が残っていた。人の気配はない。看板の電話番号が斜線を引かれて消されており、すでに廃業していることがうかがえた。

同じ敷地の裏手に木造の家屋があり、そこには表札がかかっていた。追跡は断念せざるを得なかったものの、住居を突き止められたのは収穫だ。

廃工場には油のしみつくプレス機が鎮座し、ガスバーナーや塗料の噴射機、ペンキの一斗缶などが無造作に置かれていた。ここで輸入したメルセデスを解体し、麻薬を取り出すのだろうか。

有村は空の一斗缶の一つを持ち上げた。それだけがアルミのつやが残っていて、他の缶に比べて新しいものに思えたからだ。白の塗料が缶の上部についていた。ほぼ乾いていたが、触れてみると指先にペンキが移った。

何に使ったのだろう？　有村は首を捻った。

そのとき、背後にブーンと音がした。心臓が飛び出しそうになった。だが運転者は松井ではなかった。有村は胸をなで下ろしながら、駅へと引き返した。

9

久我は午後の数時間を浅草西署で過ごした。中学生三人がデパートや果物店からメロンを盗んでインターネットで販売したという事件で、取り調べを始めるとの連絡が来たため様子を見に行ったのだ。触法少年一人ひとりに無理な取り調べがなかったかを尋ねるのは、決まり事とはいえ署員に聞こえる場所でやるのは居心地が悪いものだ。

署をあとにする頃には太陽が傾きかけていた。湿った生暖かい風に合羽橋道具街の幟《のぼり》が揺れていた。ふと、河村友之の兄が営む店が合羽橋にあることを思い出した。プロの料理人が使う道具をそろえる店が並ぶ通りを歩くと、脇道を入ってすぐの所に小さな理髪店があった。

兄の名は河村和也といった。有村のメモによると、和也は友之より七歳上で、両親を交通事故で亡くしたあと、弟を養うため高校を退学し、理髪店で働きながら理容免許を取ったということだった。

休業しているらしくサインポールは回転していなかった。だが店には明かりが灯《とも》っていた。久我は中をのぞこうと首を伸ばしたとき、泡を食って飛び込んで行かざるを得なかった。和也がカミソリを手首にあてていたのだ。

「やめなさい！」久我は大声を出して駆け寄った。

店のあるじは驚きに目を見張り、カミソリを動かす右手を止めた。

「何ですか、あなたは？」と怒気を含む声色で聞いた。

久我はまもなく早合点《はやがてん》を察した。理髪師の左腕に甘い匂いを放つ泡クリームがまんべんなく塗られていたからだ。鏡の前に粉石鹼《せっけん》を溶かしたとみられる器があった。茶せんのような道具がそこにのぞいている。ふーっとため息をついて言った。「私はどうも、大変な慌て者のようです」と腰を折って謝った。

彼は、ああそんなことだったかという顔をした。「このカミソリで私がとんでもないことをすると思ったんですね」

久我は自分を叱るように言った。「何てそそっかしいんだ。弟さんを亡くされたばかりなのに、騒々しいことになって申し訳ありません。河村和也さんですね」

「ええ、河村です。すると、あなたは警察の方？」

久我は首を横に振った。「私は警察官ではありません。ご縁があって、友之さんの遺体の検分に立ち会った検事です。きょうは、お悔やみを言いに参りました」

「それはわざわざ、ありがとうございます」

和也は丁寧に腰を折った。顔に疲れがにじんでいたが、声には三十代半ばにふさわしい張りがあった。普段からの職業的な心得なのか、髪をきっちりと整え、清潔感を醸している。形のいい眉の下に二重の大きめな目がある。

久我は聞いた。「腕にクリームを塗って何をなさるつもりだったのですか？」

「カミソリの練習ですよ。床屋は自分の腕で腕を磨くんです」

「腕で、腕を？」

「ええ、私らの職業では当たり前のことです。ちょっと、ここを見てください」と和也は言い、肘を久我の目の前に差し出した。「表面が微妙にぼこぼこしているでしょ？　骨が出ていたり、くぼみがあったり……これが人様のあごによく似ているんです。肌に刃物をあてる商売ですから、傷をつけるなんてことがあったらいけません。床屋は自分の体で何度も痛い目に遭いながら、一人前になるんです」

知られざる職人の修業話に久我は引き込まれた。「驚きです」と、短い言葉に精一杯の敬意を込めた。

和也はカミソリを青い光の灯る殺菌用の紫外線ケースに戻しながら、静かにつぶやいた。「私のような職人のいる昔ながらの店は、千円カットに押されてどんどんつぶれています。ところが有り難いことに、床屋で顔をあたらなきゃだめだってお客様がいるんですよ。あしたはお一人、予約が入りましてね」

「練習されていたわけですね」

「ええ、修業時代の青二才の頃から世話になったお客様です」

「それでは手が抜けませんね。いや、失礼……カミソリを使う商売では一瞬たりとも手抜きなどできないことでしょう」

和也は久我の言葉をうれしく思ったのか、ほほ笑みを返してきた。

久我は日暮里のジムのロッカーから、友之のものとみられる違法薬物が見つかったことを思い出した。兄はまだ聞いてないのだろう。遺族に情報をどこまで伝え、何を聞くかの裁量権は捜査現場を預かる警察にある——と頭ではわかっていたものの、久我はふいに聞いてしまった。心情から発せられた問いだった。

「和也さん、弟さんが仮に殺害されたとすれば、犯人の死者の扱い方はあまりにひどい。友之さんを恨む人間に心当たりはありませんか？」

和也は天井を見上げ、黙って考え込んだ。そして意表をつく一言を漏らした。

「私ですかねえ」

久我がどういうことかと尋ねると、和也は苦しげな顔を向けた。

「私が十六の頃、両親が交通事故で死にましてね。頼れる親戚もないし、高校生の私では親権が持てないので、児童養護施設に行くことになりました。そのとき私と弟は、二人そろって入れる施設が見つからなくて離れればなれになるところだったんです」

「友之さんはかなり小さかったんじゃないですか」

「ええ、九歳です。兄ちゃんと一緒に暮らすんだって泣いて嫌がりました。児童福祉司さんを困らせましてね。そこに手を差し伸べてくれたのが両親の知人だった、修業した店の親方でした」

「そうだったのですか」と久我は静かに言い、次の言葉を待った。

「私は弟と引き離されなかったことがうれしくて、自ら親方に理髪店で働かせてくれと申し出たんです。高校を中退して理容師になったのは、うれしかったからなんです。それなのに私は道でばったり同級生に出会ったりすると、高校を卒業できなかった自分がみじめで、恨みがましく弟の顔をよぎらせていました」

久我は黙って頷いた。どんな哀悼《あいとう》の言葉を返しても陳腐な響きしかないだろうと思った。

そのとき店の玄関先に人影がよぎった。

「こんちは！」と、野球帽のツバを後ろにしてかぶる若い男が顔を出した。「河村さん、ご注文はいかがしますか？」

「今週はいいや。来週はお願いするから」と、和也は答えた。野球帽の男は「また、よろしくお願いします」と元気に言って帰って行った。

和也は言った。「今のは花屋の御用聞きですよ。友之が死んでしまって、どうしても店に花を飾る気になれないものですから」

10

倉沢が日本橋署から戻ったとき、検察官室に久我の姿はなかった。静かな部屋で一人机に座り、日本橋署の刑事課長をののしり倒して借りてきた捜査報告書を広げた。かつてライブハウスだったというオーディエンスに盗みが入ったときの被害届、鑑識結果など書類一式だ。

刑事課長にカッとしたのは、本庁の刑事部を通す正規の手続きにこだわったからだ。そんなことをしていたら一週間かかるとごね、強引に書類を持ち出してきた。

被害届によると、金庫から盗まれた現金は七万円余り。それに預金通帳に印鑑。口座は三十万円の残高があったが、銀行に通報し、不正におろされる前に払い出しを停止していた。

オーディエンスという会社がなぜ河村友之の手に渡ったか、そこの解明につながる情報は何もなかった。空振り同然の結果に気を落としていると、ドアをノックする音が聞こえた。

「どうぞ」と不機嫌な声を出すと、有村が控えめに顔をのぞかせ、「入ってもかまいませんか」とかしこまった態度で許可を求めた。それが倉沢にはなぜか不快に感じられ、つい口調にいらだちがにじんだ。

「有村くん、私は検事、あなたは警官、働いている組織は別で上司でも何でもないのよ。堅苦しい態度をされると、肩が凝っちゃうのよね」

「いや、検事さんと巡査じゃ、地位が違い過ぎます」

「そうかしら」

倉沢はあまりいい話題ではなかったかもしれないと、やや後悔した。

「久我さんはお留守ですか？」有村はおずおずと聞いた。

「浅草西署の少年事件で足止めを食っているんだと思う」

「そうですか」と、有村は残念そうな顔をした。

「私じゃだめなの？」

「いえ、そんな」

「何か進展があったなら久我さんには私から報告しておくから」と、なおも剣呑《けんのん》な態度で彼に迫った。

有村は「わかりました」と頷いて、松井祐二の不審な電話を盗み聞きしたことに始まり、松井を尾行し、実家が廃業した板金工場であったことなどを説明した。

メルセデスの輸入が麻薬密輸の隠れ蓑《みの》であるとの仮説に立てば、有村の捜査は解明への種をいくつか拾ってきたと言える。こんなときは素直にねぎらえればいいのだけれど、生来の負けず嫌いが顔を出してしまった。

「私の方はだめだったよ。日本橋署で何かわかると思ったんだけどね」と、悔しそうに唇をかんだ。倉沢は続けて前夜のことも話して聞かせた。オーディエンスの所在を確かめに現地に足を運んだこと、中華料理店で聞き込みをしたこと……。

有村の顔つきが変わった。

「なに？　怖い顔して」

「倉沢さん、聞き込みはあなたの仕事ではありません。僕が責任をもってやりますから」

「えっ、どういう意味？　やめろってこと？」

「はい、やめてください。困ります」と、彼はきっぱり言った。

倉沢は憤然として言った。「ねえ、警察官と検察官で縄張り争いをやろうってこと？」

「どう受け取ってもらってもけっこうです。とにかく迷惑なんですよ」

「めっ、迷惑ってなによ」

「迷惑は迷惑です。金輪際やめてください」

「いや、私はやめない。絶対にやめない」

「頑固ですね」

「どっちがよ。私はよかれと思って……」そこまで言って倉沢はキレた。「法律もろくに知らない巡査が、なに偉そうに言ってるのよ」

倉沢の顔は真っ赤になっていたが、有村の反応は少し首をかしげただけだった。静かに立ち上がると、「倉沢さんは何もわかっていない」とつぶやき、部屋を出て行った。

11

西の空に夕焼けが広がった頃、有村は墨田署に戻った。普段はいかめしい外観でしかない警察署の窓という窓に柔らかなオレンジの光が射し、それを眺めているとほんの少し、向こう気の強い検事との口論を忘れられた。

有村は倉庫から使われてない黒バイを引っ張りだし、ゴムホースを躍らせて水洗いを始めた。ベテランの警官の多くは、パトロール用の黒いバイクを「カナブン」と呼ぶ。交番のガラス窓に夜中、ぶんぶんと羽を鳴らして飛んでくる昆虫は、排気音のうるさい昔の黒バイによく似ていたらしい。たまたま通りかかった追出も黒バイとは言わなかった。

「おい有村、そのカナブン、何に使おうってえんだ?」

「バイクで出かける男をこれで追います」

「熱心だな、よし」

自動車の解体場らしき工場を見つけたことはメールで報告してある。カナブンで追う相手が松井であることにはピンときているのだろう。

「がんばれよ、私服巡査」と、追出は有村の肩をポンとたたき、いつものガニ股歩きで帰宅の途についた。

刑事課には司法解剖の結果とともに、重要な連絡が届いていた。河村友之の血液から合成麻薬

ＭＤＭＡが検出されたという。ジムで見つかったものも同じクスリと特定された。コカインやヘロインより安価なため、流通量の増大が警戒されている薬物だ。

友之の死には見立てが一つ増えた。麻薬に脳を支配され、死の恐怖をも破壊された人間は、加速してくる車に高架から飛び込んでもおかしくはない。その場合、自殺に限りなく近い事故ということになる。だが、それを打ち消すように松井祐二が誰かとこそこそ話していた声が脳裏によみがえってくる。

言われた通り、やった……

ロッカーに麻薬と金を仕込み、友之を売人に仕立てたと聞こえてならない。そうならば何のためか。友之の人物像は変転しかけているが、有村の頭のなかでは、まじめな友之がふまじめな友之を押しのけていた。


久我が区検に戻ったとき、取調室の電気は消えていた。田中博も事務官も、きょうは新フィクサー高津安秀の聴取を早めに打ち切ったらしい。

検察官室からは明かりが漏れていた。倉沢が一人、デスクに座っていた。

「残業か？」

「待ってたんですよ」と、彼女はとがった声で迎えた。

「特捜の田中さん、帰りにまた久我さんを探してましたけど」

「またか、なぜおれにそんなに会いたいんだろう？」

「さあ、本人に聞いてください」

「で、きみが待っていたのは墨田署の捜査の件か？」

「ええ、オーディエンスを私なりに調べてみたんです」と、日本橋署から借りた書類の中身をかいつまんで説明した。「ああ、残念……河村に結びつくものは何もわからなかった」

ところが久我の反応は予想外だった。「そうでもないさ」

「えっ」

「金庫から盗まれたのは何と言った？」

「現金と、通帳、印鑑……」

「通帳はオーディエンス名義か？」

「そうです。法人名義です」

「なら印鑑は社判だな」

「そっか、資料になかったけど、社判なんですね」

法人実印とも呼ばれ、契約や取引に使用されるものだ。押印する者が誰であろうと、会社を自在に操ることができる。つまり何者かがこれを入手したことがきっかけで、メルセデスを使った麻薬の密輸を思いついた可能性がある。

倉沢は無駄足ではなかったことを自覚すると、どんよりした気分から少し解放された。と同時に、部屋を出て行く有村の背中が思い浮かんだ。久我にも話しておくことにした。

「じつは私、有村くんとけんかしたんです」

「なに、けんか?」久我は眉根を寄せた。「殴り合ったのか」

「ばか言わないでください」

有村が出て行くまでを話した。しかし、久我の軍配は彼女にはあがらなかった。

「おれは、よくないのはきみのほうだと思う」

「えっ、私ですか」

「おれも有村と同じ考えだ」

「どこがいけないいんですか。有村くんだけでは大変そうだから、手伝いのつもりでやったことなのに」

「警察と検察は領分がちがう」久我は現場を走り回って証拠を集めるのは警察官の仕事であって、検事が足を踏み入れる場所ではないと説明した。「おれたちは捜査段階で確かにいろいろ口を出すことはある。だがそれは彼らが集めた証拠を裁判に耐えられるよう仕上げるためだ」

「確かに検事が自ら証拠集めに走れば、主観的になって評価の目が曇りそうです。ですが……」

その切り返しが、いかにも倉沢らしいと久我は思った。「ですが、何だ?」

「もし河村とつながりのある人物が中華料理店の聞き込みでわかったなら、それでも私は叱られるんですか。署が出し渋っていた資料に松井のことが書かれていたら、それでもだめなんですか。私が署に行ったから、印鑑のことだってわかったんじゃないですか」

彼女はむずかしい問いを投げてきた。防御や抵抗のために有効な言葉を並べたてる力は、法廷で弁護人とやり合うこともある検察官には必要な資質だ。こいつは公判の立会《たちあい》検事になっても相当に腕が立ちそうだと、久我の思考はやや横道に逸《そ》れた。しかし、彼女の投げた問いに答えないわけにはいかない。

「屁理屈《へりくつ》を言うな」

「屁理屈ですって！」

「ああ、そうだ。屁だ」

「ずいぶん侮辱的な例えですね」

「考え直せ。根本にあるのは警察と検察、二つの組織が事件の解決のためにどう付き合うかという問題だぞ」

倉沢はみるみる肌を上気させた。「久我さん、教科書的にすぎませんか。組織に冷遇されているのに、組織の論理で動くんですか。だから、こんな場所で働くはめになっているんですよ」

久我は苦い顔つきになって、自分をこきおろす言葉の一つ一つを受け止めた。ただ黙って、わさわさと帰り支度をする彼女を見つめた。

12

荒川の鉄橋を電車がカタカタと車輪を鳴らして渡る。十秒ほどその音を聞くと、地域は埼玉になる。倉沢が自分は東京人ではないと思う瞬間だ。

倉沢は川口駅に降り立つと、いつものように駅の階段を急ぎ足で降り、バス乗り場に向かった。

そこから路線バスに揺られて十五分ほど行った住宅街に倉沢の自宅がある。

ドアに鍵を差し込んでいると、玄関の明かりがついた。

「ひとみ？」母の声がし、内鍵を回して迎え入れてくれた。

「ただいま」

「ごはんは？」

「コンビニ弁当で済ましちゃった。書類の処理がたまって残業したの」と明るく言って、靴を脱いだ。

今夜の母は顔色がよかった。むくみも出ていない。人工透析を受けるほどではないものの、腎臓機能に異常が見つかったのは倉沢が司法修習の後期課程にいた年のことだった。

「お母さん、何で玄関にいたの？」

「おばあちゃんが荷物を送ってくれたのよ。さっき届いて、荷ほどきしていたの」

廊下に段ボール箱があった。

「さっき電話したら、あなたから素敵なプレゼントをもらったって喜んでたわよ」

「ああ、風鈴ね。このまえ、郵便で送ったの……おっ、これ、石松屋の酒まんじゃない！」

倉沢は箱から祖母の街にある和菓子屋の折り詰めを取り出した。親と離れ、祖母と暮らした時期に好物になった小ぶりのまんじゅうだ。

倉沢は中学のとき、けんかの絶えない両親が嫌でたまらず、隣のさいたま市にある祖母の家に住んだ。父は県立高校の教員、母は非常勤で市の図書館司書をしている。平穏な家庭だったが、父親が卒業した教え子と不倫騒動を起こしてから毎日が嵐になった。祖母宅から川口に戻ったのは両親が離婚し、父が家を出てからのことだった。

　そんな家庭環境から目をそむけるように、がむしゃらに勉強ばかりしてきた。高校は都内の私立に通い、大学に進んでも気を緩めることはなかった。勉強時間を作るためサークルの誘いはことごとく断った。オールＡの成績で卒業し、法科大学院へ進んだ。そこでも常にトップクラスの成績を収めた。

「お母さん、これもらっとくね」

　倉沢はまんじゅうを両手に持てるだけ持って、二階の自室に上がった。スーツを脱ぎ、Ｔシャツと短パンに着替えると、「疲れた」とぽつりと言ってベッドに身を投げ出した。すると、机に置いた論文集に目が留まった。先日参加した国際刑事法学会で、テキストとして配られたものだ。

「私、いつまでガリ勉するんだろう」と独りごちた。人との競争にがむしゃらになる癖がいまだに心の底に根を張っている。そのせいか、きょうは二人の人間と一つの理由でそれぞれにけんかしてしまった。

　ベッドから半身を起こし、まんじゅうを一口かじった。でも、いつものような甘さは舌の上に広がらなかった。ああ、どうしようと胸のうちでつぶやいた。

　有村に初めて会ったとき、クリームとミルクの言葉遊びで冷やかしたのを思い出す。そのネタを書き込んであるノートも机の上にある。学生時代からの唯一の趣味は映画を観ることだった。鑑賞するだけでなく、気に入ったセリフをノートに書き込んでいくのが楽しい。そのオタク趣味のノートもすでに三冊目に入っている。

だが苦い思い出もこみ上げる。そもそも映画趣味は父が大量のビデオを家に残したことに始まっていた。映画を観ていると、ふいに嫌な父や優しかった父の思い出が交錯し、セリフが頭に入らないことがある。

カッとしたとはいえ、きょうの自分の口から出たセリフはいくらなんでもひどい。同じ年の警官の心にどんなふうに刻まれただろうかと思った。

法律もろくに知らない巡査……

最悪だ。無性に謝りたくなった。ほとんど叱られることなく育ってきた自分には、少しばかりの批判でいきり立つところがある。

倉沢はふと思い出し、机に向かった。二冊目のノートを手に取り、中ほどを開いた。あった、これだ。

〝けんかのいいところは仲直りができることね〟

一九五〇年代の米映画『ジャイアンツ』で、エリザベス・テーラーが夫とのけんかのあとに言うセリフである。倉沢はふむふむと頷いた。そういえば、有村は今晩、松井の自宅に張り込むと言ってなかったか。足立区は川口から荒川を渡ってそう遠くないはずだ。

倉沢は思い立ったように、まんじゅう三つを銀座の老舗文具店で買った花柄の和紙に包んだ。そして部屋着を脱ぎ、私服を着直した。階段を降りて居間をのぞくと、母はお笑いタレントが芸の得点を競う番組を見ていた。くすくす笑いとともに揺れる母の背中に言った。

「お母さん、車借りるわよ」

抹茶色のスーツは夜の張り込みにはいいと、有村は思った。光を反射せず、目立たずに立っていられるからだ。だが、雨がてんてんと模様を作っていた。さっきから降ったりやんだりしているうえに、そばを流れる荒川から吹く湿った風が不快だった。スーツの内側に汗がじわじわとにじんだ。

黒バイは路地の見えない場所に停めてある。日中は徒歩で赴いたため松井のバイクを追うことができなかった。次は見ていろと気合を入れた。

署を出るとき、刑事課の係長に言われた。「ラリって高架から飛んだんだよ。自分が鳥か飛行機になったと錯覚して、高い所から飛び降りるやつがいるというじゃないか」

河村の血液から麻薬の成分が見つかったことを耳にし、見立てを開陳しに来たのだ。

「勉強になります」と先輩のアドバイスに恭順の意を示したものの、思い込みは禁物だと胸の内でつぶやいた。

張り込みを始める前、足立北署の地域課に寄ってきた。警察が作成する住民台帳〈案内簿〉を見るためだ。過去の分まで見て、松井の両親が数年前に相次いで他界したことがわかった。それに生年月日。自分より若いように思えたが、春に三十歳になっていた。ググッてわかったこともある。ボクシング協会のホームページに、ミドル級の選手としてプロのリングの八回戦に出場した記録があった。

有村は腕時計を見た。松井のバイクを工場の窓から確認したのは午後七時過ぎ。それから三時間を経て何も動きはない。ふと隣町の高校との定期戦で、外野を守る自分のところに一球もボールが飛んでこない試合があったのを思い出した。じれながら緊張感を保たねばならない状況は似ているが、息苦しさを覚えるほどの暑気と湿度はグラウンドにはなかった。雨のしずくと熱帯夜の空気がじわじわと衣服から染みこみ、体中をいじめてきた。

13

久我が自宅に戻って夕食を済ませ、ソファに腰を沈めたとき、雨が窓をたたいた。閉め切っているとはいえ湿気が入り込んでくる気がするのは倉沢とやり合ったせいだろうか。そのうえ菜穂はきょうも冷たい。

テレビの音量が急に上がった。菜穂がリモコンを手に「これこれ」と言った。

ニュース番組が画面に映り、キャスターが最高裁の建物の映像を背景にしゃべっている。

「何だ、菜穂はGPSに興味があるのか」

「あるよ、だってこの最高裁の判断ってへんじゃない?」

「どこがだ?」と久我は疑問を示しつつ、腹の中では娘が間接話法を中断したことを喜んでいた。

ストーカー規制法は、自宅に近づくなどして人を見張る行為を禁じている。この見張る行為に、GPSで被害者の位置情報を得ることが含まれるかどうかが争われた裁判だった。

最高裁は見張りについて、法律には「被害者の住居や勤務先など、通常所在する場所の近く」と書かれているため、GPSで「遠く」から位置情報を得る行為はストーカー規制法違反に当たらないと判断した。

つまりGPSで監視しても、加害者におとがめはないということだ。

菜穂は言った。「じゃあ『近く』って何なの？ 被害者が東京にいるとして、アメリカに住んでいる人から見れば、九州だって東京の近くじゃん。それにインターネットの時代だし、『近く』って言葉も『遠く』って言葉も、意味が変わってきてるんじゃない」

「まあ、それはそうだ」と久我は相槌《あいづち》を打ったうえで、判決を解説した。「最高裁が示したのは罪刑法定主義っていう考え方なんだ。法に明記された行為のみを犯罪とする。拡大解釈をせず、法文を堅実に守ることが国にとっては大事だと判事は考えたんじゃないか」

菜穂は反論してくるかと思ったが、そうではなかった。「確かに、そうかもね。拡大解釈がはびこれば、法治が乱れるということだよね。捜査機関が暴走するとか」

「判事が本当に言わんとしているのは、法改正でGPSの文言をきちんと法文に入れ、正々堂々とGPSによる監視を禁じろ、ということなんだろう」

「ふーん、要するに政府や国会が法改正を怠っていたことを判事は責めているのね」

久我はびっくりしていた。思春期は成長期でもあるのか。

そのとき、懐かしい顔がテレビに映った。多香子が声をあげた。

「神崎《かんざき》さんじゃない！」

「だれ？」と、菜穂が聞いた。

「お父さんのお友達よ。今は関西で大学教授をしているの」

「お父さん、この人知ってるの？」

久我は頷いた。「お前も会ったことがあるんだぞ。小学校に入ったばかりの頃、一緒に神崎の結婚式に行った」

菜穂はぜんぜん覚えていないと首を横に振った。

久我は神崎史郎《しろう》と司法修習生時代に友人となった。久我が大阪の堺支部にいた当時、神崎は大阪地検に勤務しており、二人でしょっちゅう飲みに出かけていた。

判決を解説する大学教授はややふくよかになったものの、顔色はよく元気そうに見えた。よく声も通っていた。久我は彼に会うと、いつも自分には足りない法律家の香り高さを感じていた。

神崎は最高裁判決を支持する意見を述べていた。それに聞き入っている菜穂に、久我は気になって仕方ないことを聞いてみた。

「法学部に行くのか」

「どうしよっ」

「法学部に行くのは法曹をめざすためか」

「どうかな」

「何でちゃんと答えないんだ？」

「うざい」

「おれに気に入らないことがあるのか」

「別に」

「今度、家族会議をやるからな」

「お母さん、日にち決めといて」

娘は一瞬にして間接話法に戻った。


荒川堤防の舗装道を歩いていて、すれ違ったのは雨の中を蛍光色のシューズを履いて走る女性一人だけだった。倉沢の傘を持たないほうの手にはまんじゅうの包みと緑茶のペットボトルを入れた袋がぶらさがっている。車は近くのコインパーキングに停めた。

有村の姿はすぐにわかった。電信柱の陰に身を隠すように立ち、松井の住まいであるらしい工場裏の木造家屋を一心に見つめている。倉沢はそっと近づこうとしたものの、空気の壁のようなものに阻《はば》まれ足が止まった。

周辺をうかがうと、向かい側の家の二階に窓があり、明かりがついている。そこから人が顔を出したとしても、有村の立つ場所は死角になっていることがうかがえた。松井の動向を見張る場所は恐らくそこしかないのだろう。わずか五十センチ四方の電柱の陰。

表情まではうかがえない。どんな顔をしているのだろうと思った。差し入れをぽんと渡すだけなら、邪魔する時間は十秒もかからない。と、一度は腹をくくりながら、どうしても足が向かなかった。倉沢は逡巡《しゅんじゅん》したのち、やっぱり帰ることにした。土手を引き返しながら、彼をじっと立つだけにさせているものは何だろうと考えた。刑事になりたいから。手柄を立てたいから。どことなく、そんなことではない気がした。確かなのは、彼にあって私が持っていない何かだろう。

コインパーキングまで来たとき、雨音が消えた。傘をたたみながら空を仰ぎ見ると、雲は強い風に乗って東に去り、頭の上に小さな星が一つ、またたいていた。もう雨は降りそうもない。よかった、と有村を思って胸のうちでささやいた。

「ちょっと、あんた」ふいに後ろから声がした。振り向くと、中背のやせた男がにらんでいた。

「おれの家を堤防からのぞき込んでたろ?」

「なっ、なっ、なにを……」

松井祐二が目の前に現れたのだ。倉沢は恐怖に身が縮み、二の句が告げなかった。息が止まりそうだった。だがそのとき、男の肩の向こう側に人影がよぎった。有村だ。民家の植え込みに身を潜ませている。とたんに勇気が出た。

「あなた、なによ。失礼な」

すっと声が出せたことに自分でも驚いた。

「私がのぞきだって。へんなこと言ってると、警察呼ぶわよ」

松井は一歩下がったものの、押し黙って倉沢の全身になめるように視線を注ぐ。チェッと口を鳴らし、身を翻《ひるがえ》して有村の隠れている側に歩き去った。彼が見つかってしまうのではないか。数秒の間、胸の鼓動が速まったが、杞憂《きゆう》に終わった。松井が角を曲がったあと、有村が植え込みから出てきた。どこか悲しそうな目でこちらを見ると、一言も発しないまま五十センチ四方の陣地に戻っていった。

車での帰り道、区検で聞いた彼の言葉が何度もこだました。

〝倉沢さんは何もわかっていない〟

14

久我が出勤すると、きのうと同様に取調室の前をラグビー体型の事務官が塞ぎ、他者の侵入を警戒していた。ただ、耳に聞こえる音は違った。どこかで水滴の音がしている。廊下の反対側にある給湯室から、その音は響いていた。

蛇口からポタポタと水が滴《しただ》り、ステンレスの板を打楽器のように打っていた。久我はしゃがみ込み、シンクの下に首を突っ込んだ。元栓のハンドルを少しずつ回し、水滴のリズムが止まる場所を探した。

「何してるんですか？」

後ろから突然、倉沢の声がした。久我はびくっとして振り返った拍子に、シンクのへりに頭をぶつけた。

イテッ……

彼女がくくっと忍び笑いをするのがわかった。

「水漏れしてたんで、止めたんだ」久我は身を起こしながら言った。

「さっき洗い物をしたとき、私も気づきました。でも、私が乱暴に蛇口を回したせいじゃないですよ。朝からずっと、ぽたぽたと水が落ちてました」

運動不足なのに窮屈な姿勢をとったせいか、腰もぴりっと痛んだ。二度笑われるのはごめん被りたかったので、何ともないふりをした。

「老朽化だろう。きみのせいじゃない。ちょっと下の倉庫に行って、工具箱を取ってきてくれないか」

「何で私がそんな小間使いをしなきゃならないんですか?」と、普段と同じ勝ち気な目を向けてきた。きのうのことをまるで反省していないことは、その態度からありありとうかがえる。

「いや、その……今、ちょっと腰を痛めてしまった」と久我が正直に話すと、倉沢はくすくす笑った。それなら仕方ないかと言い、階段を降りていった。

倉沢が工具箱を手に戻ってくると、久我は腰を手で押さえながら、もう一つの手で工具箱からドライバーを取り出した。次に蛇口の裏側をのぞきこみ、そこに隠れるようにしてあるネジを回した。すると、蛇口の上部がパカッと外れた。

「やっぱり、ゴムパッキンが傷んでいる」と、倉沢に見るよう促した。

「亀裂がいくつも入ってますね」

「ゴムは古くなると弾性をなくすんだ。水圧に耐えられなくて漏水したんだな。早く取り換えないと、そのうち破裂してしまう」

「へー、そうなんですか。施設課に言いますか」

「言わなくていい。おれが修理する」

「へっ」倉沢はきょとんとした。

「このパッキンなら、ホームセンターでも手に入るはずだから」久我はそう言うと、蛇口をくるくる回して元の位置に戻した。

「久我さん、驚きです。どうしてこんなことができるんですか?」

「おれの家は水道屋だったんだ。いつまでも水道屋の息子でいたくて、こんなことやっちゃうのかもしれない」と言って、久我はハッとした。いつまでも水道屋の息子でいたかったなんて、今初めて自覚したことだったからだ。

「というと、今は家業はないんですか」

「うん、水道屋はもうない。おれが中二のとき親父が死んで店はなくなった」

「そうだったんですか。お父様は若くして亡くなられたんですね」

「四十五歳だった」

倉沢はお悔やみを言うように、ぺこりと頭を下げた。

「お父さんから習ったんですね」

「いや、見よう見まねだ。蛇口がその辺にごろごろ転がっている家だったから」

久我はそう言うと、ふたたび元栓をいじるためシンクの下に首を突っ込んだ。そのときだった。

後ろから、懐かしい女性の声がした。

「あら、久我くんかい? あなた、こんなところで何やってるの?」

横浜税関の建物にはクイーンという愛称があるのだとか。戦前に竣工《しゅんこう》した歴史ある建築物であると、ロビーに置かれたパンフレットに書かれていた。

有村は鹿児島から出てきて以来、警視庁管内の外へ仕事で来たのは初めてだった。パンフは面白かった。税関の建物がクイーンと称するのは、ほかにキング（神奈川県庁本庁舎）とジャック（横浜市開港記念会館）があるからだという。そう呼び始めたのは、港に出入りする船舶の乗員たちとのことで、有村は海から横浜の街を眺めてみたくなった。

観光気分が昨晩の倉沢への腹立たしさを和らげた。張り込みながら、松井がついに外出しなかったことへの残念感もわき起こる。それにしても、なぜ彼女はあの場所に現れたのか。まるでわけがわからない。世に言うところのじゃじゃ馬ではないかと思った。走り方をまだ知らない競走馬に調教をつけているのが、久我なのかもしれない。

ロビーで一人そんなことを考えていると、受付の女性に四階の情報管理室に行くように言われた。そこに渉外担当の職員が待っていた。警察と税関の間に設けた連絡協議会を通せと言われたが、ひたすら頭を下げて横浜港の荷揚げ記録を見せてもらうことを許してもらった。

次に会ったのが、有村の母親くらいの年齢の女性職員だった。記録の入力係だという。

「荷主はワタセカーゴという東京の会社ね」と聞いて、パソコンをたたいてくれた。三分ほど待たされたのち、彼女は言った。「五年分さかのぼったけど、三件しかありませんね。いずれも大黒ふ頭です。いまプリントアウトしてあげるわ」

記録によると、昨年九月と今年二月、そして七月にシンガポールからコンテナでメルセデスが届いていた。送り主は英語のつづりでグエン・コン・ルアンとあった。

「ベトナム出身の人なんでしょうね。国民の半分近くはグエンさんらしいから」

有村は「助かりました」と礼を言い、庁舎を出ると、黒バイにまたがって大黒ふ頭をめざした。

コンテナターミナルと呼ばれる場所に入ると、キリンの立ち姿に似たいくつものクレーンが見下ろしてくる。大気には潮風と船舶の吐くディーゼルの排気が混ざっている。

「倉庫群から少し離れた所にある一番みすぼらしい小屋を探しなさい」と、記録係の女性が教えてくれた事務所はすぐに見つかった。バイクを止め、ヘルメットをハンドルにぶらさげたところにシェパードを連れた職員が近寄ってきた。大型犬の迫力ある面構えが足のすぐそばに迫ると、有村は本能的に腰が引けた。

「警視庁から来た人かい？」

「ええ、墨田警察署の有村誠司と申します」

「竹下です。こいつはジョシュア、オスの十二歳だが、よく女の子と間違えられるんだ」

そう言われてみると、ジョシュアはくりくりした丸い目を持っていた。

竹下はやや困り顔で言った。「警察の人が来ると、ろくなことがないんだ。おれたち税関職員が役立たずってことになるからね」

有村は恐縮した。真実を見つけることで立場をなくす人たちもいるのだ。

「すみません」

「おい、何あやまっているんだ。お互い仕事だろう。きみは一生懸命やればいい」と、竹下は男らしい口ぶりで言った。

ふ頭を案内してもらった。きのう着いたばかりというコンテナが二階建てで積まれていた。竹下はそこで麻薬探知犬の首輪から縄を外し、自由にのびのびと仕事をする時間を与えた。

「ここで荷揚げされたメルセデス三台に麻薬が仕込まれていた可能性があります」

「気づかなかったな。たいていのものは犬が見つけ出すんだが……車の場合、おれの経験では隠し場所がトランクなら犬がすぐに見つける。もし犬の鼻をごまかせるとしたら、サスペンションじゃないかと思う」

「それは車のどこにあるのですか？」

「車軸付近にある緩衝装置だよ。筒状の部品が何本かあって、内部が空洞になっている。車ってえのは、エンジン部だとどこにも隙間がないんだ」

「参考になります。覚えておきます。サスペンションですね」と、有村はかしこまってお辞儀をした。

「きみ、武術の教練は？」

「柔道です」

「おかしいな。おれはてっきり剣道かと思ったよ。太ももの外に筋肉がついて、足が曲がってないから」

「僕はもともとやせっぽちで、トレーニングしても筋肉がつかないんですよ。でも、警察のことにお詳しいんですね」

「親父が警官だったんだ。ガニ股歩きの柔道家でね」

追出課長と同じだと思った。

帰ろうとすると、竹下は事務所に入り、冷蔵庫から缶入りのソーダを出してきた。

「みやげだ」

「ありがとうございます」

炎天の下、救いのような冷たさが手のひらに広がった。有村はその場では缶を開けず、背中のリュックにしまった。港の一望できる場所に寄り、そこで飲もうと思ったからだ。エンジンをかけると、ジョシュアが駆け寄って来た。自分がメンツを失いかけていることがわかるのだろうか。つぶらな瞳で有村を見上げると、ガルルッと唸《うな》った。

15

突然の来訪者は、常磐春子だった。

元福岡地検検事正。だが退任時のその肩書より、東京地検特捜部初の女性検事としての経歴のほうが法曹界に名をとどろかせている。名刺を交換する倉沢の顔にも、どこか緊張の色が見えた。

「常磐さんのご活躍は聞いています。倉沢です。お会いできて光栄です」

「あら、ひとみさんって言うの。いいお名前ね」

初対面の人間の名をまずほめるのは、常磐の習慣らしいといま、気づいた。久我に対してもそうだったからだ。

「久我くん、あなたにも名刺を渡しておくわね。携帯番号も書いてあるから」

「あっ、どうも」

「どうもじゃないよ。あなた、事務所にあいさつにも来ないじゃないか」

弁護士法人
二重橋法律事務所
理事長
久我はヤメ検業界で権威ある肩書を手のひらの上の名刺にまじまじと見た。

二重橋法律事務所は中野栄一という元検事長が創設した事務所で、百人からの弁護士を抱えている。中野が高齢のため引退した際、常磐を後継者に選んだのだ。検察内で垂涎《すいぜん》の的となったことは、人事にさほど詳しくない久我でも知っていた。

「ところで、何の御用でしょう?」久我が聞くと、彼女は取調室の方向に目配せした。

「事情聴取をじゃましに来たってわけ」

「なるほど」

脱税容疑で特捜の調べを受ける身になった高津安秀の弁護人は、常磐だったのだ。

「わざわざ理事長が来られるんですね」

「着手金をがっぽりいただいちゃったからさ。まず私が働いているところを見せないと」と、彼女は商売っ気たっぷりの笑顔を作って見せた。

「でも、マッチョな事務官が私を部屋に入れないんだよ。田中博って調べ検事も、顔さえ出さない」

「攻守ところ変われば、ってやつですかね」

「ああ、攻めがいのある事件だよ」と、常磐は含みを持たせた言い方をした。すでに弱点を見つけているのかもしれない。事実、高津への任意聴取は二日目に入っても逮捕という次の段階に移っていない。

「おっと、きみにも用事があったんだ」

「何ですか?」

「折り入って、話したいことがある。携帯の番号、変わってないよね」

久我は頷いた。

「そのうち電話するから」と常磐は言い置いて、せかせかと部屋をあとにした。

倉沢がらんらんと目を輝かせ、久我を見つめた。

「何だよ」

「ヘッドハンティングですよ。折り入って話があるなんて、ほかに考えられますか」

「ふん、バカな。おれは弁護士になろうとは一度も思ったことがない」

「なに世迷《よま》いごと言っているんですか、天下の二重橋法律事務所に転職なんて、すごいことですよ。顧問先は潤沢だし、検事正やってたぐらいじゃ入れないんですから」と、倉沢は決めつけたように言った。

「ゴルフのコンペで人が足りないんじゃないか」

「久我さん、ゴルフやるんでしたっけ？」

「やらない」

「釣り船で一人空きが出たのかもしれない」

「久我さん、釣りやるんでしたっけ？」

「やらない」

「ん、もう！　はぐらかさないでください」

「きみの見込みちがいだろう。おれの場合、人事に期待すると、必ず真っ逆さまに裏切られるんだ」


見立てが当たった。

有村はグエン・コン・ルアンの名を、横浜から黒バイで直行した西新宿の東京都庁の一室で見つけた。過去の外国人技能実習生のベトナム人名簿にその名があり、受け入れ先に「松井板金」とあった。ワタセカーゴにメルセデスを送ったグエンと、河村のロッカーから麻薬を見つけた松井がつながったのだ。

胸の高鳴りを覚えながら、バイクにまたがった。エンジンをかける前にメールを打ち、久我、追出、そして倉沢に送信した。

気になるのは墨田署の生活安全課の動きだ。都庁への道行き、追出から連絡があった。河村を合成麻薬の不法所持及び使用容疑で送検したいと言ってきたという。

待ったをかけてくれるだろうか。死亡しているとはいえ、売人でなかったとすれば冤罪《えんざい》だ。遺族も深く傷つく。

高速道を使って日暮里には二十分で着いた。ジムの前で松井のバイクを見つけたとき、きょうはついていると思った。黒バイを路地に隠すと、きのうと同じベーカリーの前に移動し、夏風に揺れる幟《のぼり》の陰に身を潜めた。だが気づく者がいた。

「あら、有村さん」と声をかけられた。ベーカリーからバゲットを抱えた武藤結花が現れた。

張り込みを気どられてはいけない。偶然会ったことを喜ぶふりをした。

「先日はお宅におじゃましまして、大変失礼しました」

「いえいえ、あんなことがあれば仕方ありません」

「その後、いかがですか。頭痛に苦しまれていたようですが」

「ええ、少し元気になりました。家にこもっていても気が滅入《めい》るだけですから、久しぶりにジムに来てパンチを振り回してきました」と彼女は明るく言った。切れ長の目の端が上品に下を向く。

有村はトレーニングのあとだと聞いてホッとした。これから練馬に帰るのだという。

「このお店のバゲットは知る人ぞ知るなんですよ。本場のフランスのパンと同じくらい、こちこちに硬いんです」

「殴られたら痛そうですね」

「まあ」彼女は笑った。だが笑顔は数秒も続かなかった。

「省造さんから、とてもショックなことを聞きました」

「友之さんの件でしょうか」

「ええ、私には信じられません。彼が麻薬の売人だったなんて。省造さんは警察の人に、ジムが密売の拠点なんじゃないかって責められたそうです」

有村は黙っているしかなかった。捜査情報は漏らせない。

武藤は言った。「すみません、うっかり警察の悪口みたいなことを言ってしまって。有村さんも警察の人なのに」

「気にしないでください。そうだ、何か思い出したことがあったら、ここに連絡してください」

有村はペンを取り出し、携帯の番号を名刺の裏に書いて渡した。武藤はハンドバッグを開いて、それをしまった。そのとき、バッグの中にミニチュアのボクシング・グローブがちらっと見えた。友之のアタッシェケースにあった鍵と同じホルダーだ。

「ずいぶんちっちゃなグローブですね?」と聞いてみた。

「あっ、これですか」彼女は化粧ポーチを取り出した。赤いグローブがサクランボのようにぶらさがって揺れている。「半年くらい前だったかしら、省造さんからいただきました。ジム設立の二十周年の記念品です」

「ほんと、かわいいグローブですね」と有村はにこやかに応じ、心中に沸き出した疑いを気どられないようにした。

16

久我が昼食を済ませて戻ると、区検の前庭の景色が一変していた。人の多さに空気が振動しているように感じた。カメラやマイクを手にした者の腕に報道の腕章がはまっている。狭い道を塞ぐようにテレビ局の中継車が連なっている。いつもはのんびりと立っているだけの衛視が、マスコミ関係者を敷地の外へ押し返そうとしていた。

久我は携帯を内ポケットから取り出し、倉沢にかけた。

「部屋にいるのか?」

「はい、います。久我さんは?」

「門前で足止めを食らってるよ」

「窓から顔を出したいけど、今そんなことしたらテレビに映されそうだから、やめておきます」

「何があったんだ?」

「高津氏の聴取をここでやってることがばれたみたいです。どこかの新聞社が速報したらしくて、たちまちこの騒ぎです」

「田中博とやらはどうしている?」

「取調室は閉まったままです。何もわかりません」

久我は電話を切ったあと、背広の襟の検察官バッジに手をかけた。記者に見つかれば、特捜部の人間と間違われてしまう。後ろを向き、バッジを外そうとすると、見た顔が視野に飛び込んできた。ラガーマン風の事務官、野辺と名乗った男だった。

「久我さん、すみません」彼はいきなり謝り、腕をつかんできた。

「ご同行願います」

「どこへ」

「本庁です」

「何のまねだ、これは……フォークダンスか?」久我は事務官の腕をふりほどこうとしたが、びくともしなかった。

「お願いですから、暴れないでください」

「どういうことだ?」

「言えません」

「おれはどこにも行かないぞ」

「困ります。一緒に来てください。これ以上、失礼なことはしたくありません」

久我は屈強な男に引きずられて通りを後戻りし、浅草寺の横道に停まっている車の後部座席に乗せられた。

「おれは逮捕されたのか?」

野辺は気まずそうに窓の外を見ていた。

「私にはわかりません」

倉沢は区検の検察官室で一人、テレビを見ていた。すぐ窓の下で繰り広げられている光景を生中継で見るのは妙な心地がした。

芸能界の豪腕マネジャーとして鳴らす高津安秀の顔は、骨張って目つきが鋭く軍人を彷彿《ほうふつ》とさせた。記者やカメラマンにひるむ様子はなく、背筋を伸ばして歩いている。迎えの車に乗り込むとき、フラッシュの光がテレビの画面を白々とさせるほどだった。

久我と連絡がとれなくなった。携帯に何度か電話したが、留守電に切り替わるだけだ。どこに行ったのだろう？　倉沢は最近、久我について気づき始めたことがあった。任官して一年半、一緒にいた指導官は法律家然としたがるところがない代わりに、取り調べに対しては職人気質《かたぎ》のようなものがある。

供述をいかに取るか、どう認めさせるか、真実をどうやって引き出すか。そんな話は他の先輩たちと仕事の話をする機会があっても、ほとんど聞いたことがない。ところが久我はときに示唆に富んだ指導をしてくれる。やや哲学的に、「言葉は時に真実を話さないための道具になる」とか。被疑者の説明が論旨明快なほど疑ってかかれということだ。

それに照らせば、倉沢が最も怪しむのは武藤結花だ。証言が美しすぎる。疑わしいほどに。有村のメモを見直すと、聴取では巧妙に核心を避けた節もある。勤めていた商品取引会社ニチヒと、河村が社長となるオーディエンスが同じ日本橋地区にあることに何ら感想を述べていない。偶然では片づけられない接点だろう。

ジムに入会した理由にしても、おかしい。怖くて地下鉄に乗れず山手線で会社に通っているうち、たまたまジムの看板を見かけたと話している。偶然が二つだ。ありえない。

彼女こそ、真実を話さないために言葉を操る人間なのではないのか。

もしそうなら、良心の呵責《かしゃく》を覚えながら、半分だけ本当のことを言ってごまかそうとする私などかわいいものだ。

〝久我さんの区検に来て以来の仕事を洗い直せと指示したそうです〟

自分自身について小橋のスパイではないかのように伝えてしまった。

半分の真実を吐露して、重大なことを隠そうとする被疑者が少なくないことを教えてくれたのも久我だ。なぜだか、とても信頼できる先輩なのに、私は彼を裏切っている。

17

久我と野辺が地検庁舎の貨物用エレベーターで向かった先は刑事部の取調室だった。予想を裏切らない人間がそこで待っていた。

小橋克也だ。会うのは五年ぶりになる。髪の毛がすっかりさみしくなり、数秒の間は再会した気がしなかった。

「ご無沙汰しています。久我さん」

「何の用だ。冗談か、これは」と、久我は室内を見回した。

「会議室がふさがっていましてね」

「嫌がらせだろう」

「どう受け止めていただいてもけっこうですが、そんな態度だと僻地《へきち》に飛ばされるかもしれませんよ」

「脅しか」

「事実を述べたまでです」

「さっさと用件を話してくれ」

久我は横柄な態度で足を組んだ。意識してまねたわけではないが、取調室で暴力団の組員がやると、刑事がまなじりをつり上げてやめさせるそれだ。

「福地部長が怒鳴り込んできたんですよ。高津の事情聴取が区検で行われていることを漏らしたのは、久我じゃないかって」

久我はあまりのばかばかしさに拍子抜けし、天井を仰ぎ見た。「そんなことして、おれに何の得があるんだ?」

「反抗ですよ。特捜部に採用してもらえなかったから……ちがいますか?」

「まじめに聞いているのか」

「大まじめですよ。それに組織に冷遇されている。あなたの入庁年次で区検の仕事だけしている者はいない。鬱憤《うっぷん》がたまってたんじゃないですか?」

「ふざけるな」

小橋はにやりとした。言いたいことを言えて満足なのだろう。あんたは干されている孤独な人間なのだ、さぞかしみじめでしょう、と。

「機密漏洩《ろうえい》の疑いがかかっています」

「証拠はあるのか」

「ありません。あったら即、免職にして刑法犯に問うかもしれません。判例は知ってるでしょ？」

「ばかも休み休み言え」と、久我はそっぽを向いた。

「ばか？　聞き逃せませんね。福地さんにも報告しておきます。久我さん、あなたは自分の立場がまるでわかっていない。高津さんが怒って出頭を拒否したら、調べができなくなる。公益性の高い捜査をつぶすことになるんですよ」

「何もしていない人間を犯人扱いしたうえ、説教するのか」

「たちの悪い被疑者が否認するときの常套句《じょうとうく》ですね」

「何とでも言え」

「認めないんですか」

「ああ、認めない」

「後で証拠が出たら、処分が重くなりますよ」と、小橋はやに下がった顔を向けてきた。組織内の地位や出世にかかわる因縁がこれほど人間を醜くさせるものか。久我は不可解とも、薄気味悪いとも思った。

「質問は済んだのか」

「ええ、何も根拠を示さずに否認したと福地さんには報告しておきます」

「わかった。機密漏洩とやらの被疑者でけっこうだ。証拠があるものなら出してみろ！」久我はすっくと立ち上がり、帰らせてもらうと言った。

小橋は残念そうな顔をした。お楽しみの時間が終わったからだろう。

ドアノブに手をかけたとき、背後からクックックッと忍び笑いが聞こえて思わず手を止めた。

「あなたは一生、隅田川分室でゴミ掃除をしていればいいんだ」

久我は懸命に振り返るのをこらえ、取調室を出た。


倉沢は自分へのいらだちを発散するように、急ぎ足で区検の階段を下った。向かった先は武藤結花が住むという練馬だ。電車を乗り継ぎ、遊園地の名を冠する私鉄駅に降り立った頃には日が暮れかけていた。

車中ではスマホをつついて、結花の父である武藤稔《みのる》が都議会議員で、都庁に長く勤め、福祉局長を最後に議会に転じたことを確かめた。豪邸ではなく質素な民家だと有村が話していた自宅を見る前に、近くの商店街を歩いてみることにした。稔の所属する保守系政党のポスターを表に貼った店を何軒か探しあてた。支持者の可能性が高く、娘のことを知っていると期待したからだ。

まずは酒屋に入った。割引の値札のついたイタリア産ワインが目につき、一本を抱えて初老の店主らしき男性が座るレジに持っていった。現金で支払いながら、それとなく聞いた。

「この辺の都議さんといったら、武藤さんですかね」

「そうだよ、ここの街が地元だね」と目を細めた。「三軒先の寿司屋の二階に後援会事務所があるけど」

「いえいえ、後援会事務所に行きたいのではありません」

「そうかい」

「娘さんのことをおうかがいしたくて……」

「ああ、結花さんかい？」

「ええ、一人娘なんだそうですね。どんな人ですか」

「どんな人？　……うーん」

二軒目の花屋では鮮やかな青の花びらに惹かれてリンドウを一本買った。中年の店主に同じ質問をしたが、「娘さんか、そういえば選挙のときも顔を見せないな」と言って無愛想に口をつぐんだ。青果店にも寄った。イチゴのパック詰めを一つ買い求めた。包んでもらっている間に店の女性が話したのは、結花が地元とは縁が薄いという認識だった。「たしか区外の私立の小中学校に通っていて、近所に友達みたいな人はいないはずよ」

文具店でボールペンを、洋品店でハンカチを、仏具店では必要もなかったが、線香を買った。小さな商品を心がけたものの、エコバッグはだんだんと膨らみ、重くなってきた。だが肝心の彼女に関する情報は増えていかない。政治家の娘にして、こんなことがあるだろうかと思った。

歩き回ったせいか、普段より早くお腹《なか》がすいた。軽食喫茶の看板が目に入り、階段を上がった。そして店内に一歩入ったとき、じわっと期待がよぎった。武藤稔の広報パンフレットがレジ横にあったからだ。

オムライスを若い店員が運んでくると、満《まん》を持《じ》して尋ねた。

「武藤さんって、立派な人なんですか？」

「えっ、武藤さんというと……」

店員は選挙にまったく興味がないのだろう。どうやら無駄足のようだとあきらめつつ、オムライスを食べ終えた。レジで九百円を支払い、財布をたたみながら店を出ると、路地の奥にクリーニング店があるのに気づいた。壁や窓が複数の政党のポスターで埋まっている。中をのぞいてみた。小太りの高齢の女性がカウンターの内側に一人いた。横顔がプロ野球中継を映すテレビに向いている。

「ごめんください」

声をかけると、ひいきのチームが失点したばかりのようで、「ああ、きょうもだめだわ」とぼやいて立ち上がった。

「はいはい、いらっしゃいませ」

「少しばかりお時間よろしいでしょうか」

「何かの勧誘さん？」と迷惑そうに眉根を寄せた。

「いえ、ちがいます。ちょっと、このお店の外のことでおうかがいしたいことがありまして」

「あら、何かしら」

「政党のポスターが貼りまくられてますね」

「そうそう、貼りまくられてるのよ。こういう商売をしていると、お客さんに頼まれると断れないもんだからさ。もう四十年以上、うちの窓ガラスはこうよ。いや、店を始めてすぐだから、五十年かしら……だからって、クリーニング屋なんて、政治の人たちには何もしてもらえないよね」

彼女の舌はなめらかに滑った。話し好きのようで、倉沢はホッとした。洗濯物を頼まなくてもよさそうだ。

「わかった。あなたも政党か、宗教の人でしょう?」

倉沢はほほ笑んで、やんわりと否定した。とはいえ、どう自分の立場を説明していいかわからない。とりあえず「この街を調査に歩いているものです」と嘘にならない範囲でごまかした。ところが、なぜか女性には十分に通じた。

「あら、調査さんなのね」

調査さんが何かわからなかったものの、倉沢はハイと返事をし、用件を切り出した。「都議会議員の武藤稔さんに娘さんがいらっしゃるのをご存じでしょうか?」

「まあ、興信所の人がそんなことを聞いてくるなんて、ついにお婿さんが見つかったのかしら」

「いや、そこは私の立場では何とも言えないんです」

倉沢が作り笑いをしてはぐらかすと、女性はいっそう強く好奇の眼差しを向けてきた。

「お相手のおうちが調査さんを雇うのも無理はないかもね」

「どういうことですか?」

「だって、なぞのお嬢さんだから」

「なぞのお嬢さん？」

「この辺りじゃ、そう呼ばれているの。何してるのか、よくわからないから」

「そうなんですか」

「議員さんの娘さんだから、かわいそうよ。選挙のたびに変なうわさを流されて。高校を退学させられたとか、不良グループに入って遊び回っているとか。東京といっても、このあたりの商店街は昔から村なのよ。人付き合いが窮屈でね。おばちゃんは東北出身だけど、ここに嫁に来たときにびっくりしたんだから。田舎と何にも変わらないって」

「ちょっと驚きました。高校中退に、不良グループですか」

倉沢はテレビの野球中継に目をやった。仙台に拠点を置く球団が映っている。

「でも、あたしは嘘だと思うね。だって、あんなにきれいなお嬢さんだもの。ポスターを貼りにくる人たちが流すうわさなんて、ひどいもんだよ」と言いつつ、さらにうわさ話を盛りつけした。

「ほとんど顔を見ないものだから、家出したと言う人もいれば、外国に留学していたと言う人もいる。あっ、そうそう、いやらしいビデオに出てたって話もあったわ。ほんと、人の口ってやあねえ……」

帰りの私鉄はラッシュと反対方向ということもあって、ゆったりと座れた。エコバッグを膝に置くと、酒屋で買ったイタリア産ワインの瓶の硬い感触が伝わった。ふと、第二次大戦中のイタリアの小村を舞台にする古い映画に、こんなセリフがあったのを思い出した。

〝ワインは眠っている。でっかい声を出すと、目を覚ますぞ〟

ドイツ兵からワインを奪われまいと村人が隠す作業をしているとき、怒鳴り声をあげて威張り散らす村長に貯蔵庫の番をしていた老人が言う。

倉沢はさして重要な情報に接することがなかった「調査」を振り返った。見ず知らずの旅人に何でもかんでも話す村人がいるだろうか。眠っているワインを起こせなかったのだろうと思った。

18

スマホのニュースサイトが、台風が南九州を通過中であると告げていた。かなり大型のようで千キロ離れた夜の東京にも時折、強い風が吹いた。有村はベーカリーの看板の陰に身を潜めながら胸をざわつかせたものの、両親は無事に過ごしてくれるだろうと思った。

鹿児島の実家は、柱や梁《はり》が東京の木造住宅に見るそれの二倍の太さがある。ただし納屋は心配だ。正月に帰ったとき、瓦がはげ落ちている部分があったのを思い出す。はしごを登って屋根裏に上がり、かつて蚕棚が連なった場所の掃除を手伝ったときのことだ。

警察学校に入学してまもない頃、父は蚕を養うのをやめた。腰を痛めたことで田畑に出るだけで精一杯になり、養蚕に手が回らなくなったと話していたが、ほんとうは兄貴のせいにちがいない。居酒屋経営などに手を出さず農家を継いでいさえすれば、借金に困ることはなく蚕を手放さずに済んだはずだ。

ふと、都会の人たちは蚕の肌の感触を知らないだろうと思った。幼虫の皮膚はすべすべしていて、絹の布地の感触とまるで同じなのだ。警察をやめて家を継ぐことになったら、まず蚕の復活から始めようと意を強くした。

張り込んでから六時間が過ぎていた。松井はなかなか姿を現さない。ジムの終業時間もとうに過ぎていた。会員ら人が出て行くたび、注意深く観察した。まさか見逃していることはないはずだ。だが時を経るにつれ、疑心暗鬼に心を重くする頻度も上がっていく。足腰が疲れてきた。

もう一度スマホを開いて台風情報を調べようとしたそのとき、ジムの電気が二階、一階と相次いで消えた。渡瀬省造と松井が連れ立って、正面の出入り口から出てきた。瞬時にアドレナリンが駆け巡った。

省造は駅の方角に向かい、松井はジムの壁際に止めた中型バイクに近づいていく。有村は忍び足で黒バイを隠した路地に回り込んだ。シートにまたがり、ヘルメットを頭に乗せ、ベルトをきつくしめた。

エンジン音が聞こえたら、それがスタートの合図だ。

午後十時を過ぎた頃だった。倉沢はシャワーを浴びながら、メールの着信音をかろうじて聞いた。久我と有村から何の連絡もないことをいぶかり、脱衣所の着替えの上に携帯を載せておいたのだ。

風呂場を出て、まずバスタオルで髪をごしごしと拭いた。そのまま体に巻くと、携帯をつまみあげた。発信者は有村だった。
時間がなかったのか、単語だけが並んでいた。
追跡中
小菅《こすげ》インター手前
信号待ち
高速道へ
あす参ります
倉沢さんと決着をつけなければ（笑）
末尾に救われる気がした。巡査の身分をバカにするようなことを言った女を、彼は許そうとしてくれているらしい。今頃、松井の背中から目を離さず、高速道でバイクを飛ばしているのだろうか。頑張れと心の中でつぶやいた。あす会うのが楽しみになった。

スピード違反をするのではないか？　有村の懸念は高速に入ってすぐに現実となった。松井のバイクが、ぐんぐんと加速する。距離をとって追いかける男の姿が、小さくなりすぎることをひたすら恐れた。
カナブンは時速百二十キロを超したあたりから、悲鳴をあげるようにバカでかい排気音を立てている。いつ製造されたバイクだろうか。へたしたら自分より年上かもしれない。震える車体に、いつタイヤが外れてもおかしくないと思えた。

少し安心したのは、首都高から関越自動車道に入ったときだった。松井の行き先の見当がほぼついたからだ。群馬の藤岡インター近くにあるというワタセカーゴの整備工場にちがいないと。そこであれば、もしタイヤが外れて転倒したとしても、生きていさえすれば連絡はできる。頭さえ打たなければいいのだ。もしものときの転倒の仕方まで考えながら、アクセルをしぼった。

カナブンは何とか一時間余りの高速走行に耐えた。松井のバイクは予想通り、藤岡インターで車体を左に傾け、レーンを降りていく。有村はそこで速度を緩め、追尾の間隔を広げた。目的の場所の番地はわかっている。慌てることはない。

ワタセの整備工場は、遊水池をぐるりと巡る道路沿いにあった。田んぼが裏手に広がる敷地に、買い手を待つ大型のトラックが四、五台並んでいた。有村は黒バイで通り過ぎるとき、工場の建物の前に置かれた松井のバイクを確認した。

いったん遊水池の堤防に登り、おあつらえ向きの遊歩道の植え込みを見つけ、樹木の陰にカナブンを隠した。熱を帯びて走り続けた彼には森林浴をしながらの格好の休憩になる。そんなことを考える余裕ができたのも、松井とワタセがつながったことが大きい。

シンガポールを起点に、麻薬密輸の構図が見えてきた。グエン・コン・ルアンという松井の実家で働いていた元技能実習生が、メルセデスにブツを仕込み船に乗せる。横浜港で降ろした車はここに運ばれ、麻薬を取り出すために解体されると考えていい。松井の実家の工場とともに、有力視していいルートだ。

有村は塀の外から敷地内をうかがった。工場の観音開きの鉄扉は閉ざされていたが、そばに通用口があった。半開きになっており、松井が出入りしたことがうかがえる。売り物のトラックの一台を選び、荷台に飛び乗って隠れた。頭を持ち上げると、通用口がよく観察できた。

まもなくドアが開き、スコップを持った松井が出てきた。工場の裏手に回り込んで姿を消した。横浜税関の記録によれば、中古メルセデスの直近の荷揚げはひと月前の七月だ。まだこの敷地のどこかに隠されていてもおかしくない。麻薬探知犬の鼻をかわしたのならブツはサスペンションの中だと、税関の竹下が教えてくれたのを振り返った。

三十分余り経過した頃、松井が工場の裏手から姿を現した。スコップを持って工場に入っていく。裏で何かの作業をし、スコップを返そうとしているにちがいない。まもなくふたたび松井が出てきた。ポケットから鍵を取り出し、通用口のドアをロックした。ということは、鍵を渡した人間がいるということだ。社長の渡瀬勝美のほかは考えられない。

松井はエンジンをかけて走り去った。ようやく動ける時が来た。胸の鼓動を速めながら工場の裏に回った。そこにシートをかけた乗用車が一台停めてある。目隠しを剝がすと、白い車体が姿を現した。メルセデスではなく、SUV仕様車だった。

有村はハッとした。松井の実家で手に取った白い塗料の一斗缶の感触が戻ってくると同時に、ある映像が結びついたのだ。銀座の現金強盗に使われた車ではないのか。しゃがんで後輪を確認すると、手配車と断定していい印が残っていた。ホイールに付いたギザギザの雷模様の傷だ。目撃情報を求める署の掲示板に貼られたポスターを、何度悔しい思いで見たか知れない。犯行時、ボディは濃紺だったが、塗り直したにちがいない。警察の緊急配備をかいくぐったわけがわかった。

有村は写真を撮らねばと思ったが、トラックの荷台にうかつにもカメラの入ったリュックを忘れたことに気づいた。代わりにポケットからスマホを取り出し、ホイールがフレームに収まるように車体の後ろ半分を撮影した。そうして間髪容れず、倉沢あてにメールに添付して送信した。

スマホに気を取られていたそのときだった。ふいに横腹に何かが食い込み、激烈な痛みに襲われた。次に眉間、みぞおち、あごと連打を食らった。反撃の意志も湧かないうちに、全身の力が抜け落ちた。倒れながら、目の端にどう猛な松井の顔がよぎった。

「この野郎！　気付いてねえと思ったのか。金魚のふんみてえに付いてきやがって」

叫び声が繰り返し聞こえ、地面から起こされてはパンチを食らった。血がいくつもの球状になって、飛び散っていくのが見えた。視界がぼんやりしてきた。感覚という感覚がすり減り、闇が訪れた。

第三章　とり急ぎ、雷

1

居酒屋を三軒はしごして、へべれけに酔って帰ったにもかかわらず、よく眠れなかった。寝床に入ってからも、夢のなかに小橋の顔が何度も表情を変えて出てきた。

ふいに多香子と菜穂の笑い声が浅い夢に忍びこんできて、久我はまなこを開けた。東の窓から差し込んでくる日差しにまばたきをしたとき、ようやく本庁の暗い取調室にいないことが自覚された。冷や汗が額ににじむのを感じながら、一方で安堵した。ふとんから半身を起こすと、こめかみにぴりぴりと痛みが走った。安酒が抜けていない。顔も洗わずふらふらした足取りでテーブルの前に腰掛けた。

菜穂がご飯に生卵を落としてかき回しているところだった。それを見た瞬間、吐き気がこみ上げた。「ううっ！」

菜穂が言った。「うっ、臭い。お母さん、酔っ払いが起きてきたよ」

多香子は洗濯物を干していたらしくベランダから顔を出した。「コーヒーいれようか?」

久我は胃からせり上がるものを感じながら、「頼みます」と何とか声を絞り出した。

「周平さん、ひどい寝言だったけど、どうしたの?」

「寝言?」

菜穂が答えた。「てめえにどんな調書がまけるってえんだ、ばかやろう……とか」

久我は夢のなかの取調室で、小橋に怒鳴っていたことを自覚した。

「ねえ、調書って『まく』ものなの?」

父は捜査用語であることを教えた。

「何だか、種蒔きみたいだね」

久我はこれを漢字で書くなら「巻く」と理解していたが、菜穂が言うように「蒔く」でもいいのではないかと思った。

「まあ、そういうことかもしれないな」

被疑者や関係者から取る調書は裁判の証拠となるばかりでなく、隠れた犯罪を見つける手がかりになることもある。そういう意味では、まさしく種だ。

ふと、ミレーの「種まく人」を脳裏に浮かべた。農民の男が種をつかむ手を後ろに振り、歩いた跡に作物を実らせようとしている絵だ。柄にもなく名画の風景に心を奪われていると、ふと夕べから携帯を一切見ていなかったことを思い出した。

久我は寝室に行って背広のポケットをまさぐった。携帯をのぞくと、案の定だった。倉沢からの着信が画面にひしめいていた。

何があったのだろう。かけ直すと、彼女の怒声が響いた。

「こんな大事なときに何で連絡不能になるんですか！」


久我と倉沢は区検には寄らず、墨田署の刑事部屋に駆けつけた。聞いていたのは、有村が意識不明だということだけだった。追出の顔を見るなり、倉沢が聞いた。

「有村くん、助かるんですか？」

「医者はきょうが山場だと言ってます」

「容体は？」

「脳が腫れているそうです。肋骨《ろっこつ》の骨折が三か所、下顎の亀裂骨折、それに内臓からの出血もあって緊急手術をしました。さっき終わったばかりでして……くそっ、何てこった」追出は悔しそうに唇をかんだ。

夜明けとともに整備工場の敷地裏に接する田んぼの水回りを点検しに来た農家の男性が、血まみれになって転がっている有村に気づき、救急車を呼んだという。

「きのうの晩、有村くんからメールが届いたんです」倉沢は携帯を取り出し、白い車を写した写真を見せた。

久我は首を捻った。「車の後ろ半分だけが写っている。有村の意図はなんだ？」

「よくわかりません。それにメッセージになると、もっと意味不明です」

倉沢は短い文面を久我に見えるように差し出した。そこにこうあった。

とり急ぎ、雷
雷がどうしたのだろうか。まさか天候の急変を知らせてきたのではあるまい。とり急ぎということは、続けて何かを説明するつもりだったことがうかがえる。しかしその前に、松井に襲われたにちがいない。倉沢も同じ考えのようで、「有村くんはこの車の写真を撮った直後に松井に見つかったのでしょうか」とつぶやいた。

追出の眉がピクンと動いた。何かに気づいたようすで、携帯を取り出して工場にいる群馬県警の捜査員と話を始めた。「そう、そこです。モルタルの壁の手前です。白い乗用車ですよ。ええ？　やっぱりありませんか」

敷地から消えたものは、元プロボクサーと二輪車だけではなかった。松井は恐らく白い車にバイクを積んで逃げたのだろう。

倉沢がしげしげと写真を見つめて言った。「残念だけど、ナンバープレートは写っていませんね」

「くそっ、あいつめ、ツメが甘いんだ」と、追出は目の前にいない弟子を叱るように言った。

久我は提案した。「とりあえず、後ろ半分の写真でも車種が特定できれば、緊急配備ができます。高速道で逃げたのなら交通カメラに映っているはずですから」

「やってみます。科捜研に至急、依頼します」

「お願いします」と頷きながら、久我は有村が瀕死《ひんし》の重体で見つかったと聞いたときから、頭のなかを堂々巡りしていた問いへの結論を急ぐことにした。それはやや、捜査の常道に反するものであった。「松井の逮捕令状を取ろう」

倉沢が怪訝な表情を浮かべた。法律家なら疑問を持つのは当然だ。「しかし、どうやって令状を取るのですか。暴行の証拠といったら、私たちは何も……有村くんはまだ目を覚まさないし、被害者調書が取れる状況ではありません」

「倉沢、きみがいるじゃないか」

彼女は「あっ」と小さな声をあげた。有村から届いたメールのうち、高速道に入る前に松井の追跡を知らせてきたものだ。「私の供述を疎明《そめい》に使うんですね」

久我は頷いた。疎明とは「疎《うと》い証明」を意味する。刑事、民事によらず、事実を証明しようとするとき、手堅い根拠ばかりが手に入るわけではない。例えば松井の暴行を目撃した人間を探せればいいが、絶望的だ。ならば、あきらめなさいというほど訴訟制度はきつきつにできてはいない。暴行の事実を合理的に推認できる程度に立証すれば、裁判官が緊急性などを考慮して令状発布を認める場合がある――というのが久我の意図するところだった。

「追出さん、倉沢から調書を取ってもらえますね」

「ただちに」彼は首を縦に振ると、紙とペンを取りに行った。

倉沢が少し考える顔をしながら聞いてきた。「容疑は公務執行妨害と傷害でしょうか?」

「バカ言うな！　殺人未遂に決まっているだろう。有村は死にかけているんだぞ」

久我はそこで抑えてきた感情をぶちまけた。

倉沢はきっと唇を結んではいたが、いつものように刃向かってこなかった。有村の悲運がそれだけこたえているにちがいない。

「私はここで、嘆き悲しんでいる場合じゃありませんね。判事が一秒でハンコを押すような生々しい供述をしてきます」

倉沢はそう言って、追出の待つ取調室に向かった。

2

追出と倉沢がパトカーに乗って霞が関の地裁の駐車場に入ったのは、午後一時を少し回ったあたりだった。二十分ほど廊下で待たされたあと、書記官に案内され令状部の判事の待つ執務室に通された。

当番は宮原《みやはら》という判事で、倉沢はフランクな態度で検事や弁護士に接する裁判官であるとの風評を思い出した。ところが開口一番、宮原が口にした言葉は数時間に及んだ労を無にするものだった。「令状は出せません。この事案は疎明では不十分です」

倉沢は頭の中がカッと熱くなった。「判事、どういうことですか？」

身を乗り出して声量を上げると、追出は一歩後ろに引いた。倉沢は自分にすべてを任せるということだろうと受け取った。しかし判事はめざとい。

「令状の請求者はあなたですよね、追出警部でしたね」

「はい、墨田署の刑事課長をしております。ですけど、私は法律論は苦手なもんでして、専門家に同行してもらった次第です」

人を食った答えをした追出に判事は硬い表情を崩した。交渉のバトンは倉沢に戻った。

「私は捜査を指揮する立場であるとともに、令状請求にあたっては証人でもあります。警察官が内偵中の被疑者に襲われた事件です。この場での発言をお許しください」

「承知しました。では倉沢検事、いや証人、私の判断に対してご意見があればどうぞ。少しの時間であれば、ここで聞きます」

「ご配慮に感謝いたします」倉沢は腹のうちは煮えくりかえっていたものの、まずは冷静に礼を述べてから「弁論」を始めた。「率直に申し上げます。私どもは被害者、有村誠司が危篤状態にあるため、彼自身の証言は得ていません。しかし、被疑者を松井しかいないと推認させる証明は提出した書証にて十分と考えております。何が足りないのでしょうか」

「言わなきゃわかりませんかね。直接証拠ですよ。一人の国民を法的に拘束するには、それが決定的に足りない」

十分予想していた答えだ。倉沢は当然、反論を用意していた。「有村巡査が松井を尾行していたことは明白です。合理的な推認には十分なはずです」

「そういうことじゃない。私は合理的な推認で令状を出すということに、かねて疑念を持っている者です。まさに、今回のケースですよ。巡査が尾行していたことは事実と思われますが、松井が工場内にいたという直接の証明ができていない」

「直接証拠って、物証のことでしょうか。二人の人間が殴り合ったとして、互いの体に飛び散らせる血液のようなものですか」

「ええ、そうです。互いの体にどんな人間の行為があったかを物語る情報が残っていれば、直接証拠と呼べるでしょう」

「そうでしょうか」と、倉沢は語気を強めた。「ＤＮＡ鑑定ならともかく、裁判所は過去に血液型が一致したぐらいで数え切れないくらいの令状を出してきたはずです。この日本にＡ型の人間が何人いると思うんですか」

「確かにそこは裁判官の心証主義で、いくらでも証拠の価値が変わるところです」

「だったら、宮原判事、あなたの心証はどうなんですか?」

「もちろん、松井という男が怪しいと思わぬ人間はいないでしょう。しかし、怪しいの域を出ないと私は考えます」

「足跡の写真はご覧になりましたか」

倉沢は食い下がった。群馬県警の鑑識から裁判所に向かう寸前に写真が届いたのだ。有村が倒れていた場所には二人分の足跡しかなかった。

だが宮原からは木で鼻をくくった答えしか返ってこなかった。「もう一人の靴跡が松井のものと特定する証明はなされていない」

「松井が工場の敷地に入ったのは明らかです。ものすごく単純な消去法じゃないですか。靴跡は松井のものと推認されます。考え直していただけませんか」

「無理を言わないでください。私は直接証拠を求めます。何より被害者の申告がないところが不十分です」

不十分？　それが有村を責める言葉に聞こえ、感情を抑えきれなくなった。「彼はＩＣＵにいます。話をしたくてもできないんですよ」

「では、話ができるまで待ちましょう」

倉沢は突然、裁判官の机にバンと両手を叩きつけた。宮原がびくっとして顔をこわばらせ、のけぞる。追出と書記官も凍り付いた。倉沢はかまわずトーンを上げていく。「間接証拠だけで事実と認められた例は令状にかぎったことではありません。直接証拠がなくて有罪になった刑事裁判はいくらだってあるでしょう」

「だから、そういうことじゃいけないと私は思ってるんだ！」と、判事の口調もとげとげしくなってきた。しかし倉沢は引かなかった。

「考え直してください」

「私の考えを批判するのか」

「批判ではありません。お願いしているのです」

「私の仕事は神社のようにお願いを聞くことではない」

「令状を出してください」

「だめだ」

「納得できません」

「納得できないなら、帰りなさい」

「いいえ、帰りません」

押し問答は終わる気配を見せなかった。

3

区検に戻っていた久我に、令状請求がはねつけられたことを連絡してきたのは倉沢ではなかった。待ちわびたすえに手に取った受話器からは、小橋克也の声が響いてきた。

「あなた、今度は何をしたんですか？　裁判所から苦情が来ましたよ」

久我は察するのに一秒もかからなかった。「倉沢が粘ったのか」

「地裁代行の話ですがね。令状部に立てこもったそうですよ」

地裁所長代行は裁判官の就く行政職で、地裁の副所長にあたる。その間は判事という司法官を一時休むことになる。

久我はそこを突いた。「行政職が何で現場にもの申すんだ。ルール違反だろう？」

「判事の時間を空費させたからですよ。令状の内容について、あれこれ言ってきたわけではない。裁判所の事務に関することだから、苦情は当然のことじゃないですか」

小ばかにした言いぐさが鼻についたが、電話をぶち切ることはしなかった。「判事の判断に食い下がった倉沢を、ほめてやってもいいんじゃないか。議論を時間の空費などと言われて、はいはいと頷いているだけの検事がいるか」

「そう来ましたか。強気に出ますね。自分の立場がわかってないんじゃないですか」と、小橋はなぜか上機嫌に言った。そのわけは次のセリフでありありとわかった。

「次席検事に報告しなければなりませんね」

お偉方に会う用事ができるのが、うれしいのだ。喜々として秘書に電話をし、予約を入れるにちがいない。

「ひとこと言っておく。令状請求はおれがやらせたことだ。倉沢に責任はない」

受話器の向こうから、ククッと忍び笑いが聞こえた。「部下をかばう上司ですか。あなた、どこまでもおめでたい人ですな。彼女のことは何も知らないくせに」

小さくはない動揺が久我の胸を揺さぶった。

「まあ、あなたの処遇をこれから考えなきゃならない。なにせ、特捜の機密漏洩の一件もありますから……」

小橋の話は続いていたが、久我は黙って受話器を置いた。

倉沢は署に帰るパトカーに乗らなかった。肩を落として車に乗り込む追出を見送ったあと、携帯を取り出して電話をかけた。小橋は一回の呼び出し音で出た。手の離せない仕事が急に入ったらしく、一時間ほど待ってほしいと言われた。しばらく霞が関の官庁街をぶらぶらして時間をつぶした後、言われた通り、日比谷公園内にあるカフェに入った。

樹木がほどよく影を落とす窓際の席が空いていた。一人そこに腰掛けたとき、ヒッチコックの映画『ダイヤルMを廻《まわ》せ！』の一場面を思い出した。カネにものをいわせ、じわじわと脅迫しながら自分の妻を殺させようと迫る男が、殺害を強要している当の相手を小ばかにするようにささやくのだ。

〝尻にムチをあてられて、鼻先にニンジンをぶらさげられたロバは後ろへは下がれない〟

ムチは弱みを握られていること、ニンジンはカネを意味する。倉沢はロバの気持ちがよくわかった。

本庁に決裁を受けに行ったときのことだ。小橋は調書をめくりながら、何げなくこう切り出した。「きみは優秀だな。いつもながら、文句のつけようがない。地方に行かせるにはもったいない人材だ」

胸が高鳴った。そして彼が次に告げたことは期待をはるかに超えていた。「ここだけの話だが、春の異動で法総研に空きが出るんだ。国際法規の研究職でね。きみを推薦しようと思うが、どうだろう？」

返事に迷いはなかった。「願ってもないお話です」と答えた。何年待っても行けるかどうかわからないポジションに、地方庁を経ずに行けるのだ。母の病気のこともある。離れて暮らさなくていいのであれば、これほど安心なことはない。

小橋は国際刑事法学会の幹事をしている関係で、本省から意見を求められていると明かした。

学会の入会願もその場で書かされた。希望に胸が膨らんだ。だが、それも束の間だった。

「ただし、条件があるんだ」と、小橋は切り出した。久我のあれこれを報告しろと持ちかけてきたのだ。「区検の業務の適正化をはかりたい」と言ったが、裏に悪意が潜むことは確かめずとも目つきでわかった。

倉沢はコーヒーに口をつけながら、そのときの自分を振り返っていた。倒れたときの母の姿がよみがえり、嫌だと首を振ることができなかった。思えばそれが、ニンジンとムチで操られるロバにされた瞬間だった。

小橋が現れた。スーツも髪型も相変わらずきちんとしている。久我とは大違いだと思ってみても、罪悪感は少しも薄まらない。倉沢は不安な心持ちを気どられないようにすっくと立ち上がり、にこやかに上司を出迎えた。

「いやあ、待たせて申し訳なかった」

「どうかお気遣いなく。ちょっと疲れていたので、いい休み時間になりました」

「でも、びっくりしたよ」

「裁判官ともめた件ですか?」

小橋は頷いた。「ずいぶん粘ったそうじゃないか。だが検事としては見上げた根性だ。きみはそれだけ熱意を持っているということだろう」

「しかし、宮原判事はずいぶんお怒りでしたけど」

「いやいや、心配するな。ぜんぶ久我のバカのせいにしておくから。あいつが薄っぺらな証拠で令状を取ろうとしたことに問題がある。きみのことは守るから」

と聞いて、倉沢はありがとうございますとは言えなかった。心の底に自分と小橋への小さな怒りが染み出すのを自覚した。

彼はようやく本題を切り出した。「呼び出したのはほかでもない。巡査が大けがをした件だ。あいつに責任はないのか？」

「久我さんが面倒を見ていたことは事実ですが、暴力事件になったのは不慮の事態で避けられることではなかったと思います」

小橋は返事が気に入らなかったらしく、顔をゆがめた。

「久我をかばうのかね」

「いいえ、事実を申し上げているだけです」

「あの男の事件指揮がなってないせいじゃないのかね。巡査だけのヘマとは思えない」

ヘマ？　そのとき倉沢のなかで何かが弾《はじ》けた。有村の容体を気遣うどころか、ひどいケガを負わされたことを失態のように扱っている。倉沢は怒り顔を向けた。「小橋さん、いま巡査のヘマとおっしゃいましたか？」

「ああ、言ったよ。犯人に返り討ちに遭うなんて警官としては情けないことじゃないか」

倉沢は目を大きく見開いた。「聞き捨てなりません。有村くんは慎重を欠く警官ではありません。虚を突かれて防御できない状況がきっとあったんです。あなたいったい、何様ですか？」

「きみ、言葉に気をつけたまえ」小橋の目にも怒りの火が宿った。

「それはこっちのセリフです。有村くんへの侮辱を訂正してください」

「おいおい、私を敵に回すつもりかい？　たかが巡査の問題じゃないか」

「たかが？　今、たかがとおっしゃいましたか」

「ああ、そうだ。たかが巡査だ。それが何だね。そんな態度だと、きみの将来はないと思えよ」

倉沢はひるまなかった。むしろ人事に話が移るのを自分は待っていたのだと思った。ずっと言いたかったことを口にした。「小橋さん、ニンジンならノシを付けてお返しします。私は醜いロバをやめることにしますから」

「なにを言ってるんだね。ロバとかニンジンとか。正気を失ったか」

「いえいえ、私はやっと正気に戻りました。あなたの世話になるなんて真っ平ごめんです。ひそかに連絡するのも金輪際お断りです」

彼は拳を握りしめて、わなわなと震えた。「久我につくということか」

「はい、私の上司は久我さんだけです」

「なぜだ、あんなバカに」

「久我さんをバカ呼ばわりするなら、あなたにもぴったりな形容がありますよ」

「なんだね」

「小橋さん、あなたは検事のクズです！」

4

車の後ろ半分のみの写真、〈とり急ぎ、雷〉というごく短いメッセージ……

有村は慌てて何を伝えようとしたのか。これまでの捜査との関連を考えていたところに、倉沢が戻ってきた。判事との論争に負け、しょげかえっているかと思いきや、わざとらしく大げさに見開いた目を久我に向けてきた。

「なんだ、その顔は？　目玉をひんむいて、おれへの嫌がらせか？」

倉沢は言った。「ライザ・ミネリが『ニューヨーク・ニューヨーク』で、サックス奏者のロバート・デ・ニーロの演奏に合わせて歌い出すときの顔まねです」

久我の声が裏返った。「それが、何なんだ？」

「あんなに目の輝きの強い女優さんはほかに見たことがありません。気が滅入ったとき、私いつも一人でやってるんです」

「令状の件か、聞いたよ」

「だめでした。とことん、だめでした」

「ああ、残念だ」

「ところで、誰から聞きました？　もしかしたら小橋さんじゃないですか？」

「そうだが……」

「やっぱり、電話があったんですね」

「そうだけど、何で知ってるんだ」

「彼と話したからです」

倉沢はそこで急に居ずまいを正した。「この際だから白状します。小橋さんから久我さんの問題を報告しろと言われていました。すみませんでした」と、ぺこりと頭を下げた。

久我は押し黙った。場外馬券場の裏手の店で飲んで小橋の話題に触れたとき、彼女の顔に影がよぎったのを思い出す。しばらく天井を見上げて考えたあと、組んでいた腕をほどいて、ぽつりと言った。

「いいや」

彼女はまばたきをした。予想していなかった反応だったらしい。

「いいや、っていうのは、そんなこと、もういいやって意味ですか？」

「ほかに、どう言えばいいんだ」

「どうしてですか、腹が立たないんですか」

「珍しいものを見たから」

「は？」

久我は眉間にしわを寄せ、頭をかいた。「そうだな、きみが謝るところを初めて見て、びっくりして怒るのを忘れてしまった。だから、もういい」

倉沢は調子が狂ったようにへなへなと椅子に腰を下ろし、背もたれに体を投げ出した。

「緊張して損した……なんて言っちゃいけませんね。私、本当はいつもどきどきしてたんです。久我さんから被疑者は半分だけ本当のことを言って、一番話したくないことを隠そうとするんだと教えてもらったのを思い出したりして」

「そうか、本当と嘘が半分半分か。半分でも本当のことを教えてくれたんだから、まあ、いいだろう。ところで、きみは小橋に何をちくったんだ?」

「ああ、それでしたら、心配はいりませんよ。ささいなことです」

「ささいなこと?」

「しょっちゅう遅刻するとか、電気をつけたまま帰るとか、一日一回はおやじギャグを言うとか、仕事中に演歌のユーチューブを見ているとか……」

「ばかやろう! そういうつまらないことを、あいつは一番よろこぶんだ。それに演歌じゃない。おれはロックを聴いてるんだぞ」

久我の的を外した優しい怒りに、倉沢の胸には感謝しかなかった。一つため息をついて、母の病気のことを打ち明けた。「じつは私が任官する少し前に母が貧血で倒れたんです。腎性貧血といって、赤血球を作るために腎臓が出すホルモンが不足する病気です。投薬で症状は治まっていますが、いつまた倒れるか心配で心配で……だから、小橋さんに地方庁に行かないで済む人事をしてやると言われたとき、逆らえませんでした」

倉沢はそう言って謝り直した。

「くそっ、小橋のやつ……」

「でも、もう心配いりません。さっき面と向かって言ってやったんです。あなたは検事のクズだって」

久我は頷き、少し考えるそぶりをしてから言った。「きみにしてはずいぶんと優しいじゃないか？」と聞いた。

彼女はあれっという顔をした。「それ以上の侮辱語がありますかね？」

「う〜ん」久我は唸ってクイズの出題者のように倉沢の顔をのぞき込み、押し黙った。いたたまれないような沈黙の時間が流れていく。彼女はもじもとしたが、久我がボケているのだとわかるとみるみる笑顔を取り戻した。

「わかった。ファイナルアンサーですね！　だけど久我さん、そのネタは古すぎませんか」

「そうかな」

「そうですよ。でも、まあいいか……こんどあの男が意地悪してきたときのために、もっときつい一発を考えておきます」と、倉沢は約束するように言った。

久我は薄く笑んだ。この娘の心臓には本当に毛が生えているのだろうと思った。「つまるところ、きみが逆らう相手はおれだけじゃなくなったわけだ。小橋が友達のように思えてくるよ」

彼女に向き直ると、勝ち気な瞳がそこにあった。何か要求を突きつけて来るときの顔だ。

「ん？　おれにまだ、何か言いたいことがあるのか」

「はい、あります」

「早く言ってくれ」

「久我さんに許可をもらいたいことがあるんです」

「許可？」

「はい、許可です。有村くんの病院に行っていいでしょうか」

「こんな時間からか。群馬だぞ」

壁時計を見ると、すでに六時を回っていたが、久我はあきらめたように聞いた。

「だめだと言っても、どうせ行くんだろ？」

「ええ、行きます」

5

久我が区検を出たとき、報道陣は消えていた。高津安秀は日の沈む前に帰されたらしい。浅草寺から西風で運ばれるのか、ほんのりと線香の匂いがした。ふしぎなほど静謐《せいひつ》な空間を二、三歩踏み出したとき、後ろから「久我さん」と声をかけられた。

聞いたことのない声だ。振り返ると、背の高い男が立っていた。

「田中博です。ごあいさつが遅れてすいません」

久我は動揺した。あいさつが遅れたのはそもそも、自分が顔を合わせないようにしていたからだ。だがそれより、田中の顔に見覚えのあることが気になった。

「きみ、どこかで会ったかな」

彼はくすっと笑った。「門前仲町の同じ官舎に住んでいます。通勤路で時々、お目にかかるのですが、どうもこちらからは声をかけにくくて」

人事の因縁のことだろうと思った。それにもう一つ、思い出したことがある。夜、官舎の自転車小屋で菜穂が見たという光景だ。

「きみだったのか、記者から夜回りを受けている検事は」

「ええ、お嬢さんには何回も見られています。記者と話していると、立ち止まって、じぃーっと僕らの顔をのぞき込むんです。五階の久我さんのお宅に入っていったから、娘さんとわかりました」

「ぼんやりした顔で、のぞき込んでくるんだろ？」

「ええ、そんな感じでした」

「そいつは、うちの菜穂に間違いない。子供の頃からの癖なんだ。他人に警戒心が足りないというか」

「いいご家族ですね。奥さんはお元気ですか？　近所に暮らしながら久しくお会いしていないもので」

「はあ？」

「あれっ、ご存じありませんか」

「妻が何か」

「地方から引っ越してきたばかりの頃、うちの奥さんがゴミ出しで困っていたところを助けていただいたんです」

「ゴミ出しって?」

「東京のルールは複雑なんですね。うちのは田舎育ちで、何やらさっぱりわからないでいるところにパンフレットを持ってきてくださって。夫婦でお礼にうかがったんですけど、そのとき久我さんはお留守でした」

「へえ、そうだったんだ。女房からは何も聞いてなかった」

「だから、このたび区検にお邪魔することになって今度こそあいさつをと思い、何度かうかがったんですけれど……」

「いや、それはすまなかった」と久我はわびた。「で、もしかして田中くん、おれを待っていてくれたのか?」

「いえいえ、たまたまタイミングが合ったもので、この機会を逃すわけにはいかないと思ったんです」

「わざわざ礼を言うために?」

そこで田中は少し首を捻った。「いえ、それだけではありません。別件が生じたんです。お話ししたいことがあります」

久我が思い至ったのは、任意聴取が漏れた件しかなかった。「マスコミに言ったのは、おれじゃないぞ」

田中はふっと笑った。「わかってます。久我さんじゃないことは……これから少しばかり、僕の話に付き合っていただけませんか」

喫茶エレンは夜、バーになる。客は一人もいなかった。久我が田中博を伴って入っていくと、カウンターから店主が顔をのぞかせた。メガネの縁をひょいと持ち上げ、「おう、あんたか」と目尻を下げた。

隅の席に座り、ビールを注文した。久我が田中のグラスに金色の泡を注いでいると、店主が聞いた。

「うちの音響システムを気に入ってくれたみたいだね」

「ええ、きょうもこもった音のBGMをお願いします」

田中はきょとんとして聞いた。「こもった音って?」

「ほら、あそこ」

「もしかして、あれカセットデッキですか。初めて見ました」

店主が割り込んできた。「聞きたい曲があったら言っておくれよ。前世紀のものなら、うちは品揃えがいいから」

その言葉を待っていたかのように久我がリクエストした。

「サザンは?」

「ある、ある」

「よかった。マスター、この人はヒロシっていうんですよ」

「おう、そうか。『そんなヒロシに騙《だま》されて』って曲だな。サイケなメロディーがおれは大好きなんだ」

田中が怪訝な表情で言った。「からかうのはやめてください……と、言いたいところだけど、じつは僕もサザンのファンです」

久我が言う。「いいのか？　女を騙す嘘つきの歌だぞ」

「どうぞ、どうぞ、僕はそんな男ではありませんから」

久我はさらに聞いた。「騙される女というのはチャコだっけ？」

「兄さん、それは歌がちゃいまっせ」

「そっか」

二人は顔を見合わせて笑った。

「田中くんって大阪人なの？」

「ええ、それも下町育ちです。ボケてもらえば、なんぼでもツッコみまっせ」と、故郷のイントネーションで言った。

「父は税理士で、商店街で小さな事務所をやっています。地元の人たちと家族ぐるみで年に何度か、なんばグランド花月に出かけるんですが、僕は小さい頃からその集まりが楽しみでした」

「なるほど、公認会計士なら税理士の資格もある。後継ぎになろうと思ったのか」

「ええ、それもあったかな。街の人たちと触れあっていると、楽しいことがいっぱいありましたから」

田中はビールをぐいっと呷《あお》り、さらに手酌でコップに注《つ》ぎ足した。酒はいける口らしい。

「会計が専門でも良かったのに、どうして道を変えたんだ？」

「そうですね、当時を思えば、やや衝動的だったかもしれません。大手の監査法人でインターンをしているとき、自分のいる場所じゃないように思えたんです。金、金、金の世界にうんざりしましてね。同じ国家資格でも法曹なら正義があると考えた」

久我はぽつりとつぶやいた。「正義か」

「ええ、正義です。検察にはそれがあると思いました」

カセットテープが回り始めた。店主が気をきかせたのか、音量は控えめだった。

「博くん、おれに何の話があるんだ」

「僕が抱えている事件のことです」

久我は眉をひそめた。「高津安秀氏の脱税のこと？」

「ええ、その件です」

「おれには何の関係もないはずだが」

「それが、あるんですよ。だからこうやって時間をとってもらいました」

久我は戸惑った。「高津なる人物には会ったこともないぞ。おれがどう絡むんだ？」

「その答えはちょっと後回しにしてください。僕がいま、どう困ってるかを聞いていただかないとわからない話ですから」

「取り調べがうまくいかないのかい？」

彼は静かに頷いた。「まったくだめです。どこをつついても、あの人はびくともしない」

「確かきょうで三日目だよな」

「ええ、高津氏と取調室で向き合って合計二十時間を超しました」

「自白がないと逮捕できない……そういうことか」

「おっしゃる通りです。それに秘密もあります」

「秘密って?」

「本当は漏らしてはいけないことなんですが、僕の事件はマスコミが伝えている水準には達していない。高津氏が脱税をしたという証拠がまったくないんですよ」

「ん?　もう一度言ってくれないか」

彼は語気を強めた。「とにかく証拠がない。証拠がゼロなんです」

久我は耳を疑った。

6

群馬に向かう前、倉沢はいったん家に帰った。「ただいま」と奥に呼びかけたものの、母の返事はなかった。下駄箱の上の定位置にエコバッグが見当たらないところを見ると、近くのスーパーに買い物に出ているにちがいない。車を借りるのに一声かけておきたいところだが、書き置きで済ませることにした。

これから群馬に行きます。車借ります。夜は遅くなるけど、心配しないこと……と手短にメモ用紙に書き、食卓の上に置いた。

帰りの電車のなかで、有村へのお見舞いにちょうどいいものがあるのを思い出した。武藤結花の自宅近くの花屋で仕入れたリンドウだ。二階の部屋に上がると、花びんのそれから一輪を切り取った。そして、はさみで鮮やかな青の花びらの部分をカットし、和紙に包んだ。あの夜、彼に渡し損ねたまんじゅうを包んだ紙と同じものだ。

リンドウの特別な生態を知ったのは以前読んだ新聞の記事だった。岩手県の研究所が花びらにぽつぽつと浮かぶ緑の斑点を調べたところ、葉緑体を発見したという。つまり、リンドウは緑の葉のほかに花びらでも光合成を行う、他に類のない植物だと記事は解説していた。その能力を持つために切り花が長持ちするらしい。花びら自体でたくましく糖を作り出し、生きるエネルギーに変えている。有村もそうあってほしいと願いながら、和紙をお守りに見えるようにきれいな五角形に折った。

倉沢はそれをハンドバッグにしまうと、着替えもせず靴も同じものを履いて車庫に行った。車に乗り込み、シートに背をもたせかけたときに思い出した。有村と最後に顔を合わせたのは雨の夜だった。わずか二晩前のことなのに、ずいぶん遠い日のように思えた。

救急病院の駐車場はがらんとしていた。警視庁のパトカーも停まっていない。追出を含め墨田署からの見舞い組が帰ったことを告げており、倉沢は胸をなで下ろした。有村の容体は万が一の方向へは変化していないのだ。

ナースステーションを訪ねると、追出が医師の説明をメモにして預けてくれていた。

倉沢検事殿

心拍数改善とのこと

意識は混濁しているものの、徐々に回復に向かうだろうと医師は言っています

有村が元気になるよう応援してやってください

倉沢はハッとした。意識は混濁……有村が昏睡《こんすい》状態を脱したということだ。看護師から二時間ほど前に一度目覚め、眼球や指を動かすことができたのだと聞いた。心底ホッとしたものの、ガラス張りの窓越しに痛々しい姿で横たわる彼を見た瞬間、安心はどこかに吹き飛んだ。

頭とあごに包帯やガーゼをあてがわれ、首を固定されている。鼻や口、手首からは半透明のチューブが延び、皮膚に無数の傷が見て取れた。青黒く腫れている部分もあった。

看護師に聞いた。「呼吸をするとき、折れた肋骨は痛まないのでしょうか」

「今は強い痛み止めで抑えてありますから、鈍く疼《うず》く程度だと思います」

「彼と話をすることはできませんか？」

看護師は驚いた顔をして「今ですか？」と尋ね返した。口調に険がにじんでいる。

「……ですよね」

「患者さんの声を聞きたい気持ちはわかりますが、目覚めたとしても麻酔のせいで譫妄《せんもう》状態になっていることが多いんです。それに下顎の骨にひびが入っていますので、会話は困難です」

倉沢はわかりましたと頷くと、思い出したようにバッグを開け、リンドウの花びらを包んだお守りを取り出した。「これを彼の枕元に置けませんか」と頼もうとしたとき、病室の変化に気づいた。有村が包帯の隙間の目を見開き、倉沢に向けていた。だが数秒のことで、彼はふたたびまぶたを閉じた。

「看護師さん、今のは目覚めたということですか?」

彼女は首を横に振った。「麻酔の下ではよくあることなんですよ」

「彼、私たちを見ていませんでしたか?」

倉沢には有村が何かを伝えたくて、必死に見つめてきたように思えてならなかった。看護師は無意識の覚醒だと説明したが、倉沢は己のカンに従うことにした。今晩は家に帰らないと胸のうちでつぶやき、自分の足元を見つめた。そこに五十センチ四方の陣地を描き、ここから一歩も動くものかと思った。

7

田中博の説明では、東京国税局が高津安秀の芸能プロに税務調査に入った際、社長室に隠し金庫を見つけた。なかに約二十二億円の現金が詰め込まれていたという。

だが国税局は課税にも刑事告発にも踏み切れなかった。第一の理由は、いつどこで発生した所得かを突き止められなかったためだ。

帳簿が見つからなかったことが大きい。社長室に現金があっただけで、高津の収入と見なす根拠に乏しいのだと彼は嘆いた。「どんな所得か、実態が見えないんです」

久我は言った。「いわゆる、タマリだな」

「ええ」と田中は首を振った。タマリとは税務官の用語で、調査の際に見つかる現金、債券などの簿外資産を言う。

「ご存じのように脱税の公訴時効は七年です。それ以前の収入であれば、罪に問えない。立件するには、すじ悪《わる》です」

「どうして特捜部がそれほどきわどい事件に手を出すんだ。税務調査のプロがお手上げってことだろ？」

「そもそもネタを仕入れたのが福地さんなんです。特捜部が掘れば証拠が出てくるのではないかと、国税幹部から耳打ちされたようです」

「部長の意向で動き出した事件なんだな」

「ええ、起訴に持ち込めれば福地さん自身の手柄になる。勲章を手にしたいのでしょう」

久我は首をかしげた。「もう十分出世してるじゃないか。特捜部長経験者なら、いずれ検事長にはなるだろうし」

「足りないんですよ、それじゃ。事件史に名を残す検事になりたいんだと思います」

だが高津がいかに著名人とはいえ、芸能プロ社長の脱税事件が歴史に残るほどの栄華に導いてくれるはずはない。狙うのはその先にある政界とのつながりだろうと久我は解釈した。脱税はあくまで入り口で、タマリの使い道、政界にどう黒いかかわりがあるかを追及するのだ。

「新聞記者がきみに熱心に夜回りをかけているのも、政界へ伸びる可能性を視野に入れているからなんだな」

「ええ、どこでネタを引っ掛けたのか。平の検事の身では記者を追い払わないといけないのですが、難点のある事件だから、ある程度事情を明かして報道を控えてもらっていたんです」

「でも、記者を止められなかった……」

田中は苦笑いを浮かべた。「ちょっと違うんです。スクープしたのは彼の新聞社じゃない。僕に会いにきた記者は事情を知っていたばかりに書かずにいたら、情報を聞きかじったに過ぎない他社に抜かれたようです。因果な商売ですよ。取材力があるゆえに負けるなんて。このままだと僕も……」

「立場が危ういのか」

「誰も味方がいません。国税がさじを投げた事件だから、副部長や主任はうまいこと言って取り調べから逃げたんです。公認会計士の資格を持っていて税法に通じている田中が適任だとかなんとか言ってね」

久我は弁護人の顔をよぎらせずにいられなかった。「そういえば、きみの前には常磐春子という壁もあるな」

「彼女は手ごわいですよ。特捜部時代、財政班に長くいましたから税法に関しては知見が深い。こちらの弱点はとっくにお見通しです。じつはもう半年前に事件を受任していて、国税を蹴散らしたのは彼女なんです」

「おれには数日前に受任し、着手金をがっぽりいただいたなんて言ってたぞ」

「嘘じゃないと思います。特捜が乗り出してきたんで契約をやり直したはずです」

「抜け目のないおばさんだな」

「あっと、そうだ。久我さんが関係してくるのはその辺りからなんですよ」

彼はじっと久我を見つめてきた。

8

日付が変わろうとしていた頃、救急車のサイレンの音がにわかに強まったかと思うと、かき消えた。看護師たちが駆け出していく。急患が到着したのだ。振り返ると、ナースステーションの看護師も席から消えていた。騒々しさが刺激したわけではないだろうが、有村の右手の人さし指がぴくんと動いた。目が開き、誰かを探すように視線をさまよわせた。

倉沢は看護師が誰も見ていないことを確かめると、病室に入りベッドのそばに寄った。

「有村くん、わかる？　私はここよ」

彼は頷こうとしたのか、わずかに顎を下に向けた。が、痛みが走ったらしい。険しく顔をゆがめた。

「無理しちゃだめよ。声は出さなくていいから」と、耳元にささやいた。「指は動くでしょ。イエスだったら指先を一回、ノーだったら二回動かして」
彼の指が、ぴくんと一回動いた。
「何か伝えたいことがあるのね？」
ぴくん
「事件のこと？」
ぴくん
さあどうしたものか……倉沢はある方法を思いつき、バッグから自作のお守りを取り出した。折り目を開いて花びらを除き、もとの一枚紙に戻した。リンドウの青い色素がうすくにじんでいたが、文字を書くには十分だった。五十音をボールペンで書き出し、有村の前にかざした。
「見える？」
ぴくん
「何をしたいか、わかるわね」
ぴくん
「できないなら、正直に言って。無理はさせないから」
ぴくん　ぴくん
「やるのね」
ぴくん
有村は何とか縦に横にと指先を動かし、文字を選んでいった。

きんさ
こうとう
何のことだろうと疑問を禁じえなかったが、慌てることはせず彼の指に任せた。
くるま
整備工場から最後に送信してきた写真に写っていた乗用車のことだろうか。
こおく
倉沢の脳裏に電気が走った。
銀座
強盗
車
五億
有村は意思が伝わったことを察すると、力を使い果たしたように目を閉じ、深い眠りに落ちていった。
河村友之の死の真相を追いかけていた有村は期せずして、銀座の強盗事件の被疑者を見つけたのだ。彼は松井の実家の板金工場跡で空になった白いペンキの一斗缶を見つけていた。逃亡車両は濃紺のSUVだった。それが白に塗り替えられていたことを言いたくて、車体の写真を送信してきたのだろう。メッセージにあった〈雷〉の意味はわからないが、倉沢は指を動かすときの彼の必死さを思い出しながら麻酔剤による意識障害の産物ではないと信じた。

静かに胸を上下動させる有村を見守りながら、希《まれ》なる生命力を秘めるというリンドウの花びらをもう一度和紙に包み直し、枕の下にそっと隠した。

耳元にささやいた。

「有村くん、きみはよくやった。後は私たちに任せて」

9

田中博が言うには、久我への嫌がらせは常盤春子が弁護活動を強めたことから発芽したという。そこに検察首脳の人事が絡み、福地は泡を食ったようだと彼は解説した。

「総長が里原さんになる件か？」

「ええ、吉野さんへの総長待望論を雑誌に書かせたりしていたのは福地さんに間違いありません。彼自身もパワーゲームに負けたんです。そんなところに、里原さんの弟子といわれる常盤さんが現れた。自分が強い思い入れを抱く捜査を邪魔するために」

「新総長は特捜部だからって甘やかす人じゃない。高津氏の脱税は現状では羊頭狗肉《ようとうくにく》だから、事件をつぶされるんじゃないかと警戒してるんだな」

田中は深く頷いた。「だから攻撃を仕掛けてきたんだと思います」

久我は呆《ほう》けた顔をした。「攻撃？　それがおれとどう関係するんだ？」

田中はこれ見よがしに首を捻った。「久我さん、あなたは知らないんですか？　里原さんの門下生だって、庁内でまことしやかに言われているんですよ」

「あっ、そういえば、福地さんにも言われたなあ」

「有名人なんですよ、久我さんは」

「おれが?」久我は驚きのまなこで自分の顔を指さした。

「ええ、区検で干されている人に里原さんが目をかけていて、抜擢《ばってき》されるといううわさが広がっています。人事の話は好きな人が多いですから」

「なんだそりゃ」と、天を仰いだ。まったく身に覚えがない。きっと里原にかわいがられているもう一人の久我という検事が組織にいるのだ。

「里原さんとおれの接点といえば、横須賀支部にいた頃、横浜地検の検事正室に呼ばれ、汚職捜査の担当を小橋と交代するように言われたときだけだぞ。以来、口をきいたこともない」

「本当ですか?」

「ああ、事実、おれは区検で干されたまんまじゃないか」

「驚いたなあ。しかし周囲の目は里原門下ということで固まっているんですよ」

田中はふしぎそうに首をかしげながら、ダブルのウイスキーを一気に飲み干した。ペースが加速しているようだ。

久我は特捜部長室で福地から常磐の近況をそれとなく尋ねられたのを思い出した。

「さらにおれは常磐さんの関係者でもある」

「そうです。福地さんにとって目下、最大の敵である彼女と久我さんは親しい」

「そんなことが理由で、おれはいじめられているのか」

「ええ、聴取漏洩の疑いをかけるなんて、あんまりですよ。リークしたのは間違いなく福地さん自身です。高津さんをマスコミのさらし者にしてプレッシャーをかける作戦だとは思いますが、その場所を区検にしたのは久我さんを攻めるためだと思います」

「ばかげてる」

福地の声が脳裏によみがえってくる。

〝きみは割り屋と呼ばれておかしくない数少ない人材だ〟

称賛ではなく、打算のなかで気まぐれに持ち上げてみたにすぎないのだ。久我は福地の評価に少し気持ちを柔らげた自分を思い出し、悔しさにグラスをギュッと握り締めた。

そこで田中はふと思索的な顔つきになった。「もしかしたら組織に長くいるということは、そういうことかもしれませんね」

「どういうこと?」

「自分が知っている自分と他人が見ている自分が違うということです。久我さんだって、僕のことを会計士の資格を持って偉そうにしている嫌なやつと思っていませんでしたか?」

「うん、思ってた」と、正直に答えた。

田中の質問はここで核心に及んだ。「まだあるでしょ。横浜地検の調査活動費の一件も絡んでいるんじゃないですか?　ご友人が関係していたそうですね」

「なんだ、知ってたのか?」

久我は言うか言うまいか迷っていたところだった。浅草寺の境内で倉沢に詳細を明かさなかったのは、今は大学教授となっている神崎史郎の名誉にかかわるためだ。

当時の神崎は法務官僚だった。横浜検事正当時の吉野、その門下の福地、そして小橋とゴルフをし、職を辞すことになった。調活費でプレー代が支払われたのではないか。そんな疑惑を持たれ、法務省刑事局が調査にあたった。流用の事実は裏付けられなかったものの、神崎は刑事局で机を並べる同僚から調べを受ける身になったことを恥じ、いさぎよく法務検察から身を引き、学究の道に進んだ。おのれの警戒心が足りず、こういうことになったと悔やむ神崎の姿が、きのうのことのように思い出された。

「福地さんや小橋は神崎を胸くそ悪いやつだと思っているはずなんだ。小橋はそれぞれがプレー代を払ったことにしろと口裏合わせを持ちかけてきて、神崎はきっぱり断ったそうだから」

「本省の調査が錯綜《さくそう》したんですね。三人は自腹を切ったと話し、神崎さんは払っていないと説明した」

「ああ、神崎だけが本当のことを話した。吉野さんのポケットマネーから支払われたと思っていたそうだ。小橋はおれと神崎が親しいことを知っている。だから神崎がおれに何もかも話したと思っている。彼らが本省の調査に嘘八百を並べたてたことも」

「彼は久我さんが目障りで仕方ないんですね」

「いびり倒して辞めさせたいんだろう」

「なるほど、福地さんまで久我さんを標的にする理由がやっとわかりました」

「標的？」

「戦争の標的です。久我さんに向かって弾を撃ったのは、内部の敵である里原さん、さらに外部の敵である常磐さんへの宣戦布告だと思います。何としても事件をやり遂げると、福地さんは言ってるんです」

久我は首を横に振った。

「狂気だな」

「ええ、狂気です。福地さんはなりふりかまわなくなっている」

「で、きみはどうするんだ？　おれの立場からは田中博という検事も敵の側にいるように見えるけど」

「それはそうですね。僕は福地さんの部下ですからね」彼は今気づいたように、あっけらかんと笑った。「いくら筋の悪い事件でも、粘ってみますよ。あのカネに腐敗が隠されていることは確かでしょうから」

久我はふしぎなものだと思った。福地の野望と利己心が、田中博を介して法の正義を後押ししている面がある。「どうするんだ？　策はあるのか」と、心配になって聞いた。

「疎明でいくしかないと思っています。直接の証明力はない状況証拠でも、数を集めて、これでもかこれでもかと突きつけていけば、否認を崩せるのではないかと……任意聴取でやれるところまでやります」

田中によれば、金庫の現金の九割は紙幣番号から訴追期間の七年以内に印刷されたものと判明していという。ただ札束は入れ替えることが可能だ。紙幣番号が所得税法違反の時効にかからないことの厳格な証明にはならない。

もがきながらもあきらめない田中の覚悟に触れながら、久我にはハタと気づいたことがあった。検事には関係者への任意聴取という手段があるではないかと。有村を痛めつけた男の逮捕にばかりこだわって、見過ごした戦術があることに思いをはせた。

10

人は何度でも同じ過ちを繰り返す。

きのうの朝とそっくりな光景がまた――

脳はかろうじて起動していた。だが、まぶたが開こうとしない。こめかみがずきずきと痛んだ。田中博と意気投合し、ウイスキーのボトルを二本も空けてしまったことを少しばかり後悔した。

寝室を出ると、洗濯籠を抱いた多香子と鉢合わせした。目が合うなり、ぷいっと横を向いてベランダの物干し場に向かった。どうも不穏な空気が流れている。きのうのことを思い出そうとしても、頭痛が強まって記憶をかき出す邪魔をした。

ふらふらした足取りでダイニングテーブルに何とか腰掛けると、菜穂がトーストにジャムを塗る手を止めて、いかがわしい人間を見るように冷たい視線をよこしてきた。

「なんだよ」

「お母さんが離婚を考えるって言ってたよ」

「冗談だろ？」

「どうかなあ。だって、今度の醜態はあんまりだもん」

久我はなおも何も思い出せなかった。困惑するとともに、きのうに同じく二日酔いの醜態をさらす朝に限って、菜穂が間接話法をやめ、普通に話をするのが不可解だった。

「おれは何をしたんだ？」

「覚えてないの？」と、娘はあきれ顔を向けた。

多香子が戻ってきた。「田中さんと大声で、チャコの何とか物語を歌いながら帰ってきたのよ。きっと、ご近所にぜんぶ聞こえてるわ。もう私、恥ずかしくて表に出られない。それに田中さんたら……」

「あいつが何かしたのか？」

娘が答えを引き取った。「菜穂ちゃーんとか言って、私に抱きつこうとしたんだから。よけたら、そこにずっこけてたよ」

「田中さんがあんな人とは思わなかったわ」

「私もイケてる人だと思ってたのに」

母娘《ははこ》が目を見合わせて言う。

「いつからお友達になったの？」

「夕べ突然、友達になった。そういえば、前からあいつと知り合いだったそうじゃないか」

「そうね、同じ時期に引っ越してきたから。ねえ田中さんて、どこの部署なの？」

「特捜部だよ。言ったじゃないか、おれの代わりに田中博ってやつが行くことになったって」

多香子は目をまん丸に見開いた。「なんだ、あの田中さん、例の田中さんなの？」

「ヒロシっていうんだ」

「知ってます」多香子はふたたび怖い顔になった。「そんなヒロシの海岸物語だあ！　なんて、歌をまぜこぜにして大声で叫んでたのよ。ああ、恥ずかしい、恥ずかしい」と嘆いて洗濯に戻っていった。

断片的ではあったが、昨夜の記憶がよみがえろうとしていた。エレンで田中博とべろんべろんに酔っ払って騒いでいたとき、テーブルに置いた携帯が光っていたのを思い出した。

久我は寝室に行って背広のポケットをまさぐった。携帯をのぞくと、案の定だった。倉沢からの着信が画面にひしめいていた。

何があったのだろう。かけ直すと、彼女の怒声が響いた。

「またですか、こんな大事なときに何で連絡不能になるんですか！」

第四章　赤提灯

1

浅草寺の角を曲がると、川の匂いがした。やや強めの東風が隅田川の向こうから吹いている。区検の前庭にマスコミ関係者の群れはなかった。取調室の前に事務官の姿もない。倉沢が顔を合わすなり言った。

「きょうは特捜部の事情聴取、お休みのようですよ」

「何で？」

「土曜だからじゃないですか？」

「へっ、あいつそんなこと言ってたかな」

「あいつって、どなたですか」

「いや、何でもない……」

田中との宴《うたげ》を一から説明するのは面倒だ。それに特捜部の捜査の秘密もかかわっている。軽々に言える話ではない。

「追出さんたちはどうしてる？」

「まず有村くんが意思疎通できるようになり次第、被害者調書をとって令状を請求し直すと連絡がありました」

久我のもとにも今朝、追出から有村の容体は安定し、命の心配はしなくていいと連絡があった。ただ意識が麻酔の影響で混濁し、調書作成のめどは立っていないという。

倉沢が昨晩の捜査の進展について満を持して切り出した。「松井が銀座の強盗犯だったなんて驚きですよ。有村くんが頑張った成果だと思います」

だが久我は頷かなかった。「有村が指で示したキーワードは、銀座、強盗、車、五億だったな。だがそれだけではまだ推測の域を出ないだろう」

彼女は久我の冷静な物言いが気に障ったらしい。「じゃあ、説明します」と挑戦的な態度で身を乗り出してきた。「その前に久我さん、二日酔いはだいじょうぶでしょうね」と嫌みを添えるのも忘れなかった。

「ああ、だいじょうぶだ。酒はもう抜けている」と、久我はバツが悪そうに頭をかいた。

「では、申し上げます。根拠がさらに加わりました。有村くんが〈とり急ぎ、雷〉とメールに書いた意味がわかったんです」

「どういうことだ？」

「答えは墨田署交通課の待合室の壁にありました。けさ追出さんがそこを通りかかり、銀座の強盗の手配ポスターを目にして、これかと大声を出したそうです」

「逃走車両の特徴だったのか」

「ええ、手配車には後輪のホイールに雷のようなギザギザの傷があります。有村くんはしっかりこれを記憶していて、とっさに頭に浮かんだ漢字一字を送信したのだと思います」

「そうか、有村の写真はホイールを写したものだったんだな」

彼女はにこっと笑った。「まだ文句がありますか?」

久我は降参の印に笑みを浮かべた。「よくやった」と遠くにいる有村をねぎらった。

頭の中にホワイトボードを引っ張りだし、発生順に並べてみた。

銀座強盗事件
麻薬密輸事件
河村友之の死
有村への殴打事件
「主な事件は四つだな。それがどうつながるのか」

倉沢はすでに見立てを用意していた。「河村の死の根っこは麻薬の密輸ではなかったことになりますね。全体を知るには、やはり最初に起こった強盗から始めるのが肝心だと思います」

「同感だ」

「前提として大事なのは河村の位置づけです。弟を苦労して育てたお兄さんには申し訳ないけど、私は友之悪人説をとります。彼自身が銀座の強盗に関与したのではないでしょうか。友之は武闘派ではないようなので逃走車両の運転手でしょう。松井は実行犯だと思います」

倉沢は捜査資料のファイルを持って久我のデスクに歩み寄り、犯行の態様を記録した部分を広げて見せた。

それによると、強盗は二人組。銀座の裏路地で貴金属宝石店の社長の乗った車が、拳銃のようなものを持った犯人に止められた。社長とガードマンを兼ねていた運転手は携帯電話と車のキーを取り上げられて、犯人が放り投げた手錠で自らの手首を車窓の枠に固定するよう強要された。次に犯人は現金の詰まったトランクを地面に降ろした。すると、ただちに共犯者の運転するSUVが横付けされ、トランクを積み込み実行犯を乗せて逃走した。

「白昼堂々、五分もかからず五億円もの大金を奪ったのか」と久我は改めて驚きを口にした。

倉沢が頷いて続けた。「その後、松井と河村は強盗した金を元手に麻薬ビジネスに乗り出すわけです。松井はシンガポールのグエンを協力者に引き込み、河村は会社の整備工場を提供する。メルセデスは輸入したらしたで、売り手を見つけないと会社でまずいことになる。そこで買い主を偽装する必要があった。オーディエンスに買わせることを思いついたのが松井なのではないでしょうか。盗んだ社判の利用法に気づいたというわけです。そして河村が社長となり、円滑に取引を進める」

「なるほど、それなら流れがかみ合う。ところが最近になって松井と河村の間に亀裂が生じた。憎しみ合うほどの何かがあったということだろうか」

「私もそう考えます。殺人か、傷害致死かはわかりませんが、松井が河村を死なせ、遺体を高架から落とし、麻薬中毒者の飛び降り事件に見せかけた」

久我はふと黙り込み、腕を組んで考えるしぐさをした。「メルセデスを相場より高い値でオーディエンスに売った理由は何だろう？」

「整備工場を利用する代わりに、ワタセに十分な利益を落とすためではないでしょうか。社長に密輸を黙認してもらうためとも考えられます」

「なるほど。もしそうなら渡瀬社長も密輸の協力者とみることができる」

ここで久我は頭にあった戦術を口にした。「倉沢、渡瀬勝美を急ぎ、ここに呼び出してくれないか」

「は？」

「おれたちで調べるんだよ」

倉沢は意図が飲み込めなかった。墨田署の刑事係長が会社に出向いて、三時間ほど事情聴取した結果が追出から届いたばかりだった。輸入車のビジネスは友之に任せきりで、不審な点には一切気づかなかったという内容になっていた。

「私たちで聴取したからといって、ちがう供述が得られるでしょうか」と彼女は疑問を口にした。

だが久我は落ち着き払った態度で言った。

「倉沢、おれたちの職業はなんだ？」

「検察官ですけど」

「だろ?」

「それが何か……」

「検察官にしかできない任意聴取をしてみようと思う」

「検察官にしかできない……ですか」

倉沢はオウム返しにつぶやき、小首をかしげた。

2

倉沢は扇風機を抱き、えっさえっさと階段を上った。一度倉庫にしまったものを取調室に置き直すためだ。数日ぶりに部屋に入ると、ほのかな残り香があった。高津安秀の整髪料だろうか。テレビで見た、区検の前庭を歩くポマードで髪を整えた紳士を思い出す。スイッチを入れると、扇風機の首が元気に回り始めた。窓の鉄格子に復帰したばかりの風鈴が、ご無沙汰でしたとあいさつするようにチリン、チリンと鳴った。

渡瀬勝美がきょろきょろしながら階段を上ってきたのは、約束の時間の十分ほど前であった。倉沢と鉢合わせすると、「渡瀬と申しますが、検察庁の浅草分室というのはこちらでしょうか」と丁寧な物腰で聞いた。

「はい、私が倉沢です。急にお呼びたてして、すみません」と、彼女の口調も渡瀬の態度に合わせて自然と柔らかくなった。

検事となって一年半に過ぎないものの、これまでに見た犯罪者の印象とはかけ離れていると思った。裏のビジネスに関与したことを示す証拠もないまま声を荒らげるような取り調べをすれば、事情を知らぬ第三者であった場合、まじめな人間を権力を使って苛《いじ》めることになりかねない。久我はどんな調べをするつもりなのだろう。不安が胸を通り過ぎた。

倉沢は「狭いところですが」と断りを入れ、客をもてなすように渡瀬に椅子を勧めた。そこに久我が入ってきた。彼女は打ち合わせ通り、部屋の隅に置いたスツールに腰掛けた。

「検察官の久我です」

「渡瀬です」

「これから私は、あなたに権利を告げます」と久我は切り出した。渡瀬はぽかんとして「はあ、権利といいますと」と聞き返した。

「まあ、きちんと聞いてください。まずあなたには黙秘権があります。ここで話したことは不利な証拠として採用されることがある」

渡瀬はみるみる青ざめた。「あの、ちょっと待ってください。私は逮捕されたんですか?」

「いいえ」久我は当然のことのように首を横に振った。

「では、どうして権利など……」

「あなたを被疑者として取り調べるということです」

「しっ、しかし、そちらの倉沢さんから連絡をいただいたときは、任意で事情を聞きたいとのお話でしたが」

「その通り、任意ですよ。あなたに何も強制していない。被疑者調べはつねに逮捕を伴うとは限らないんですよ」

「はあ」

「それとも逮捕をお望みなのですか」

「いえいえ、滅相《めっそう》もない」渡瀬はハンカチを取り出して額の汗を拭った。

倉沢は久我の作戦がわかりかけてきた。一般人で刑事訴訟手続きに詳しい人はそうはいない。取り調べと聞くと、大概は緊張する。渡瀬から混乱を引き出して、真実を話すか話さないかの勝負で優位に立とうとしているのだ。案の定、渡瀬はにわかに落ち着きを失い、視線をさまよわせている。

久我は身を乗り出すように説明を続けた。「警察と同じようには考えないでいただきたい。私たちは検事として事情を聞きたいんです」

「警察と何が違うのですか」

「捜査のための情報収集として、あなたに来てもらったのではありません。そこが警察の事情聴取とは大きく異なるところです。私たち検事は犯罪事実を認定して、裁判所に公判を請求する権限を持っています。公訴権と呼ばれるものです。ここまでわかりますか?」

「起訴というやつでしょうか……」

久我はええそうですと頷いた。「準司法権というものです。だから、あなたがここで話す一言一句が法廷に直結する場合がある。嘘をつけば、それなりの報いが返ってくると覚悟してください」

渡瀬の額に汗の粒が多く浮かんだ。口をぱくぱくして何かを言おうとしているところに、久我が攻め込む。「もしあなたが何かを知っていたとして、ここで知らぬ存ぜぬを通せば、後日すべてが判明したとき、どうなるかを考えてください」

倉沢は胸のなかで、うまいと叫んだ。「何も知らない」と主張しにきたのであろう渡瀬はその常套句《じょうとうく》を封印されたに近い。

「いったい何の容疑なんですか」

「墨田署巡査、有村誠司への殺人未遂容疑で取り調べます」

「いやいや、そんなこと……私は事件当時、家にいたんですよ」

「暴行の実行行為者とは言っていません。共謀共同正犯、または従属的な共犯としてあなたの立件は考えられます。群馬の工場に松井祐二が赴くにあたり、あなたは何をしましたか？」

渡瀬はびくっとして体を震わせた。だが久我はそこに攻め込んで行こうとはしなかった。倉沢が思っていたのとはまったく逆に、「そういえばね、渡瀬さん」と、世間話でもするようにフランクな声色に切り替えたのだった。「じつは先日、河村友之さんのお兄さんにお会いしたんですよ。和也さんといいます。ご存じですよね」

渡瀬はうつむいたまま、「おつらいでしょうな」と小声で言った。

「友之さんはどんな青年でしたか？　人柄の良さをほめる人が多いのが私たちの印象です」

「ええ、よく働いてくれました」

「営業マンでしたね。けれどアパレルからの転職で、貨物車両の知識があったわけではない。仕事を教えるのが大変だったのでは」

「いえいえ、友之に難を感じたことはありません」

「普段の仕事ぶりはどうでしたか？」

「アパレルで接客業の基礎が身についていましたから即戦力でしたよ」

「人当たりの良さがあったんですね」

「はい、熱意もありました。客から連絡があれば、日曜日でもすっ飛んでいって契約をまとめてくれました」

「頼りにされていたんですね」

「お客の評判はいいし、小さなことにもよく気がつくし……私が経理の仕事で残業していると、夕食も抜いて手伝ってくれました。性根のところがじつに親切なんです」

渡瀬の口がよく動くようになった。倉沢は気づいた。久我は口にしやすい話題をふって、思惑通りにしゃべらせているのだと思った。取り調べを受けている側は、供述の準備運動をさせられていることに気づいていない。

「思い出しますか、彼が生き生きと働いていたことを」

「ええ毎日、思い出します」

渡瀬は唇をかんだ。メガネの奥の目がじんわりと潤《うる》む。哀惜《あいせき》の涙か、隠し事を問い詰められる予感におびえる涙か。倉沢には後者の比重が高いように思えた。

「彼はいま、麻薬密売人として墓に入ろうとしています。墨田署はジムで見つかった薬物を証拠に、被疑者死亡として送検の準備をしているのをご存じでしょうか」

渡瀬は久我の視線を避け、何も答えなかった。倉沢は直前の会話で良心が引き出されたせいではないかと思った。

「何かがおかしいと私たちは思っています。真相を明らかにするために、あなたにできることはありませんか？」

「私に……できることですか」

「友之さんの死にしろ、有村巡査への殴打事件にしろ、あなたの周辺で起こっています。私たちが知らない何かを知っていますね」

久我は黙って待った。すると、数秒後、渡瀬の白髪の交じる頭が縦にこくりと動いた。わずかな体の反応で、検事の問いかけを認めたのだ。

「渡瀬さん、話していただけますね。さきほども言いましたが、あなたのこれからの人生のことも考えてください」

ほどなく、男の「はい」という消えいるような声が聞こえた。倉沢はこれが否認の被疑者が割れる瞬間だろうかと思った。尋問を最初から振り返った。わずかな会話で嘘を封じ、話をする練習をさせ、良心の呵責を引き出し……。感心していると、久我は不意打ちを食らわせるように打ち合わせになかったことを告げた。

「ではここで、取り調べ官を倉沢に代わります。正直に話してください。言っておきますが、彼女は厳しいですよ」

3

倉沢は二時間あまりたって、取調室から帰ってきた。やや興奮気味に上気した顔の下に二通の取ったばかりの調書を抱えていた。それは渡瀬勝美から少なくとも二件の証言が得られたことを意味していた。

久我は心の内で安堵しながら顔には出さないようにして、「調べは尽くせたか？」と指導官の顔で聞いた。彼女は「もちろんです」と胸を張った。

「では、聞こう」

「おっと、その前に」倉沢はくりっとした目で久我を見つめてきた。「さきほどは私の前座を務めていただき、ありがとうございました」

「何のことだ？」

「渡瀬を供述させる方向に持っていった〝芸〟のことですよ」

「ああ、あれか」

「どうやったんですか？　要領というか、技術というか……私に教えてください」

「おれは自分のカンにしたがって、その場その場で相手に対する言葉や態度を選んだだけだ。要領も技術もない」

「でも最初から渡瀬を心理的に追い込んでましたよ。いつも、ああやるんですか?」

「いつもじゃない。社長のどこか余裕のある態度を見て、すぐに思った。やんわりいくんじゃなくて、いきなり攻め込むべきだと」

「私はまるで反対のことを考えていました」

「まあ、それでも成功することはあるんじゃないか。ただおれの経験から言うと、自分に勝ち目があると思っている被疑者ほど崩しやすい。第一印象でそれを渡瀬に感じたんだ」

倉沢は「ふ〜ん」と唸ると、久我のセリフを抜粋して心のノートに書き留めた。自分に勝ち目があると思っている被疑者ほど……。

その作業が済むと、さっそく聞きたくてたまらなかったことを口にした。「何で私にバトンタッチしたんですか?」

「きみのほうが速いからだ」

「へっ? どういう意味ですか」

「ワープロ打ちの速さだ。プリントアウトの手際もいいし」

「そんなことで私と替わったんですか!」と倉沢は不服そうに口をとがらせたものの、指導官の言葉を鵜呑みにしたわけではなかった。取り調べの一から十までを教わった気がしていた。

「で、成果はあったんだろ?」

久我に促されると、倉沢は目をぱちりと開き、意識を本題に戻した。「ええ、大事なことがわかりました。私は友之悪人説を撤回します。彼は密輸はおろか強盗にも一切絡んでいません」と、きっぱりした口調で言った。

「どういうことだ？」久我は苦労して弟を育てた兄の和也の顔を思い浮かべながら、どこかホッとしながら聞いた。

「オーディエンスの社長に友之をすえたのは渡瀬勝美です。自分が社長になると、ワタセカーゴからオーディエンス、つまり自分から自分へ不当な高値で輸入車を転売することになる。税務署に気づかれたら何かあると疑われかねない。そこで単にそばにいた友之の名を利用したそうです」

「群馬の整備工場で車を解体することを持ちかけたのは誰なんだ？」

「やはり松井でした。ちなみにボクシングジムの省造さんは無関係だということです。有村くんは友之のロッカーから麻薬が見つかった日、兄弟が言い争うところを目撃しています。でもそれは、省造さんが勝美を呼び出し、どうして友之がこんなことになったのかと問い詰める場面だったようです」

「強面《こわもて》の渡瀬兄はいい人すぎて眉つばだと思っていたが、本当に友之をかわいがる善意の第三者だったというわけだ」

「ええ、そして友之の誠実な人柄も本物でした。そんな彼が自分の名前が取引先の社長に使われていることに気づいたのは、死んだ当日のことです」

「アタッシェケースにあった契約書類だな」

「はい、温厚な友之が社長に食ってかかったそうです。警察に通報すると言って、店を飛び出して行った。そして社長はジムにすっ飛んで行き、松井に知らせた」

強盗、麻薬密輸、友之の死までが仮説の枠を超えて一気につながりを帯びた。

「ところで社長は密輸にはどの程度関与していたのだろう？」

倉沢は「そこはですね……」と言葉を切って目を伏せた。「吐きませんでした。松井がシンガポールにいる知人と組んで、何か悪いことをしているとの認識があったとまでは認めましたが、車に隠して運んでいる物が何かは知らなかった。怖くて聞けなかったと話しています。じつは会社の経営が苦しいそうです。輸入車一台につき百万円の差益《さえき》を会社に落としてくれる、という松井の話になりふり構わず飛びついたということでした」

「何を運んでいたか認識がないとすれば、密輸容疑は幇助《ほうじょ》の適用も難しい」

幇助――刑法六二条一項。正犯の犯罪行為を手助けして容易にした協力者は従犯とする。

倉沢は「拳銃と金槌ですね」と応じた。例えば殺人の場合、拳銃を実行犯に貸し与える行為は殺害を手助けしたと見なしやすいが、凶器が大工道具の金槌であれば殺害に使われるという認識は立証しづらい。麻薬密輸の実行犯に対して、車両の解体場所を貸す行為が拳銃にあたるか、金槌にあたるかは判別の難しいところだ。

久我は調書のもう一方をめくった。途中まで目を通したところで、渡瀬をぶん殴ってやればよかったといわんばかりに憤慨した。「くそったれ、有村への暴行も知っていたのか」

倉沢は頷いた。「警察の聴取にはとぼけたみたいですが、有村くんがやられた日、会社にやってきた松井に工場建物のドアの鍵を渡しています。当然、その日工場で倒れていた有村くんについて、誰がのしたのかは知っていたでしょう」

「工場に行った目的は？」

「あの男はスコップが必要だと言ったそうで、社長はどこにあるかを教えた。ただしスコップを何に使うかは聞いてないと供述しています」

久我は「何を掘ったのだろうか？　また謎が出てきたな」とため息交じりにつぶやいた。対照的に、倉沢は余裕の表情を浮かべていた。

「この調書、最大の収穫は何なんだ？」

彼女はへへっと笑って言った。

「松井について重大な行動がわかりました。有村くんを半死半生の目に遭わせた翌日、会社に電話をかけてきたそうです。『警察にチクったのはお前だろう。もうけさせてやったのに裏切るのか』と怒り狂って責め立てたそうです」

久我の声に力がこもった。「よし、ついに証拠が出たな」

殴打事件において加害者と被害者の接触を裏付ける直接証言がようやく得られたのだ。

倉沢の顔がパッと明るくなった。

「どんな慎重な裁判官でも迷わず令状を出すでしょうね」

4

有村が中野の警察病院に移送されたのは、殺人未遂容疑の逮捕令状が出てから五日後のことだった。ただし松井は全国に指名手配されたものの、行方は杳《よう》として知れなかった。

倉沢が病院に着いたとき、病棟の窓という窓に明かりが灯っていた。部屋をのぞくと墨田署の面々はすでに引き上げ、有村以外は誰もいなかった。顔中に包帯が巻かれ、両目と口だけがガーゼの外の空気に触れていた。彼女はスツールに腰掛けながら、冗談めかして言った。

「有村くん、透明人間みたいね」

彼の目が笑んだ。「ぼくは、トメニゲじゃないです」

発音がやや不確かだったが、返事を聞いて驚いた。「話せるようになったんだ！」

「あごがうごかないすから。ふくわじゅちゅのようりょうです」

幼児言葉のように聞こえて、倉沢はアハハと声に出して笑った。有村は恥ずかしがった。だが表情は包帯で見えない。

「ごめん、ごめん」

「いえいえ……グマまできてくださって、ありがとうございました」

「グマって？　ああ、群馬ね」

有村は自由に動かせるらしい右手でリモコンをいじり、ベッドを操作して半身を起こした。

「そんなことして、だいじょうぶなの？」

「このほうが、はなしやすいので」

確かに発音がましになってきた。

「あのときはありがとうございました。決着をつけに来たと思いましたけど」

「けんかのこと？」

「ええ」

「やっぱり、根に持ってたんだね」

「はい、すごく根に持ってました」

ガーゼに囲まれた目が笑っている。冗談のつもりなのだとわかって、倉沢は胸をなで下ろした。

「よかった。嫌みが言えるぐらい元気になってくれて」

倉沢も笑みを浮かべた。だが有村に暴言を吐いたことがいや応なく頭をよぎり、笑顔を消した。

「あのときはカッとしてごめんなさい。法律を知らないとかなんとか」

「気にしてないです。法律を知らないジュサですね」

「そう、巡査」

有村が気分を害したようすを見せなかったので、倉沢は感謝の言葉もなかった。「そう言ってくれるのはありがたいけど、じつは久我さんにもこっぴどく怒られちゃったんだよ。有村のプライドを傷つけるなって」

「プライドですか？」と有村はきょとんとした。

「私が有村くんの領分に踏み込んで、中華料理屋さんとかに無断で聞き込みをしたことよ」

返事はなかった。いったい何だろうという表情を、彼が包帯のなかでしていることがうかがえた。

「ん？　プライドの問題じゃなかったのかしら」

「違いますよ。僕が怒ったのは危ないからです。外に出て不用意に聞き込みをしてほしくなかった」

意外な答えだった。

「警察の仕事はいつ暴力に遭遇するかわからないから、みな体を鍛えてます。僕を見てください。鍛えていても、このざまですから」

倉沢は有村の真意が自分への心配だったと知って、胸の奥があたたまっていくのを感じた。エリザベス・テーラーのセリフを思い出した。

けんかのいいところは……

倉沢は「そんなことだったのね」と感慨深げに小声でつぶやいた。そして彼がもっとホットな気持ちにさせてくれるような気がして次の言葉を待った。だが期待は裏切られた。耳に聞こえてきたのはなぜか飲料水の名前だった。

「ソーダがあります」

「ソーダ?」

「違います。ジケのソーダです」

「あっ、もしかして有村くん、〝ん〟が言えないんだね」

「気がついてくれて、よかったです。あごに力が入らなくて」

「事件の相談ね」

「はい、ソーダです」

倉沢は彼がまじめに話そうとしていることをひしひしと感じる一方、胸の内では笑いをかみ殺していた。

「わかった、じゃあ相談を始めましょう」

「伝えそびれていることがあります」

「どんなことかしら」

「タブ……松井のキョウハは」

たぶん、松井の共犯は……と、語り始めたのだ。

倉沢は息をのんで、続く言葉に耳を傾けた。

5

皇居の堀の水は暗色の緑に染まりながら、何の臭いもしないのがふしぎだった。久我は常磐春子との待ち合わせ場所に早めに着いていた。欄干《らんかん》に両腕を乗せてぼんやり堀の水を見ている間、何人もの皇居ランナーが後ろを通り過ぎていった。

そしてまた一人分のアスファルトを蹴る足音が聞こえてきた。だがそのランナーは通り過ぎることをせず、後ろで止まった。

「やあ、久我くん、待たせたね」

彼女は肩で息をしていた。スエットのポケットからストップウォッチを取り出し、タイムを確かめた。

「走ってるんですか?」と久我が目を白黒させると、彼女は見ればわかるだろうと言った。

「元気いっぱいですね」

「まあね、汗を流して帰ると、よく眠れるんだよ。ビールもうまいし」

常磐は「私についてきなさい」と言い、パレスホテルのラウンジにスポーツウエアのまま足を踏み込んだ。彼女が理事長を務める弁護士法人「二重橋法律事務所」はホテルの隣の高層ビルにある。ホテルマンとはすっかり顔なじみらしい。ドレスチェックをする者はなく、何も注文していないのにかかわらず、ドライマティーニが二つテーブルに運ばれてきた。

「まずは乾杯」と常磐は言い、一気に飲み干すとホテルマンに目配せして二杯目を注文した。

久我は酒に手を付けなかった。クギを刺しておかねばならないことがあったからだ。

「常磐さん、困ります。私はあなたの事務所が抱えている案件の利害関係者ですから、面会自体いいことではありません」

「高津さんの件かい?」

「ええ、どういうわけか調べ検事の田中博と親交ができて、事件の中身を知る立場になったんです。だから捜査のことは……」

「ばかだなあ」

久我が言い終わらないうちに常磐はあきれ顔を浮かべた。「見当違いだよ。私が内通者を飼うような人間に見えるかい？」

「違うんですか」

彼女は大げさにため息をついた。「ちょっと、にぶいんじゃないか。わくわくして私に会いに来てくれたかと思ったのにさ。きみはとことん、自分の世話ができないんだね」

「自分の世話ですか？」

「ああ、そうさ」

常磐は珍しい植物を観賞するように視線の角度をあちこちに変えて顔をのぞき込んできた。

「久我くん、うちの事務所に来てくれませんか」

「はあ」

「はあ、じゃないよ。ヘッドハンティングしてるんだよ」

「おれに弁護士になれってことですか？」

「そうに決まってるだろう」

倉沢の言う通りになった。久我がそれを少しも本気にしなかったのには明々白々な理由があった。「ちょっと待ってください。私が公判立会を苦手なこと、お忘れですか？」

「忘れるもんか。口が回らないというか、アピールがへたというか、北九州の暴力団の事件で、久我周平を法廷から引っぺがして取り調べの専従にしたのは私だろ？」

「その通りです」

「裁判員を前に、検事が弁舌巧みにショーマンシップを発揮しないと有罪が取れないご時世はどうかと思うけど、久我くん、私がきみに期待するのは取り調べさ」

久我はきょとんとした。「弁護士に取り調べの技量がどう関係するのですか」

「関係するんだよ、それが……うちの事務所は知ってると思うけど、元最高裁判事がいれば、検事長経験者だっている。その人たちの名前で顧問先を維持している。大手企業ばかり、何十社もだよ。ところが顧問先でいざ問題が起こったとき、調べのできる人間がいないんだよ」

「内部調査ですね」

「まあ、そういうこと。背任とか使い込みとか不正融資とか、企業の不祥事もいろいろだ。株主や所管官庁に言われて、調査のための第三者委員会を作らないといけない場合もある。そんなとき、調査力のある検事経験者が必要なんだ。元最高裁判事に聴取をお願いするわけにはいかないだろう？」と、常磐は久我の顔をのぞき込んできた。

「きみにはコンプライアンス案件の責任者というポストを用意する。どう？　悪い話じゃないだろう？」

久我は謝意を示すように静かに頷いた。「私みたいなものを必要としていただいて、うれしく思います」

だが顔色がさえないことに彼女は気づいた。

「きみ、何だかうれしそうじゃないわね」

「少しばかり考えさせてください」

「ああ、それでけっこう。私も今この場で答えを求めるほど、せっかちじゃないよ。気持ちが固まったら、すぐに連絡してほしい」

「仕事を変わるとなると、妻や娘にも相談しなければならないことですから」

「そうよね、官舎にもいられなくなるし……でも、本音を言うと、急いで決めてもらいたい。じつは久我くんに頼みたい事件が来そうなんだよ。ある大手企業からね。社長が巨額の闇報酬を得ていたことが監査で発覚し、幹部役員まで関係して何が真実なのかがわからず、混乱の極みになっているそうだよ。どう、やってみたくない?」

久我は返事をとりあえず避け、気になることを聞いた。「しかし事務所でそこまでやるのは、特捜部が告発する前に事件を固めるということですか?」

常磐は深く頷いた。「早い話が、そういうこと。私たちが事件を仕上げて特捜部にくれてやるんだ。連中に捜査だけ頼んだら企業はどんなことになるか……関係のないところまでガサを入れられて、社業が維持できなくなる。だからイニシアチブをとるために、自分たちで事件をまとめてしまうのさ」

「なるほど、確かに、やりがいがありそうですね」久我はそう前置きしたうえで、ぽつりと言った。「でも、検事を辞めるかと思うと、やはりさみしい」

彼女の眉がピクッと動いた。「久我くんが組織のなかで、どんな目に遭っているか私はよく知ってるんだよ！」

「ええ、おれもよく知っています。おれ自身のことですから」

「いや、ぜんぜんわかっちゃいない」と常磐は厳しい顔つきで首を横に振った。「ちょっと説教してもいいかい」と言って三杯目のマティーニを呷り、強い視線と一緒に身を乗り出してきた。

「私が教えてあげる。きみが干されているのは、仕事をするからなんだよ」

久我は首を捻った。常磐の言わんとすることが何もわからなかった。

「仕事をするから、干される……ですか？」

「ああ、そうだ。久我周平という検事が仕事をするからなんだ。例えば、検事拘留がいい例じゃないか」

警察が逮捕で二日間身柄を拘束したあと、検事には訴訟提起を目的に最大二十日間の拘置が許される。取り調べは警察官があたる場合が多いが、警察の権限と切り離して検事拘留と呼ばれる。

「私が見てきた部下のなかで、あんただけだよ。検事として二十日間めいっぱい使って取り調べをしていたのは……否認事件の場合、相手が供述しないとみるや、後ろに下がって警察の尻をたたくだけのやつばっかりじゃないか。自分の責任で自白させようってやつがいないんだよ」

「しかし、それがどうして私が組織内で認められないことにつながるんですか」

「そこに気づいていないのが、久我くんの愚かなところだと私は思っていた。つまり、調べをしないやつはきみの能力を認めたり称賛したりすれば、自分自身を否定することになるじゃないか。そういう者にかぎって出世に執着心がある。だから、久我周平という検事は潜在的に敵になるんだ」

　久我は押し黙った。浮かばれないのは司法試験の成績のせいだと思い込んでいたことを、常盤はひっくり返そうとしていた。

「私は女だから、わかるんだよ。自白調書をいくら巻いても、周りの男たちは決して認めようとしなかった。常盤はおいしい事件を選んで仕事をしているとか、いろんなことを言われたよ。だから私は自分からアピールした。私くらい優秀な検察官がどこにいるんだってね。でも、久我くんは違う。アピールしない。上司の機嫌をとって望むポストにつけてもらおうなんてこともまったくやらない。周りの連中はそれをいいことに、能力に見合った仕事につかせようとしないでいる。それが真実さ」

「私の居場所は検察にないということですか」

「はっきり言って、そうだ」

　彼女の説諭は勢いを翳《かげ》らせることがなかった。「たまに私みたいにほめる人間がいたとしても、おとなしくしていると、その辺のぼんくらと同じ扱いにされてしまう。成果をあげた人間が報われない不条理がある。出る杭《くい》が打たれるということは本当にあるんじゃないかな。しかも杭を打っている人間たちにそれほどの悪意があるわけでなく、自然にそうなるようなところが組織にはあるんだ。事なかれ主義のくせに、出世だけしたい連中が多いほどにね」と、社会学者のように分析してみせた。

　久我が考えを巡らす隙も与えずに、常盤はさらにたたみかけてきた。「どう、久我くん、変な言い方だけど、弁護士として特捜検事の仕事をやってみないか。うちの事務所で」

やはり常磐春子はただ者ではないと思った。まるで取り調べじゃないかと、彼女とのやり取りを振り返った。相手の懐《ふところ》に深く入って当人さえ知らない真実を突きつけ、参りましたと平伏させようとしている。

説教は済んだらしい。彼女はふっと表情を和らげた。思い出したように、二年前の人事に話題を移した。「特捜部に推薦しておきながら、久我くんが行けなかったのは私の力不足だった。あのときはがっかりしたよね？」

「ええ、まあ……」

「言い訳するようだけど、私は手持ちの最大限の褒め言葉であなたを推薦したんだよ」

常磐はさらにもう一杯、マティーニを飲み干してから言った。

「私の取り調べの師匠が里原さんだってことは何度も話したよね」

「ええ、特捜部に行く前のことですね」

彼女が地方庁から東京公安部に赴任し、そこで一年間、主任時代の里原の下で鍛えられたことは、福岡にいた頃に耳が痛くなるほど聞かされていた。

「北九州の殺しで、あんたが暴力団幹部の容疑者を割って組長の関与を引っ張り出したとき、里原さんの教えを思い出したよ。相手にとって最悪の真実を吐かせよ――久我という検事はそれをやってのけたんだからね。組員はおつとめをして刑務所から出てきても、組長がいなきゃ帰る所がないいんだ。そんな自白は私だってとったことがない。それで久我くんを推薦するとき、とびきりの里原門下生がいるって売り込んだのさ」

久我は、ああ、そうだったのかと天井を見上げた。

「里原門下生」の発信源がわかった。

6

中野の警察病院に着いたとき、倉沢と申し合わせた時間を三十分以上過ぎていた。久我は遅刻をとがめられそうだと思いつつ、病室のスライド式ドアを恐る恐る滑らせた。すると倉沢より先に、有村と目が合った。痛々しく包帯にくるまれていたが、しっかりした視線を向けてきた。

「よう、具合はどうだ？」と声をかけたものの、倉沢のけたけた笑う声に遮られた。

「おい、ここは演芸場か」

「だって、おかしいんですよ。有村くんが……」

前にも区検の検察官室でそっくりな光景があったのを思い出す。

久我は聞いた。

「クロクマの続きか？」

「いえいえ、有村くんの自転車ですよ、覚えてますか」

「ああ、スポークの一本一本を大事に磨き上げたスポーツサイクルだろ？」

「初めて松井を尾行した日から、パン屋の前にずっと止めたままにしてたんですって。そしたら放置自転車扱いになって日暮里署に回収されたんだそうです……もちろん防犯登録していたから、有村くんのものとわかって、さっき連絡が来たんですよ」

倉沢は枕元に置かれた携帯を指さした。殴られて病院に運ばれ、一度は群馬県警の預かりになっていた携帯が戻ってきていた。松井が逃走に使ったSUVの後ろ半分を撮影したカメラでもある。

それを見つめながら久我はつぶやいた。「松井はどんな男なんだろう?」

倉沢がおやっという顔をして反応した。「どうしてですか」

「強盗に使った車を有村に知られ、激高して暴力に及んだんじゃないのか。なのに車を撮影した携帯はそのまま現場に残した。なぜ壊さなかったのだろう?」

「そういえば、おかしいですね。有村くんはどう思う?」

彼はわからないという意思表示にガーゼを巻かれた顔を横に振った。

「まあ、いい。捕まえればわかることだろう。おい、傷はまだ痛むのか」

「痛みます。でも、日に日に治まっていくのがジブでもわかります」

すぐに倉沢がフォローした。「有村くん、〝ん〟の音が出せないんです。ジブは自分です」

久我は頷き、ケガに障らないよう無理して話すことはないと言った。

「そうそう、有村くんはもう黙ってていいよ。久我さんには私から話すから」

「何だ?　その顔を見ると、いい話みたいだな」

「そうです」と、倉沢は表情を引き締めた。「有村くんから大事な相談があったんです。うまくいけば、捜査の局面を変えられるかもしれません」

「松井の潜伏先のことか？」

「いえ、謎の共犯者のことですよ。有村くんは、それが武藤結花だと確証を持っていると言うんです」

久我は「そうなのか」と目を丸くし、前言を翻して有村に聞きただした。

「グマの病室でじっくり考え、気づいたことがあります」

以降は倉沢が説明を引き取った。

有村が松井をバイクで追いかける前、武藤結花とベーカリーの前で鉢合わせしたときのことだ。自分の携帯番号を名刺に書いて渡した際、それをしまおうとするハンドバッグの中にボクシング・グローブのミニチュアを見たという。

「ジムの会員全員に配られた記念品でしたが、彼女が化粧ポーチにさげていたものは左右二つのうちの一つだけだったんです」

「というと？」

倉沢はボクサーのファイティングポーズをとり、右手を出して見せた。「有村くんは武藤の所持品の中に右のグローブを目撃し、さらに左のグローブにも覚えがあった」

「友之のアタッシェケースに残されていたものか」

「その通りです。やはり友之と武藤は恋人同士だったんじゃないかと思うんです。女の子がそんな野暮ったいアクセサリーはつけないでしょう。有村くんはピンときてなかったけど……もともとは合鍵に付けていたんじゃないかしら。友之のアパートのドアを閉めた鍵は今も彼女が持っているか、処分したか」

つまりこういうことかと前置きし、久我が見立てをまとめた。

渡瀬勝美にオーディエンスの社長にされていたことを怒って飛び出した友之は、いったんアパートに帰った。武藤が部屋で待っていると連絡してきたからだ。そして彼女の持つ合鍵で部屋を閉めて外出し、そのまま帰らぬ人となった。だから部屋の中に鍵が一つ残されていた。武藤とともに部屋に戻ってくる予定だったのだろう。

倉沢が想像力をたくましくして言った。「彼女は友之の死に、松井との共謀、もしくは単独でかかわっている。そう考えていいと思います」

久我は腕を組んで考えた。「ちょっと待てよ。銀座の強盗犯の運転手は被害者に姿を見られていないんだったな」

「そういえば、そうですね」

「強盗だから男だというのは思い込みか?」

倉沢が前のめりになった。

「運転手が武藤である可能性大だと思います。女だからって甘くみるのは禁物ですよ。男女の強盗コンビなら『俺たちに明日はない』のボニーとクライドの例もあることだし」

「だけど、それは映画の話だろ?」

「何を言ってるんですか、二十世紀初頭のアメリカの犯罪史に残る事件ですよ。事実をもとにしているんです」

倉沢によると、女の名はボニー・パーカー、男はクライド・バロウ。なぜボニーが先に呼ばれるかというと、レディーファーストの精神だけでなく、犯罪計画を立てていたのは主にボニーで、クライドは従属的立場だったともいわれるからだ。警官隊に浴びるほどの弾を撃たれて射殺されるまで、二人は十三人を殺害した。映画は男女の出会いから死ぬまでを調べ上げて制作された。

彼女は確信に満ちた顔つきで説明を続けた。

「原点に返れば、武藤は日本橋に土地鑑があります。勤めていた商品取引会社はオーディエンスと同じ日本橋にあるわけですから、盗みに入って現金と社判を手に入れたのが武藤と松井のコンビでもおかしくありません」

推理にすぎないとはいえ、久我は納得した。「武藤が指示役とすれば、かなり頭のいい女だ。強盗に始まって、麻薬の密輸、そのうえ友之を麻薬の売人のように仕立て上げたり、すべてに計画性がある」

倉沢は頷いて同意した。「松井がジムの外階段の裏で、こっそり電話していた相手は武藤でしょう。有村くんが松井の携帯で盗み見た番号だって、プリペイド式の携帯電話の番号でした。かけてみても、つながりません。すでに使われていない模様です。とにかく、すごく慎重な行動を心がけている。そういえば、渡瀬勝美が松井からの電話はいつも番号が非表示でかかってくると話していました」

「足がつかないよう徹底しているな」

「それにです。快楽犯のように犯行を楽しんでいる傾向もうかがえます」

「ん？　どういうところだ」

「強盗事件の資料を見直してみたんです。警察が発表を控えていた情報がありました。貴金属店の社長とガードマンに突きつけられた拳銃はモデルガンでした。犯人は銀座の表通りに出たところで、それを窓からほっぽり投げたんです。強奪の成功を誇示し、被害者をあざ笑うみたいに……松井じゃなくて、彼女の仕業じゃないでしょうか」と、悦に入ったように想像を巡らした。


そんな倉沢を久我はあきれ顔で見つめ、「おい、おれたちは映画の脚本を書いてるんじゃないんだぞ」といさめた。「今の段階でそこまで想定するのは早い。だが頷ける部分はある。彼女が全体の事件の指示役だったとすれば、ナルシスト的な社会病質者の性向がうかがえる」

「でしょ？　やっぱり彼女がボニーなんですよ」

7

逮捕令状はすんなり取れ、逃走車両のＳＵＶも全国手配された。だが倉沢の脚本は一行も進まなくなった。松井が行方知れずになったまま捕まらないからだ。いつのまにか八月が終わり、区検のカレンダーも一枚めくれた。捜査はいささか長期戦の様相を呈してきた。おとといよりきのう、きのうよりきょうと、倉沢が日増しにじれていくのが伝わってくる。

「私、ＦＢＩがうらやましいですよ」

「なんで？」久我は素っ気なく聞いた。

「だって法曹資格のある人たちが現場に出て捜査もしているじゃないですか」

「確かに、ＦＢＩの特別捜査官は法曹資格か会計士の資格を持っていることが採用の条件になっているな。でも制度がちがう。ただそれだけのことだろう」

「そんなこと言われなくても、わかりますよ。ただ私は、法の知識を生かしながら現場にも出られる仕事がうらやましくって」と、不機嫌きわまりない顔つきで言った。というのも、捜査に加わりたくてしかたないのに何ら役どころが回ってこないためであった。

松井の令状取得と同時に、墨田署には新たに捜査班が結成された。刑事課から一人、生活安全課から一人を駆り出し、追出が監督を務めながら武藤結花の日々の動静を監視しているのだ。

久我の提案で始まったものである。行方をくらました松井と接触する可能性があることはもちろん、武藤こそ麻薬常習者であっておかしくないという見立てによる。友之の死を薬物摂取による事故に見せかけたかったのであれば、発案者は宙を飛びたくなる感覚を一度は経験しているにちがいない。その前提に立てば、売人に近づいたり、自ら摂取したりするときが必ず訪れる——そのときを狙って現行犯逮捕をめざそうというわけだ。

ただ、どれほどの時と手間を要するかは見当がつかない。監視は不安含みで始まった。だが意外に早く手応えが出た。三日目の夜、自宅から外出した彼女を尾行したところ、六本木駅のトイレで変身したのである。清楚《せいそ》な装いから一転、髪を逆立て、服は黒ずくめ……あまりの変化に捜査員は同一人物と認識できず尾行をまかれたが、駅の防犯カメラが変身後の武藤の姿をとらえていた。

追出らはがぜんやる気になった。しかし、その先が長かった。すでに行動確認を始めて十日近くになる。その間に熱暑は収まり、少し過ごしやすくなったとはいえ、二人の尾行要員の体力はすり減りかけていた。

久我の胸のうちにも焦りが充満しつつあった。そんな状況にあって倉沢が平静でいるはずはない。キーボードをバチバチとたたく音ににじれる気持ちがにじむ。ネット社会のどこかに武藤の情報が落ちていないか、捜し回っているのだ。区検にこもってできることは、その程度の仕事しかなかった。

「今時、二十代半ばでSNSをやってない女がいるなんて信じられますか。通っていた高校さえわからない。何で中退したんだろう?」

そうぼやく倉沢に、久我が険しい視線を向けた。「おい、高校を中退したなんてネットには出ていないはずだ。おれや有村があれほど止めたにもかかわらず、外をほっつき歩いて聞いてきた話だろう」

倉沢は少しも悪びれず、あごを突き出して言った。「ええ、そうですよ。練馬をほっつき歩きました。もっと粘って人物像を調べればよかったと後悔しています」

「そういえば、父親が都議会議員なのに選挙にも一切顔を見せないんだったな」

「クリーニング店のおばさんなんか、アダルトビデオに出演していたってうわさもあると言っていました」

「それがどうしたんだ」

「興味ないですか」

「ＡＶにか？」

「ふざけないでください。近所の人たちが何も確かなことを知らないんですよ。親が娘をご近所に隠してきたとしか思えません。選挙のリスク要因としてしか扱ってこなかったのでしょう。変身する理由もそのあたりにあるんじゃないですか。あるときは、おしとやかなお嬢さん、あるときはゴスファッションの黒ずくめの女、あるときは覆面強盗……」

「無駄話はよそう」

「無駄話とは何ですか？　久我さんは犯人と勝負している気持ちになったことはありませんか」

「もちろん、ある」

「だったら、私を現場に出してください」

「何度言えば、わかるんだ。警察官を信頼して待つのがおれたちの仕事だ」

「待つだけが仕事ですか」

「そうだ。こんど出歩いたら、ただじゃおかないからな」

8

倉沢は、反省をしないまま釈放した三橋老人を呼び出し、事情聴取を終えたばかりだった。簡裁の略式命令を受けさせるべく、パソコンで訴訟資料を作成している。示談が成立し、不起訴という選択肢もあったが、久我は再犯の恐れがあるという彼女の意見を尊重し、簡裁に罰を求めることを許した。

「どうですか、読んでもらえましたか、私の調書です」

「よくできている。割れたガラスの破片を一つ一つ拾う店主を見下ろして、まずい飯を食わせやがってとののしる場面は迫力がある」

倉沢はほめられてうれしかったのか、頬を緩めた。

「ところで久我さん、さっきからパソコンに向かって何をしてるんですか？　決裁はぜんぶ午前中に終わってるはずでしょ」

「うん、捜査班の後方支援になればと思って勉強してるんだ」

倉沢は興味津々に腰を浮かせ、久我の手元を見に来た。そこには自動車の構造図がある。

「メルセデスの内部ですか」

「そうだ。ほら、横浜税関の人が有村に教えてくれただろう。麻薬を隠すとすれば、サスペンションじゃないかって」

久我は構造図の車軸を指で示した。そこに何本かの筒状の部品がつながっている。

「筒のなかに空洞があるという話でしたね」

「ああ、本当にそのようだ。密封され、空気が漏れない構造になっている。これじゃあ麻薬犬もかたなしだな」

パソコン画面では計算ソフトが同時に動いている。

「何の数字と格闘してるんです?」

「一回でどれくらいの麻薬を運べるか、見積もっていたんだ」

「なるほど、密輸の規模を推し量ろうというわけですね。で、答えは?」

「うん、計算は済んだんだが、疑問が出てきた」

久我は頬杖《ほおづえ》をつき、考え込むしぐさをしながら説明した。「粉末だと、重さにして三十キロを一台のメルセデスで運べることになる」

「それ、末端価格でいくらになるんでしょう?」

「薬物の種類によるが、コカインだと六億円くらいか」

「へーっ、すごい金額になりますね」

メルセデスは計三台輸入されている。つまり十八億円相当の密輸が行われたことになる。

倉沢は首をかしげながら聞いた。「それのどこが疑問なんですか」

「商売がでかすぎるんだ」

「というと?」

「暴力組織に所属しない人間が突然こんな大きな仕事を始めて、クロウトさんたちが黙っていると思うか」

武藤や松井の周辺に闇社会はちらりとも影を見せていない。それが久我にはふしぎでならなかった。

「おっと、いけない」

久我は何かを思い出したような顔をして、パソコンをパタンと畳んだ。背広を慌ただしく着込んで、引き上げようとしている。

「どうしたんですか」

「きょうは家族会議でね。娘の進学のことで話さないといけない。法学部を受験するかどうか、気持ちを固めようかってところなんだ」

「法曹をめざすんですね」

「どうもそうらしい」

久我はやや浮かない顔をした。若くして死んだ父のことを話さなければならないかと思うと、気が重かった。

9

日も落ちたというのに、児童公園からは子供たちの歓声が聞こえた。外灯が淡く明かりを落とす場所で、ゴムボールを使って三角ベースの野球をしている。久我はそれに気を取られながら官舎の敷地に歩みを進めた。自転車小屋の横を通りかかると、田中博に出くわした。記者らしき男と小屋のひさしに隠れるようにして話をしていた。

記者が久我に気づき、その視線をたどって田中が振り向いた。

田中は記者に何かひと言告げると、振り切るようにして久我のほうに駆け寄って来た。時刻は六時過ぎ。特捜部の人間にしては珍しく早い帰宅だ。

「久我さん、いいところで会いました。赤提灯行きませんか。すぐそこに屋台が出ているのを見つけたんですよ」

「おお、屋台か、いいね」と請け合った。多香子から八時までに帰ればいいと言われており、そこそこの時間は付き合えると思ったからだ。

田中は気まずそうに言った。「変なところを久我さんに見られましたね」

「さっきのが、例の特オチした記者かい？」

「ええ、知りすぎたゆえに書けなかった記者です。でも強制捜査に入る局面では、やり返してやるんだと張り切ってますよ」

「何か教えてあげたの？」

「まさか」田中は首を横に振った。

屋台に客はいなかった。丸椅子に腰を落ち着け、冷酒とおでんを何品か注文すると、彼は苦々しい顔つきに変わった。「あの記者はもう、僕のところには来ないと思いますよ」

「どうして？」

「高津安秀の事件を解任されました」

久我はあぜんとした。「別の検事に代わるということなのか？」

「ええ、直告の主任の隈元《くまもと》さんとチェンジです。福地部長に呼ばれて言い渡されました」

特捜部には三つの班がある。

特殊直告班
経済班
財政班
直告班は独自捜査で汚職や企業の腐敗などを摘発する部隊だ。経済班は公取委や証券監視委から送致される事件を受ける。そして、田中の在籍する財政班は国税庁が刑事告発する事件を担当している。と、線引きはされているものの、重大な事件になれば垣根を超えて主力の直告班が乗り出してくる。

「早い話が僕の力足らずです」

「疎明の積み重ねでは起訴に持ち込むには弱いということか？」

「いいえ、福地さんもその考えは捨てていません。だけど、高津氏が否認のままではダメだと言われました」

「結局、供述か」

「ええ、吐かせろということです。僕の取り調べのやり方は手ぬるいのだそうです」

久我は調べを交代するという隈元の異名をすぐに思い出せなかった。「特捜で、彼は何て呼ばれてるんだっけ？」

「マムシです」

「ああそうだった、マムシの隈元。かまれたくないな」

田中は笑った。「平素は気さくな人なんですよ。被疑者にも好かれるタイプです。たぶん自分で冗談みたいに言いふらしたあだ名だと思います。でも、いざとなったら、毒蛇がかみつくみたいな強い調べをするのかもしれませんね」

「常磐さんとも一戦交えるのかな」

「でしょうね、あっ、そうだ。さっきの記者から、こんなものをもらったんですよ」

田中は胸元から紙を取り出し、広げて見せた。「あした店頭に並ぶ週刊誌のコピーですよ。僕はこの記事の裏に福地さんがいると思います」

〝次期検事総長・里原氏とヤメ検界の女王・常磐氏のねじれた関係〟

特捜部の捜査の観測を伝える記事であった。かつて師弟関係にあった二人の検察官が政界捜査の入り口といわれる脱税事件を巡ってたもとを分かち、厳しく対峙《たいじ》しそうだと書かれている。常磐が検察を去る際に催された送別会で撮られた写真も添えてあった。里原と肩を並べ、カメラに向かってほほ笑んでいる。

久我はうんざりして言った。「里原さんがさも特捜部の味方であるかのように書かれているが、福地さんがリークしたとすれば、狙いは牽制《けんせい》なんだろうな」

「やはり、そう思いますか」と田中は小声で言い、記事を胸元にしまい直した。

里原が弱点に気づいて立件に難色を示すことを、福地は何より恐れている。そのことを記事は裏の声で告げていた。

「福地さんは里原さんに事件を蹴られた場合、次は常磐さんとの癒着を疑わせる記事を仕掛けるのかもしれないな」

「政界捜査の入り口となる事件を、里原さんが政権にいい顔をするためにつぶした、という検察腐敗論に持って行くわけですね。野党もすぐに食いつきそうだ」

田中はため息を一つ吐き、冷酒を呷った。「姑息《こそく》ですよ。証拠じゃなくて、世論操作で事件を立てる準備までしている」

「だがそれぐらい、福地さんは執念を燃やしているということでもある。里原さんがどう出るかだな。だけど、こんな遠回しな脅し含みの記事に動じる人じゃないだろう」

「ええ、僕もそう思います。だが福地さんは久我さんをダシにして里原さんにけんかを売った時点から、殺《や》るか殺られるかの心境にちがいありません」

「里原門下生の受難か？　おい、もうその誤った噂《うわさ》を前提にする話はやめてくれ」

「すみません」と田中は謝ったものの、言い足りないようだった。「小橋さんから情報漏洩の件で事情聴取されて、ばか呼ばわりされたんでしょう？　ひどいですよ」

「まあ、それは本当の話だな」

田中はどこかさみしそうに笑った。「正義の周りに人間の欲が渦巻いてます。僕は検事を辞めたくなりました。こんな気持ちになったのは初めてです」

久我は無言で頷くことで、彼の心情に寄り添おうとした。

「僕が負けたことは事実です。でも何に負けたのだか、よくわからない」

彼は顔を上げると、唐突な質問をした。「久我さんが検事をしている理由は何ですか？」

「ひどい目に遭っても、続けているのがふしぎか？」

「ええ、ふしぎでなりません。じつは久我さんを調べたことがあるんです」

「なんだよ、のっぴきならんな」

田中は特捜部に着任したとき、九階に割り当てられた自室に入るなり、ドアにかけられるはずだった〈久我周平〉と書かれた名札がデスクの上に取り残されているのを見つけたという。

「気になって起訴実績を調べたんです。裁判で被告が否認した事件がほとんどなかった。取り調べの段階でなぜ罪に問われるか、納得させたということでしょ。いい仕事をたくさんしていたので感心しました。だけど福地さんが、久我さんが調活費のゴルフの一件を知る人間だと気づいて異動を取り消したんですね」

「おれには吉野さんが介入したって言ってたぞ」

「嘘に決まってますよ」

「うん、じつはおれもそう思っている」

「久我さん、悔しくないんですか。僕ならとっくに辞表をたたきつけてます」

「それが普通かな？」

「ええ、久我さんは普通じゃありません」

「確かに、がっかりはした。だけど辞めようなんてまったく思わなかった」

「なぜですか？」

「うん、検事になれたときのことが今思い出してもうれしいんだ」と、久我は遠くを見るような目で言った。「中学のとき、親父が死んだ。それから二、三年過ぎてからだったかな。検事という職業があることを知ったのは……」

10

倉沢は検察官室に一人残されていた。そろそろ帰宅しようかと壁掛けの時計を見上げたとき、ふいに外線が鳴った。受話器を拾い上げると、追出の声が響いた。

「あら、倉沢さんかい？」

「久我さんなら、もう引き上げました。何でも今夜はご家族で食事なんだそうです」

「そうかい、それじゃ、邪魔しちゃ悪いな」

「何かあったんですか」

「おう、ついに武藤結花が変身したんだよ。こんどは渋谷駅のトイレで」

待ち焦がれた連絡だった。倉沢の胸は弾んだ。「尾行は成功したんですね」

「宇田川町《うだがわちょう》のハーメスってクラブに入った。麻薬に詳しいやつによると、売人がうろちょろしてるってうわさのある店らしい。今度こそってやつだ」

追出が拳を握りしめるのが電話越しに伝わった。

「今夜の逮捕が大いにあり得るってことですね」

「そう願っている。捜査員は店の中にうまく潜り込めている。おれたちも急きょ何人か連れて外に張り込むところだ」

「店の外にですか？」

「万が一、売人との接触を見逃しても、薬物をやってれば挙動でわかるだろう。職質でカバーしようってわけさ。成功を祈ってください」

「もちろんです！」

倉沢は電話を終えたあと、ハーメスという名の店をググってみた。人気のクラブらしくホームページが一瞬にして出てきた。三百人を収容できる大規模な店で、バナー広告にこうあった。

女性大歓迎
初めての方でも安心
倉沢はパソコン画面をのぞき込みつつ、フンと鼻を鳴らした。


久我は生まれ育った瀬戸内の町の景色をまぶたの裏に映していた。これまで重く閉ざしていた口が自ら動こうとしているのがふしぎだった。

「長いこと帰省してないんだ。両親の墓の世話も親戚に任せっぱなしにしている。菜穂も変に思ってるそうだから、そろそろけりを付けなきゃと思うんだが、言い出しづらくてね」

「お父さんが、どうして亡くなったかですね」

田中の問いに久我は静かに頷いた。「おれの親父は自死した。水道屋が借金を抱え、どうしようもなくなって近くの森に出かけ、生きては帰ってこなかった。生命保険と引き換えに自ら命を絶ったんだ。自己破産なんて方法があるのを知らなかったんだろうな」

「つらいですね、つらい……」

田中は言葉を継げなくなったらしい。黙々と冷酒をコップに注ぎ足している。

「水道屋がだめになった理由が、悔しくてたまらない。もう死んだようだが、地域のボスみたいな県会議員がいて、業界団体が献金していた。親父は参加するのを断っていたそうだ。もちろん、選挙の応援にも行かなかった」

「公共工事から干されたんですね」

「県や町の工事ばかりじゃなかった。いつもは仕事をくれる建設会社にも圧力をかけられて、商売ができなくなった。親父が死んだあと、子供ながらに思ったよ。世の中は、まじめに働くだけでは生きていけないのかって」

そして周囲を信じられなくなって、次第に地元から足が遠のいた。

「だから久我少年は腐敗を退治してやろうと思った」

「ああ、まさにそんなふうに思った。高校の頃に新聞で読んだんだ。建設談合事件を伝える記事のなかに、検察庁には特捜部というものがあって、経済活動の不正を摘発するのが仕事だと書いてあった」

もともと勉強が好きでなかったのに大学に行く気になったことや、司法試験に何度落ちても心がくじけなかったことを話して聞かせた。「おれはきみらみたいな優等生じゃなかった。虚仮《こけ》の一念、岩をも通すってやつかな」

「なるほど、久我さんはお父さんにこの世界に導かれたんですね」

「ん？」

「だってそうでしょう。お父さんががんばれって、息子の尻を蹴っ飛ばしていたんですよ」

久我はハッとした。窓際に置かれても、検事をしているのが嫌にならないのはそれが一つの理由だろうか。これまで被疑者の心の底は熱を入れて何度となく掘り返してきた。だが、思えば自分のそれには試みたことがなかった。

そこにダメ押しのような問いが田中から発せられた。

「久我さん、特捜部に行きたかったですか？」

少しの間、黙り込むと、久我は吠えるように言った。

「行きたかった！」

久我は屋台の主人に言って一升瓶を注文した。それを膝に抱え、栓を抜きながら言った。

「ヒロシくん、一丁やるか？」

「勝負ですね。望むところです」

田中はそう威勢よく請け合うと、久我から一升瓶を奪い取り、酒をなみなみとコップに注いだ。息もつかず、ぐいと一気に飲み干した。早くも据わり始めた怪しい目つきで、「きょうは負けませんよ」と言った。

「さて、どうだか」

久我は不敵な笑みを浮かべ、返杯を受けた。

11

倉沢は夜の渋谷センター街に来たのはいつ以来だろうかと考えた。記憶を探ると、大学生のときコンパに誘われて若者でにぎわう界隈《かいわい》に足を踏み入れたものの、店の場所がわからず、宇田川交番で道を尋ねたことが思い出された。

でも今はスマホの道案内がある。矢印が示す場所まで来たとき、上を見ると、ハーメスという店の看板がきらびやかな電飾とともに視野に飛び込んできた。周囲をきょろきょろと見回した。追出は外に張り込むと言っていたが、車の中にでも潜んでいるのだろうか。姿は見当たらなかった。

エレベーターで三階に上がると、大音量のヒップホップが耳に飛び込んできた。一瞬たじろぎ、足を止めると入り口付近にいた男の店員が近づいてきた。長身で肩幅が広く、髪を短く刈り込んでいる。倉沢は用心棒を兼ねているのかもしれないとあたりをつけた。

「当店には初めてご来店ですか」と、男は聞いた。倉沢がそうだと告げると、フロントに案内された。だが入場料をカードで払おうとしたとき、男に拒まれた。

「申し訳ありません。うちは現金のみです」

「あらっ、今どきカードが使えないの？　もしかして脱税してる？」

「まさか、入場に時間をとらせないためです」男は冷静に倉沢の文句を受け流したあと、低い声で聞いた。「免許証をお持ちですか？　年齢確認のために拝見させていただきます」

「私が十代に見えますか？」

男は困り顔を浮かべた。「規則ですので、ご提示ください。ここは風営法によって警察の指導を受ける店です。入場者の年齢を確認することが決められています。違反すれば、まずいことになりますので」

名を知られるのは嫌だったが、しぶしぶ免許証を渡し、男性の半額だという入場料を支払った。次にクロークに案内された。そこにバッグを預けたあと、音楽の波動が床を伝わるフロアに足を踏み入れた。はやる気持ちを落ち着かせるために深呼吸すると、酒と香水の混ざった匂いが鼻腔に流れ込んできた。天井は高く、ミラーボールが薄暗いホールに光の粒をまき散らしている。

一段高いステージに蝶《ちょう》ネクタイを締めた白人のＤＪがいた。ブルーの照明を浴びながら小刻みに身を震動させている。服装と音楽のアンバランスが異次元的な空間を演出していた。周囲に数十人の客が群れて踊り、ＤＪのリードに導かれるまま拳を突き上げて叫んでいる。

着飾って踊る女の子たちのグループに、どう見ても十代としか思えない幼い顔立ちの子が混ざっていた。案の定だ。ＩＤチェックは恐らく、いいかげんなものなのだろう。さっきのフロント係兼用心棒は証明を求めながら、見て見ぬふりをするのが一番のお役目なのかもしれない。

ダンスフロアの周りにはホテルのラウンジのように座り心地の良さそうな席が配置してある。その一角には合コン中とみられる男女の集まりもあった。男たちは会社の帰りなのか、ほぼ全員が特におしゃれでもないスーツに身を包んでいた。男女が交互に座り、微妙な隙間を空けて肩を寄せ合っている。今夜会ったばかりの男女であっても、ダンスと音楽と酒の魔法でたちまち息がかかるほどの距離に体を密着させるのだろうと思った。感染症の記憶は若者たちから急ぎ足で立ち去ろうとしているらしい。

倉沢は席を選ぶふりをして武藤の姿を探したが、ラウンジには見つからなかった。DJの周りで踊る一群にいるのかもしれないと考えつつ、バーに足を向けると、彼女はそこにいた。思わず息をのんだ。ワックスで逆立てた髪に、濃いアイシャドー、黒いフリルのリボンが首のあたりになびき、広く開いたシャツの胸元から乳房の谷間がのぞいている。

六本木駅の防犯カメラの画像をなめるほど眺めまわしてきたので、間違えようはない。じかに見てみたかった女の姿が数歩先にあった。

金髪のボーイッシュな面立ちのウェートレスが通りかかると、ポンと肩をたたいて呼び止めた。顔なじみなのか、カクテルのグラスを片手に何やら親しげに話し始めた。

倉沢は何げなくカウンターバーの端の席を選び、バーテンダーにノンアルコールビールを注文した。

捜査員はどこにいるのだろう。追出は連絡をくれた電話で、「うまく潜り込めている」と話していた。改めて広々とした店内を見回すと、男の二人組がソファに腰をおろし、グラスを傾けて談笑している。一人は今風におしゃれな髭《ひげ》をはやし、もう一人は室内なのにサングラスのような色つきメガネをかけている。警官の匂いはしない。もし捜査員であればうまく化けている。

武藤が動いた。グラスをカウンターに置いたまま、アップテンポの音楽に軽くステップを踏みながらダンスの人の群れに入っていく。その姿はすぐに見えなくなった。

まごまごしていたとき、誰かに肩に手を回された。

「ねえ、きみ、僕とあっち行かない？」

色つきメガネをかけた男だった。近くで見ると、レンズが透けて鋭い眼光が奥にのぞいている。

「私、あなたとどこかでお会いしたかしら」

男は首を横に振った。「でも、僕はきみを知っている。いつも声をかけそびれて、後悔してたんです」

墨田署で見かけたと暗に言っているのか。捜査員だとすれば、武藤を追って群衆に入るのにパートナーを探しているのかもしれない。頷いて同意すると、男は腕をとってダンスフロアにエスコートしてくれた。虹《にじ》の粒のような光が人の体にあたって交錯する場所まで進むと、リズムに身を委ねる彼女の姿があった。

倉沢は控えめに手足を動かしながら、武藤から目を離さないでいた。

「どこを見てるんです？　僕を見てくださいよ」

色メガネの男は作り物の笑顔を浮かべて体をすり寄せてきた。

「何するのよ。気持ち悪い」

にらみつけ、手で押しのけると、男は「怖っ」と言って一段とにやけた顔を向けてきた。こんなやつが捜査員のはずはない。倉沢はその目から冷えた光線を放ち、「あっち行ってよ」とつっけんどんに男を追い払った。

そのときだ。武藤が踊りながら腕時計をちらりと見た。ダンスを中断したかと思うと、急ぎ足で出て行こうとしている。

人の群れをかき分けて背中を追った。もう一人の気取った髭の男が足を組んで座る前を武藤は通り過ぎたが、男はぴくりとも反応しない。捜査員ではなかったのだ。焦る気持ちがにじみ出てきた。誰も追跡していない。彼女は辺りをきょろきょろと見回したあと、レストルームの表示のある通路に入っていく。

倉沢は一瞬感じた迷いを振り切ってあとを追いかけた。そもそも女子トイレなら、男性の捜査員がついていける場所ではない。

通路に入ると、彼女の姿は消えていた。焦る気持ちが湧き上がったものの、ゆっくりした歩調は変えず、女性専用のルームに足を進めた。連なる個室のうち一つがふさがっていた。化粧台の鏡に顔を映し、髪を整えるふりをしながら出てくるのを待った。

やがて水を流す音がした。ドアが開き、黒い影が出てきたのを目の端がとらえた。影は徐々に近づき、倉沢の隣に来た。だが鏡に映った女は武藤とは別人だった。しまった。彼女が向かったのは通路の先の非常階段なのだ。ビルの外に出てしまうかもしれない。追出に連絡すべくポケットに携帯を捜した。しかしクロークに預けてしまったことを思い出し、覚悟を決めて非常口に向かった。

扉はノブを回すとすっと開いた。足元に清掃用具が置かれていた。気づいてはいたものの、そわそわしていたせいか、靴先が逆さにして立てかけられていたモップの柄に触れ、隣にあったバケツごと音を立てて床に転がった。倉沢は転びそうになり、おっとっと……と中腰でケンケンをする格好になった。その姿勢のまま非常階段のすぐ下の踊り場にいた男と目が合った。

指名手配中の凶暴犯、松井祐二がそこにいたのだ。武藤に鍵束のようなものを手渡すところだった。松井は倉沢をまじまじと見つめた。

「この女は……」

武藤は二人の間にきょろきょろと視線を這《は》わせている。「何なの、知り合い?」と男に聞いた。

「こいつ、前に見たぞ。おれの家の近くをうろついていたやつだ。てめえ、サツだろ!」

松井が猛然と階段を駆け上がり、つかみかかってきた。

12

返杯に返杯をかさね、一升瓶の酒が底をつきかけた頃であった。田中博は酔うと関西弁に戻る癖があるらしい。久我はこてこてのイントネーションに耳を傾けながら、今夜の勝負は勝ったと思った。

「聞けば聞くほど有村くんって警官はいい男ですなあ。命が助かってよかったです」

「若いから回復も早いよ。きのう見舞いに行ったら、腕立て伏せをしていた」

「銀座の強盗犯まで見つけて、たいしたもんです。次の巡査部長試験、文句なしに受かりますよ」

そこで久我は悩み深い顔をした。

「なんやねん、久我さん、しんきくさい顔して……有村よ、おめでとうって叫ぶところやないですか」

「それが……あいつ、警察を辞めるというんだ」

「えっ、せっかくここまで頑張ったのに？」

「鹿児島に帰って農家を継がなきゃならないと言っている。継ぐ予定だった兄貴が風来坊らしくて、春には辞めるそうだ」

田中はウウッとうめき、顔を両手にうずめた。泣き上戸《じょうご》でもあるらしい。普段のスマートな彼の姿はどこにもない。

「一生懸命やったのは昇進のためじゃなかったんですね」

「そういうことになるな。それに、倉沢のこともある」

「彼女がどうしたんですか？」

「倉沢は何回も見舞いに行っているんだが、有村はどうも彼女には警察を辞めることを話していないようなんだ」

「そのこころは？」

「倉沢にほれてる」

「うわっ、ますます泣けてくる」

田中は身もだえしながら、久我の背中をバンバンとたたく。

「で、倉沢さんの気持ちは？」

「わからない。頭に血が上るタイプだから、そんなこと聞こうものなら、おれの命が危ない」

「彼女、そんな子なんですか。僕が検察官室をのぞくと、いつもほがらかに応対してくれますよ。気立てのいい娘さんかと思ってました」

「ヒロシくんは知らないんだ、あいつの本性を」

「でも、久我さん、何だか楽しそうだな」

「まあな、だが肝心の事件のほうがなかなか前に進まない」

「どういうことです？」

「密輸関係の証拠がまったく出てこない。逃亡中の松井の家の捜索に期待したんだが、何もなかった」

田中がふと何かを思いついたような顔つきで腕を組んだ。ただし目だけはトローンとして、今にも大気に溶け出しそうになっている。「うーん、久我さんの説明を聞きながら思ったんですけど、車に仕込んで運んでいたものはほんまに麻薬ですか」

「ほかに何があるというんだ」

「脱税です」

「えっ？」

「僕が特捜のどんな班にいると思います？」

「財政班だろ？」久我はそう言うと、何かに気づいたように大きく目を見開いた。「そうか、消費税の脱税か……」

メルセデスの車体を使って密《ひそ》かに運ばれていたブツは何か？　久我が答えを言った。

「金塊だな」

ヒック。田中はしゃっくりをしながら、うんうんと頷いた。

金の相場は世界のどこでも同じだ。しかし各国で消費税率はまちまちのうえ、金の取引が非課税の国もある。海外の非課税の地域で購入した金塊を日本に持ち込めば、十％の税率の分だけ高く売れる。それを納税しないことで利益が転がり込むのである。

「強盗の話を聞いたとき、ピンときたんです。五億もあれば、欲の深い人間なら運用したくなるんじゃないですかね。この何年か、旅行者に持たせて空輸させる事件が続発しているでしょ」

「たぶん、その見立ては当たっている」久我は納得の表情を浮べた。麻薬であれば暴力団が黙っていない、という疑問を消せたからだ。

田中はアルコール受容量の限界に達したらしい。強風に揺さぶられる古木のように体をぐらつかせながら言った。

「この低金利の時代に十％ですよ。儲かりまっせ……ヒック」

13

松井が襲いかかってきたとき、倉沢は足元のバケツをつかみ、放り投げた。だがそれはむなしくも、松井の肩をかすめただけだった。

バケツが階段を転げ落ちる音を聞きながら、急いで体を反転させ、ドアノブに手を伸ばす。しかし強い力で上着をつかまれ、後ろに投げ倒された。床に肩をしたたか打ちつけた。目を開けると、松井が仁王立ちして見下ろしていた。顔のそばにモップの柄があるのに気づき、つかもうとしたが、肩にずきんと痛みが走り、腕がそこまで伸びなかった。

「てめえ、何もんだ?」

ドスをきかせる松井をなだめるように、武藤の落ち着いた声が聞こえた。

「ユージ、こんなところで大声を出すのはやめようね」

彼女の顔が天井をバックに現れた。アイシャドーのなかの切れ長の目で見下ろされた。涼しげな薄茶色の眼球がある。まぶたの目尻がほどよく下がっていて、ほほ笑みかけられたような錯覚を覚えた。

「ごめんね、この人は少し短気なの」

女の声が落ち着いて聞こえるのは声域が低めだからだろう。倉沢は場違いにも、自分を知性的に見せるため常に低い声でマスコミの取材に応じるという、あるハリウッド女優の心得を思い出していた。

だが冷静でいられたのも、ここまでだった。

ドスッ!

武藤のパンプスの硬い靴先が倒れている倉沢の脇腹に食い込んだ。倉沢はうめき、腹を抱えた。

「誰なのかなあ?」と言って腰をかがめ、顔をのぞき込んできた。何の感情もうかがえないまなざしのまま、ただ形だけが笑んだ目を向けてくる。

ドスッ!

さらにもう一発。

「この人、自分の名前を知らないのかしらねえ」

倉沢はあえぎながら言った。「客よ、私は客、通路で迷っただけで何でこんな……」

ドスッ! 言い終わらないうちに、次はみぞおちに蹴りが直撃した。

「やっ……やめなさい」と、倉沢は震える声で制止しようとした。

女があごでしゃくると、松井がボディチェックを始めた。だがIDやカードの類《たぐ》いはクロークに預けてある。見つかるはずはない。

倉沢は虚勢を張った。「あんたたち、ばかじゃないの? 私は客だって言ったでしょ。持ち物はぜんぶ……」

武藤は怒りもせず、倉沢を無言で見下ろした。何を考えついたのか、うんうんと頷くと、パンプスの裏側で顔を踏みつけてきた。

ぎりぎりと頬を床に押しつけられた。唇が切れたのか、血の味が口の中に広がった。

松井が彼女に聞いた。「なあ、こいつがサツだったら、どうするよ?」

「そうねえ、もう彼女もさ……いいんじゃないかな」

「いいって、女を痛めつけろってことか」

ためらう男とは対照的に、彼女は何ということはないさと言うように頷いた。倉沢は負けん気を振り絞って立ち上がろうとした。だが、パンプスの底で横顔をさらに強く踏まれ、うめくことしかできなかった。

「ねえ、さっさとしてよ」

「バカな女だ」

松井はドスをきかせた声でつぶやくと、倉沢のスーツの首の辺りをつかみ、乱暴に引っ張り上げた。血走る眼球が鼻先に迫った。だが女を殴ることへの抵抗を捨てられないのか、ゴクリと唾をのみ込み、握りしめた拳をいったん自分の顔の前で止めた。

その一瞬の躊躇《ちゅうちょ》が倉沢の味方をした。非常口のドアが開き、飛び込んできた何者かが松井に体当たりした。ラグビー選手のようなヘッドキャップが頭にある。それが医療用のキャップであることに気づいたのは、有村の顔がそこに見えたからだ。

彼はけが人とは思えないほど機敏な動きを見せた。壁に背中を打ちつけた松井が体勢を立て直さないうちに腕をとって組み伏せ、背中側にねじりあげた。

「放せ、この野郎!」

松井はじたばたともがいたものの、有村が力を込めると痛みに顔をゆがめた。

武藤は目をぱちくりさせてその場にたたずんでいたが、身を翻して階段を駆け下りていった。

「有村くん、武藤が逃げちゃうよ」

「大丈夫です。僕だけじゃないから」

そのとき、大柄の男がドアを開けて走り込んできた。店のフロント係兼用心棒だ。

「だいじょうぶか、有村！」

彼はそう言うと、持っていた手錠を有村が締めあげる松井の手首にかけた。

有村が言った。「武藤は階段を走って下に逃げました」

「わかった」と男は頷き、腰の裏側から携帯無線機を取り出す。「こちら関口、女が非常階段から逃走中。確保願います」

だが無線からは雑音が聞こえるばかりで、応答はなかった。人の声が響くまでの十数秒が長く感じられた。

対象確保！　対象確保！

スピーカーから待ちに待った報が響いた。声の主は追出だ。有村と関口と名乗った男はホッとした様子で目を見合わせた。

追出の用事はもう一つあった。

逮捕事実は、えーと、あーと、何だっけ……おい、関口、そこに倉沢検事はいるか？

「はい、隣にいます」

関口は無線機を、床に転がったままの倉沢の口元にあてた。

追出が聞きたいことは改めて尋ねるまでもなかった。誤認が生じないよう、精一杯のはっきりした口調で無線に語りかけた。「武藤には犯人隠避の現行犯だと告げてください。指名手配犯である松井の逃亡を助けた疑いが彼女にあります。くれぐれも麻薬関係の罪名は口にしないでください。そちらは何も確認されていません」

了解！

スピーカーから追出の声が響いた。

振り回す腕を使えなくされた松井は、虎が猫になったようにおとなしくなった。そこにもう一人、捜査員が階段を駆け上がってきた。関口と一緒に松井を立たせると、両腕をがっちりとつかんで挟み込み、階段を降りていった。有村は身柄引き渡しの際、関口、青木という名に巡査部長の敬称を付けて二人を呼んでいた。

倉沢は半身を起こし、深く安堵のため息をついた。一方、有村は壁に背中をもたせかけ足を投げ出して脱力していた。だが関口らが去ると、険しい顔つきでゆっくりと立ち上がった。

「あの、その、有村くん……」

言葉に詰まっていると、怒声が飛んできた。

「何度言ったらわかるんだ、ばか野郎！」

「ごめんなさい、ごめんなさい……」倉沢は、自分の涙声が狭い空間に静かに響くのを聞いた。

まだ血の味が口の中から去らないでいた。

「金輪際、こんなことはやめてください」

「わかりました。今度こそ反省します。もうしません」

「本当ですか」

「誓います」

倉沢は床にへたり込んだまま、ぺこりと頭を下げた。顔を上げると、有村の表情は少し和らいでいた。

「あなたは困った人です。僕はさっきまでこの壁の向こうの警備室にいて、モニターで店のなかを監視していたんです。僕しか武藤に会った人間はいませんから……でもそんなことより、僕がいなかったら、どうなっていたと思いますか。関口さんも青木さんも、倉沢さんを知らないんですよ」

返す言葉が見つからなかった。彼は、無謀にも武藤を追いかけていく監視の素人に気づき、十分に回復していない体を押して助けに来てくれたのだ。

「松井がいるなんて、僕もまさかと驚きました。肝心なときに、この体が動いてくれて本当によかった」

そこに追出が肩で息をしながら階段を上ってきた。しばらく下の踊り場で聞き耳を立てていたのかもしれない。

「おい、元気過ぎる検事さんへの説教は終わったのか?」

「はい……いや、もう一つ」有村は少し間をとり、注意口調で言った。「知らない男に、ほいほいついていかないようにしてください」

倉沢は慌てた。「ちがうよ、あれは、てっきり捜査員かと思って……でも、少し話してみたら、ちょっと変な人で」

ややしどろもどろになりながら釈明しているとき、有村の含み笑いに気づいた。「もしかして、からかったの？」

有村は頷いた。「いつかのクリームとミルクのお返しです」

「やっぱり、根に持ってたのね」

彼は笑った。だが体のどこかが痛むのか、苦しそうに顔をゆがめた。そして倉沢に手を差し出す。

「さあ、ゆっくり立ち上がって」

ぬくもりが指から伝わってきた。できればすがりついて、泣きたいほどだった。

ビルの外に出たとき、武藤はパトカーの後部座席に乗せられるところだった。彼女は倉沢に気づくと、ふと動作を止めて見つめ返してきた。天井を背景にして見たときと同じ、感情のうかがえない薄茶色の瞳がそこにあった。

14

人は何度でも同じ過ちを繰り返す。

いつかの朝とそっくりな光景がまた――

久我はこれまでの人生で経験のない大きなゲップとともに目が覚め、トイレに駆け込んだ。便器にしがみつき、繰り返し襲ってくる嘔吐《おうと》の波に身を委ねた。

苦い胃液と酸っぱい臭いが幾度となく咽《のど》を通過した。涙目になって二十分ほど過ぎた頃、ようやく吐き出すものがなくなったらしく、波打ってきしんだあばら骨に痛みを感じなくなった。

よろよろと立ち上がり、洗面所でうがいを済ませたあと、食卓についた。髪はぼさぼさ、頰がげっそりとこけ、精気をなくしたようにうつろな視線を宙にさまよわせていると、多香子が目の前に座った。

ひとにらみして言う。「うっ、臭い。お風呂にも入ってないでしょ」

「うん……」久我は力なく頷く。

「獣の臭いに、アルコールの臭いが混ざっている。とても人間の体から出ているものとは思えないわ」

「ひどい言いぐさだな……うっ」またも吐き気がこみ上げた。手で口元を押さえ、食道を這い上がってこようとするものを何とかおとなしくさせた。

「きのうさんざん絞り上げたから、もう説教はしないわよ」

「覚えてる」

「嘘だね。説教されたくないから、嘘つくんでしょう」

「いや、ぼんやりとだが、覚えている。田中博も、おれと一緒にがみがみ叱られていた」

「がみがみじゃない。彼にはきちんとしなさいと言っただけよ。まあ、でも、周平さんをおんぶして送ってくれたわけだから、お礼を言わなきゃいけなかったかもね」

「えっ、なんだ、おれはあいつに負けたのか……」久我は呆然《ぼうぜん》としてつぶやいた。

「そうみたいよ。あなたが先に気を失ったって、田中さんは言ってたわ」

「勝ち誇ったみたいにか？　くっそーっ」

「あきれた。いい年して、あなたたちバカなんじゃないの？　何で学生みたいにどっちが酒に強いかなんて勝負してるのよ。言い出しっぺは周平さんだそうね」

「なんだあいつ、そんなことまで吐いたのか。意外に男気のないやつだ」

「もう話をそらすのはよしなさい。私の目を見ろ」と、多香子は取調官の口調になっていた。

「菜穂のことか」

「そうよ、娘の進路を決めようかという家族会議をほったらかしたんだからね」

「悪かった。あいつ、怒ってた？」

多香子は、夫の顔面を射貫《いぬ》くように人さし指を突き出した。

「あなた、あの子と暮らして何年になる？」

「十八年と三か月」

「うん、ぱっと言えるところは父親合格ね。だけど、あの子がほったらかされて怒ったり、泣いたりすると思う？」

「いや、思わない。あんまり感情的にならないんだよなあ、あいつ」

「誰かに似てると思わない」

「おれか？」

「そうに決まってるじゃない。もっといえば、あなたに輪をかけて感情のトゲを出さない」

「だから、なんなんだ？」

「私ね、嫌なことがあっても、みじめな思いをしても、周平さんが怒らないのは無理をしているからじゃないかと思っていたの。だけどあの子を見ていて気づいた。怒るのが苦手なんでしょう。菜穂はその遺伝子を引き継いでいる」

「そうか、おれは怒るのが苦手なのか」

「まあ、いいところでもあるからね」と、多香子はつぶやいた。

妻が少しばかり機嫌を直したのを見計らって、久我は昨晩、気を失う前に決心したことを口にした。

「親父のこと、菜穂に言うよ」

多香子は一瞬、ぎょっとして夫を見た。

「なぜ死んだか、どうして息子が検事になったか、おれなりに話してみる」

数秒の沈黙のあと、妻は深く頷いて言った。

「いいと思います」

久我は卓上カレンダーを手に取った。十日ほど先の秋分の日を含む連休に目を留めた。

「もうすぐお彼岸か……このあたりに家族で墓参りに行こう。菜穂におれの育った町を見せてやりたい」

「そう、だったら模試の予定がないか調べておくわね」多香子は弾んだ声をあげた。

久我はもう一つの決心についても隠すことはしなかった。

「検事を辞めようと思う」

「あらっ、常磐さんのお話を受けることにしたの？　何だか気乗りがしてないようだったから、てっきり断ると思ってたわ」と多香子は意外そうな顔をした。

「いいかな？」

「ええ、私たちはかまわないけど……お給料も上がるし、転勤はなくなるし」

「現実的だな」

「でも突然、どうしたの？」

「気づいたんだ」

「何に？」

「サティスファクションしていたことだ」

「なによ、それ？」多香子はいぶかしげに見つめてきた。親父ギャグがまた始まったと思ったのか、警戒の色が目に浮かんでいる。

「今のは冗談でも軽口でもないぞ」と久我は言った。「おれは自分が満足していることに気づいたんだ。特捜部に行けなかったときに怒らなかったのはたぶん、満足していたからだ。親父に連れてきてもらったこの世界でこつこつと働く。おれはそれ以上のことを求めたことがなかった」

「うん、なるほど、ちょっとわかった気がする。要するに、これまで十分仕事をして後悔はないってことね」

「ああ、だから菜穂に話す気になった。気持ちの整理がついたんだ」

「で、いつからお給料が上がるの？」

久我は頬を緩めた。「さあ、いつかな。いま抱えている事件がどうなるか。それが落ち着いたら、常磐さんに返事をするよ」

それを聞いて、多香子があれっという顔をした。

「そういえば夜遅くまで、携帯が何度も鳴ってたわよ」

「まずい」

久我は寝室に行って背広のポケットをまさぐった。携帯をのぞくと、案の定だった。倉沢からの着信が画面にひしめいていた。

何があったのだろう。かけ直すと、彼女の怒声が響いた。

「こんな大事なときに何で連絡不能になるんですか！　もう何度目よ！」

第五章　ボニーのささやき

1

警察病院を退院した日の午後のことだった。有村は制服姿で自転車にまたがり、向島をめざしてそわそわした心持ちで自転車を漕いでいた。自分を叩きのめした松井を自らの手で捕まえて留飲を下げたのも束の間、追出に呼びだされ、雷を落とされたのだ。

「おい、有村、またおれの指示を忘れたな！」

すぐに思い出せなかったのが自分でも情けない。

「時計だよ、時計！　段ボール箱に放りっぱなしじゃないか」

そう言われて、友之の腕にあった時計の一時預かり手続きを怠ったのを思い出した。兄の和也に署名をもらうのを忘れていたのだ。高価な遺留品の場合、署内での遺失を防ぐため遺族の同意を得て金庫で厳重に保管することになっている。

「すみません」有村は上半身を九十度前に傾けて謝った。それから、ぎこちなく書類一枚を追出から受け取り、署を後にした。

兄の和也に連絡を取ったところ、きょうは自分の店ではなく向島の「本店」にいて、そっちに来てくれと言われた。有村は向島交番に勤務している。巡回中に何度も看板を目にした理髪店が、和也が修業した店と知って世間は狭いと思った。

店舗は一階にあった。建物はペンキを塗り直したばかりのようで、白いつやのある壁に覆われていた。二階が貸しアパート、三階が店主の自宅らしく外階段の脇に個人の表札がかかっていた。

店の入り口には「定休日」と書かれた札がぶら下がっていた。中をのぞくと客の姿はなく、レジ横の小机で作業する和也と目があった。彼は外にたたずむ有村に気づくと、「どうぞ、入ってください」とドアを開けてくれた。

小机には帳簿と伝票の束が広げられていた。理髪の手伝いではないようだ。和也の服装もそれを物語る。ポロシャツにジーンズといういでたちで、前に会った時より若々しく見えた。

和也が事情を明かした。「この店の主人が腰を痛めて、きのう急に入院しましてね。間の悪いことに月に一度の経費の締め日だったもので、タオルの洗濯代やら、シャンプーの仕入れ代やら、私が処理を頼まれたんです」

店の主人とは、久我が話していた河村兄弟の里親のことだろう。有村は四つある客席や洗髪台を眺め回しながら、兄が働くそばで小さな弟が遊ぶ景色を想像した。

有村は正直に謝った。「私のミスで、お取り込み中のところに押しかけることになって申し訳ありません。本当なら前に合羽橋の店にうかがったとき、済ませておかなければいけない手続きでした」

和也は「気にしないでください」と、迷惑そうな顔はしなかった。「こちらこそ、向島まで足を運んでもらって、有村さんには申し訳ないことです」

「いえいえ、私は向島交番勤務なんです」

「駅前の？」

「はい、もう二年半になります」

「そうですか、弟と一緒に交番に行ったことがあります。財布を拾ったときのことだったかなぁ。私たち兄弟はこの店の上のアパートに住んでいたんですよ。あっ、そうそう、何かの書類に私のサインがいるんでしたっけ？」

「ええ、これです」有村はリュックからファイルを取り出し、一枚の紙を抜き取って渡した。そこには腕時計の品名と型番が記してある。

和也はそこに目を落とすと、途端に悲しそうな顔になった。

「友之さんの腕にあったスイスの時計です。五、六十万円はするそうです。ご存じありませんでしたか」

彼は首を捻った。「知りませんでした」とぽつりと言った。ペンを紙の上に滑らせたあと、「有村さん、私は友之がどんな人間に囲まれ、どんな生活を送っていたか、何も知らなかったのかもしれませんねえ」と悔やむようにつぶやいた。

なぜ死んだか、なぜ高架から投げ落とされたか、友之の最期にかかわる事実はいまだに謎のまだ。有村は刑事事件の被害者遺族を包み込む重い時間を思った。つい情に流され、追出から漏らしてはいけないとクギを刺されていたことを口走ってしまった。「じつはきのうの夜、友之さんを殺害したとみられる容疑者を別件で逮捕しました。もう少し待ってください。近いうちに私が必ず報告に参ります」

和也は小さく頷いて、無言のまま有村を見送った。

2

ボニーとクライドを捕まえてから二日後の朝、久我と倉沢が墨田署の刑事課に顔を出すと、有村が出迎えた。私服巡査の期間は終わったらしく、制服に身を包んでいる。

有村は会議室に二人を招き入れると、席につくのが一秒でも待ち遠しかったように声を弾ませた。「たった今です。SUVが霞ヶ浦《かすみうら》で見つかったと連絡がありました。引き揚げは業者を呼ばないといけないので、あしたになりますが」

茨城県警に白い車が霞ヶ浦に沈んでいるとの通報が寄せられ、潜水士に確認してもらったところ、ホイールに雷に似たギザギザ模様が確認されたという。

倉沢は「指紋が消えないで残っているといいわね。強盗コンビの動かぬ証拠になる」と言った。

武藤と松井は取調官を手こずらせていた。強盗、金塊の密輸、河村友之の死……すべてに口を割らないと報告が来ていた。だが物的証拠は次々に集まっていた。非常階段で松井が武藤に手渡していたものは銀行の貸金庫の鍵束と判明した。強奪した現金、もしくは金塊の密輸でさらに膨らませた資金を数行の支店の貸金庫に分散して隠していたのだ。

松井がワタセカーゴの整備工場に出向いた理由もわかった。鍵束を小箱に入れ、工場の軒下の土に埋めており、それを取りに行ったところに有村と鉢合わせした。貸金庫から一定額を出し、武藤と一緒に海外へ逃亡しようとしたというのが捜査班の見立てだ。しかし二人が頑強《がんきょう》に供述しないために真相の大部分はまだ闇の中にあった。

倉沢が聞いた。

「久我さん、松井を調べますか」

「いや、まだおれの調べは必要ない。しばらく関口さんに頑張ってもらう」

そのとき会議室のドアがきしんだ音を立て、追出が顔を出した。風呂に入る時間もないのか、髪の毛が脂ぎっていた。

「連日、お疲れさまです」倉沢がねぎらうと、追出は口元を緩めた。

「聞きましたか、車を発見しましたよ」

久我が答えた。「お見事です。本庁は本気にしてくれそうですか？」

この問いに追出は満足げに頷いた。「やつら、報告をあげたら飛んでくるだろうよ。本庁の連中ときたら、おれが有村の撮った車の写真を持っていったときは信じなかったんだから」

「そうだったんですか？」倉沢が目を白黒させた。

「所轄だからってバカにしてたんだろうなあ」

「では、してやったりですね」

　だが追出はにんまりするでもなく、苦み走った表情を浮かべた。ベテラン刑事は捜査の実情をよく知っているのだ。「あいつらも一生懸命やってたんだけどね。ほら、銀座の強盗ではガードマンの男が社長と一緒に現場にいたのをご記憶ですか。その男の周辺に暴力団崩れのいかにも怪しい人物が実行犯として浮かんでいたそうです。ガードマンとぐるじゃないかと疑い、そっちに精力を注ぎ込んでいたとか」

「単なる見当違いだったということですね」

「ああ、結果からみるとね。だが、刑事ってえのはたまに見当違いをするのも仕事のうちなんですよ」と、追出は身内をかばった。渋い顔つきのまま続ける。「刑事がちょっと歩いて、目の前にごろんと証拠が転がってくるなんてことはめったにあるもんじゃない。我々はうわさ話程度のことから聞き込んで、ホシに狙いをつけ、少しずつ近づいていく。そうすると、何が大事かわかりますか?」

「さあ……」倉沢は何も答えられず、首をかしげた。

「私の経験でいえば、思い込みです」

「ですが、それは証拠をみる立場からはネガティブな言葉ですよね」

「そうなんです。だけど現場の者からすると、大事なんです。こいつがホシじゃないかと強く思い込まないと、息が切れてしまう。粘りがなくなるんですよ……おっと、やっぱり検事さんには禁句でしたかな」

久我が賛同を示した。「いいじゃないですか、追出さん。刑事が思い込みで粘りに粘って犯人の動かぬ証拠をつかむこともあれば、逆もあるんじゃないか。アリバイが見つかったり、指紋が一致しなかったり、散々こりゃだめだという仕事を繰り返して、真実にたどりつく。そういうことでしょう?」

倉沢の胸にも響いたようだった。「私たちの手元に届く証拠は、そうやって刑事さんがたくさんの労力と時間を費やして、絞りこんだものなんですね」

追出が頷く。「だから、本庁の連中を間抜け扱いする気にはとてもなれんのですよ」

「そういえば今度の事件で私たち、当初は麻薬の密輸絡みと思い込んでいましたものね」

そこへ久我が茶々を入れた。「なあ倉沢、追出さんをはじめ、墨田署のみなさんには教えられることばかりだな」

もちろん、クラブでの出来事の蒸し返しである。彼女は「そうですね。勉強させていただくことばかりです」と言葉では非を認めたものの、久我をきっとにらんだ。

有村がつぶやいた。「倉沢さん、すっかり元気になったみたいですね。もとに戻っている」

さすがの倉沢も救ってもらった有村から言われると、バツの悪そうな顔をした。彼女がしおらしくしていたのは武藤と松井が逮捕された夜までのことだった。翌日には警察の拘留期間がまだ終わっていないにもかかわらず、自分に武藤を調べさせろとごねたのだった。

武藤に関しては新たに強盗の被害者である貴金属店社長との接点が浮かんだ。勤めていた商品取引会社ニチヒに捜査員が出向いたところ、貴金属店が金塊取引の顧客であることが確認されたのである。

追出が手元のメモを見ながら、報告を始めた。「強盗が発生した当時、武藤はまだ嘱託社員として働いていました。経理部で顧客の取引データを入力する仕事だったそうです」

久我が言った。「金塊取引で、大金が動いていることを知る立場にあったんですね」

「ええ、そのようです。貴金属店の社長は刑事事件の純然たる被害者には見えなくなってきましたなあ。強盗に狙われて仕方ない事情があったのかもしれない」

しばらく黙っていた有村が、おずおずと疑問を口にした。「というと、何か悪いことにかかわっていたんですか？」

久我が「あくまで推定だが、ちょっとややこしいぞ」と前置きして説明した。「この社長は恐らく、消費税率の差を利用して儲けようとする連中が海外から持ち込む金塊を買い取るバイヤーだったんじゃないか。その取引には多額の現金が必要になる」

「金塊を売る側が口座取引を嫌うからですね」と倉沢が相槌を打った。

「そうだ。口座取引では脱税の証拠が残ってしまう」

有村が納得の表情を浮かべた。「つまり、社長は脱税に協力し、手数料収入か何かで儲けていた。そして商売を続けるため、たびたび多額の現金が要った。そこに武藤が目を付けたんですね」

「そういうことだ、有村」と、追出は弟子が理解できたことを喜ぶように目を細めた。

「追出さん、強盗の日のアリバイはどうですか？」

「今のところない。武藤は事件の前後二週間ほど欠勤していて、その後、会社を急に辞めています。休みを取って、松井と一緒に社長をつけ回していたのかもしれません」

倉沢が呆れたように言った。「そうやって強盗に成功したら、次はぬけぬけと金塊の密輸に手を出したということでしょう？　人を食ったような連中だわ」

倉沢は取調室での武藤との対面が待ち遠しくなった。

3

墨田署は署員約三百五十人を擁する。都内で上位に数えられる大きな警察署だ。二階の更衣室の奥には狭いながらも職員用の休憩サロンがあった。

倉沢は武藤が取調室に連れてこられるのを待つ間、飲み物を買いにサロンに出向いた。一歩足を踏み入れたところで、自動販売機の前に有村がいるのに気づいた。片手に何かの本を持っている。小学生が持つ図鑑みたいな装丁で、幼虫の絵が表紙に見えた。そっと後ろに立ち、「有村くん」と呼びかけた。彼はぎょっとして振り返り、本を慌てて後ろに隠した。

「何の本なの？　かわいい虫さんの絵を見たわよ」

「いや、その……」

倉沢は首を回して本をのぞき込んだ。『カイコを飼おう！』というタイトルが見えた。

「へー、有村くんって蚕の飼育が趣味なの？」

「まいったなあ、倉沢さんがここに来ると思わなかったから」

「ん？　どういう意味かしら。私じゃなくて、久我さんだったらよかったってこと？」

「いえいえ、そんな……」

「有村くん、もしかして虫オタク？　でも、恥ずかしがって隠すことはないと思うよ。そんな人いっぱいいいるから」

「いいえ、違うんです。趣味ではなくて、実家で飼うつもりです」

「実家？」

「僕の家は農家で、蚕と一緒に育ったんです。だけど数年前にやめてしまって、僕が再興しようと思うんです」

有村はふと、まじめな顔つきになった。「僕は巡査部長の昇任試験は受けません」

「どうして？」倉沢は驚いて目を大きく見開いた。

「鹿児島に帰って、農家を継ぐことにしました」

「警察官を辞めるってこと？」

「ええ、春までに辞めることにします。もともと家を継ぐ予定だった兄貴が遊び人で、僕が帰らないと両親が困るんです」

胸のあたりを冷たい風がヒューーと通り過ぎた。倉沢は動揺を隠しながら聞いた。

「いつ、決めたの？」

「さあ、いつだったかな。本当に腹をくくったのは、高速で松井をバイクで追っかけていたときかもしれません」

ややあって、彼は胸を張って言い直した。「誤解しないでください。松井にやられた後じゃありませんよ。僕は警察官でいるのが怖くなって、辞めるわけじゃない」

倉沢は飲み物を買いに来たのも忘れ、ぼんやりして有村の顔を見上げた。

倉沢は元気をなくした自分にはっきりと気づいていた。こんなことではいけない。取調室の近くまで来ると、渋谷のクラブでの出来事をまざまざと脳裏によみがえらせた。武藤結花に靴で踏まれた頰をさすり、自分自身を発憤させたあと、つかつかと靴音を立てて女が一人待つ部屋に入った。

連れてこられる間、手錠が食い込んで痛かったのか、武藤は手首をさすっていた。きのう運良く週一回の入浴日に当たったらしく、逆立っていた髪は方向を変えて柔らかみを帯び、額の半分ほどを隠している。化粧もすべて落としていた。だがそれでも頰はつややかで、有村が見た清楚な女性とはこれかと思った。

倉沢がおもむろに腰をおろすと、女は顔を上げてあらっという顔をした。

「おはよう、武藤さん、あなたとは三日ぶりね」

彼女は薄笑いを浮かべた。「クラブにいた人ね」

あの夜に聞いたのと同じ、低い落ち着いた声が響いた。

「私は検察官の倉沢です。この前は名乗らなかったけど、そういう仕事をしています」

警官とばかり思い込んでいたのか、武藤はピクンと眉を動かした。「へー、検事さんだったのね。でもふしぎ……どうして、あんなところに？」

倉沢はぴしゃりと言った。「質問するのは私の方です。あなた、自分の立場をわきまえなさい」

「あら、そう。つまらない。せっかく面白そうな人が出てきたと思ったのに……」彼女はそっぽを向き、爪をいじりだした。

「黙秘しているそうね」

「あっ、いけない。つい、あなたの顔を見て黙っているのを忘れちゃった」

「そう、忘れて。黙秘して裁判でいい思いをした被告人はないわ。すべての罪を認めたようなものだもの」

「わかった。何でも聞いて！」と、彼女は笑みを向けてきた。意外な態度の軟化だが、意図はわからない。

倉沢はまず、松井との関係を確かめずにはいられなかった。どちらが主犯格なのか、早めに見極めたかったからだ。

「強盗、金塊密輸、河村友之を麻薬密売人に仕立て上げようとしたこと。すべて計画性がある。あなたの考えね？」

「さあ、どうかなあ……」と彼女は口をつぐんだ。ただ、しばらく何かを考えるようすを見せたあと、倉沢をどきりとさせた。

「事件にかかわったこと、認めるわ」と、にこっと笑った。

倉沢は言葉通りに供述を始めたとは思わなかった。理由はすぐにわかった。

「私、松井に脅されてたの」

倉沢は頭がカッと熱くなった。「私の前でよく言えるわね。いけしゃあしゃあと」

「何のこと?」

「私を殴れと命じたでしょ。この耳で確かに聞いた。松井はあなたの前では小さくなっていた。彼のほうが年上でも、自分の意思をあなたという姉御に託しきっている態度だったわ」

「姉御ねえ」武藤はそっぽを向いたまま、興ざめしたように前髪をかきあげた。

「責任逃れかしら? 一連の犯行はぜんぶ松井に脅されて手伝わされたと言いたいわけね」

「そうよ、だって事実だもの」

何かがおかしい。この女の余裕はどこから来るのだろうといぶかった。彼女は倉沢の疑問を見透かしたように薄茶色の瞳を向けてきた。

「教えてあげよっか?」

「何を?」

「松井に脅されていたという証拠を……黙秘したのは理由がある。だって、男の人には言えないことだもの。あなたが女だから、私は話しているわけ」

悪い予感がした。

どうやら倉沢は取調官として武藤の黙秘を崩したのではないようだ。

4

松井は手錠をかけられたまま、関口巡査部長の尋問を受けていた。元プロボクサーの手を自由にしたら最後、取調官を殴り倒して逃走しかねないからだ。久我が取調室をのぞいたとき、松井はストレスからか、カクカクとトンボのように首を動かし、手錠の外輪を机に擦りつけていた。

関口と目が合った。久我は目配せして書記をしていたもう一人の刑事に席を譲ってもらい、ようすをうかがった。

関口は河村友之の死を突きつけているところだった。容疑が複数にまたがれば、法定刑の重いものから聞きただすのが取り調べの鉄則だ。友之の事件の場合、殺人の可能性がたぶんにある。車を使った密輸を警察に通報されては困るという動機があるからだ。

「だから何度も言ったろうが。おれは友之が死んだ夜はずっと家にいたって」松井は大げさに首を振りながら言った。ただ、その目には恐れが浮かんでいる。関口に威圧されているのだ。前職は警備部のＳＰだったという刑事は肩や胸の筋肉が発達している。低音のよく通る声にも迫力がある。

「誰が証明するんだ」

「誰もいない。一人で家にいた」

「何していた？」

「また、それかよ……テレビを見てたと言ったろ?」

取調官は供述にぶれがないかみるため、同じ質問を繰り返すのだ。

「どんな番組を見てたんだ」

「覚えてねえって。何度言わせんだよ」

「思い出してくれないか。番組名、出演者の名前でもいい」

「無理だよ、おれは記憶力がどうかしてるんだ」

「言えないんだな」

「もう同じ質問はいいかげんにしろよ」と言って、手錠と一緒に持ち上げた手のひらで顔を覆った。

関口は質問を切り換えた。

「河村友之が車の輸入の不審点に気づいたそうだな。そこはしっかり、裏が取れている」

「だから、何だよ」

「おまえは彼に何をしたんだ?」

「何もしてねえよ。友之とは会ってねえんだって。おれは知らねえよ。殺しなら、結花が勝手にやったんだろっ」

関口は後ろに控える久我を振り返り、目で了承を求めた。久我は頷いた。打ち合わせ通り、ある仕掛けを試みるタイミングが来ていた。

証拠品を詰めた箱を関口はまさぐり、ビニール袋ごと松井の携帯を取り出し、目の前にぶらさげて見せた。「これが何かわかるか」

「おれのだろ？　見りゃわかるよ」

「これから分析に回す。何かがわかるかもしれない」

そこで関口はじっと反応を見た。

「GPSの位置情報を調べれば、おまえの行動がわかるんだぞ」

「だったら、とっとと調べろよ」松井は即答したかと思うと、動揺も見せず反抗的な視線を向けてきた。「あのな、GPSで携帯がおれの家にあったことがわかったとしても、それでどうなるんだよ。結局あんたら、おれが家に携帯を置いて友之を殺しに行ったことにするんだろう？」

このときだけ、松井の舌は快活に回った。明らかに取り調べへのストレスが減じて見えた。しかも、携帯を調べられても痛くもかゆくもないと言わんばかりだった。

久我は心の中で「やはり」とつぶやいた。武藤や渡瀬勝美と連絡をとった携帯電話は別にあるのだ。ボクシングジムで有村が借りたものがそれだろう。松井の余裕のある態度は、すでに処分済みであることを物語っている可能性が高い。

関口はふたたび振り返り、久我が頷くのを確認すると、もう一つの試みに移った。「きのう取った身上調書のことで確かめたいことがある」と切り出した。

身上調書とは、裁判で本人確認のために使われる。就職でいえば履歴書のようなものだ。

「おまえの生年月日は平成三年二月十日で間違いないか」

「ああ、間違いない」

「西暦だと何年になる？」

「免許証から写してくれよ。きのうも、そうしてたじゃないか」

「おう、そうだった」と関口は言い、証拠品の箱から運転免許証を取り出した。それを顔に近づけて、四桁の数字を口にした。「一九九〇年だな。それでいいか」

「いいよ、間違いない」

平成三年は一九九一年である。松井が数字を言えないことは身上調書を作成している際に関口が気づいた。自宅の番地さえ、口にできなかったという。久我は連絡をもらったあと、「外傷性脳症」を疑った。反復する脳への衝撃から神経に障害をきたす病気で、ボクシングの場合はパンチドランカーという俗称で知られる。顕著な症例は、大人しかった人間が攻撃的になるなどの性格変化、記憶障害、認知機能の低下……松井に自覚があるかどうかはともかく、久我は松井という人間をようやくわかりかけてきた。

有村を死の寸前まで痛めつけたのは直情的な性向のためではないか。結局は死に至らしめず、倉沢を傷つけることにはためらいを見せた。根っからの凶悪犯というわけではないのだろう。

強盗に使った車を撮影されたにもかかわらず、携帯を壊すか持ち去るかしなかった理由もそこにうかがえる。行動に計画性がないのだ。とすれば、強盗に始まって、税率計算の欠かせない金の密輸、友之の死の仮装を次々に思いついたのが誰かは考えるまでもない。松井は操り人形だ。

かといって武藤結花が松井を操縦したことを裏付ける証拠は出ておらず、犯人隠避でとりあえず身柄を押さえたにすぎない。二人の共謀をどう立証するか、供述以外で可能性があるものは一つしか思いあたらなかった。

連絡手段に使われた携帯だ。松井からの発信先は有村が番号を突き止めた。端末は処分されていたとしても、メールを使っていれば通信内容がプロバイダーを通して追えるはずだ。久我は有村の機転で得た情報が実を結ぶことに期待を寄せた。

倉沢にも早く狙いを伝えておこうと思った。久我は関口に席を外すことを断ってから、フロアの反対側の取調室に向かおうと廊下に出た。

だがそこで、最も顔を見たくない人物と鉢合わせした。小橋克也だ。久我に目を留めると、ひょいと右手をあげ、「探しましたよ」と言った。

「何の用だ」

「事件を降りてください」

久我はあっけにとられ、言葉を発するのを忘れた。

「あなたはまた問題を起こした。警視庁から連絡をもらって、すっ飛んできたんですよ」

「いったい、何のことだ？」

「いろいろですよ。ちょっと話しませんか」

小橋は廊下を巡回中の制服警官を呼び止め、命令口調で言った。「お巡《まわ》りさん、会議室を貸してくれ。こんなところで話すと、この人が恥をかくことになるからね」

「いいかげん、嫌みはよせ」

二人はにらみ合い、しばし動かなかった。

5

「あなたに教えてもらいたいことがあるのよねえ」と、武藤は額の髪をかき上げながら言った。そうすれば松井に脅された証拠を教えるという。倉沢は「何？　中身によるわ」とつっけんどんに返答した。

彼女はこう切り出した。「友之の事件よ。松井は何て言ってるの？」

倉沢は心のうちで安堵した。何も話すことがないからだ。松井は明確なアリバイを語らず、ひたすら関与を否定していると聞いていた。

「わかった。教えましょう。松井の供述は、知らぬ存ぜぬのままよ」

彼女は気怠《けだる》そうに机に片肘をつき、ふーんとあごを突き出した。

「本当に、そうなの？」

「ええ、今のところはね」

「あなたにサービスしちゃおうかな」

「なに？　松井に脅されたって話の続きかしら」

「違う」と武藤は首を横に振り、友之が死んだ晩のことを自ら語り始めた。

「私ね、友之を連れて六本木のバーに行ったのよ」

倉沢は固唾《かたず》をのんだ。事実であれば、友之が社長ともめて会社を飛び出してからの足跡の一端が判明することになる。

「彼のアパートの鍵を閉めたのは、やはりあなただったのね」

「そう、合鍵は私が持っていた。私たち部屋で待ち合わせてからバーに向かった」

「何のため？　ただのデートではなさそうね。松井は渡瀬勝美から、友之が怒って会社を飛び出したと連絡を受けている。そして松井はあなたに知らせた」

「その通りよ。友之がサツにたれ込むかもしれないってことよ」

「それで友之の恋人であるあなたが、彼を警察に行かないように説得することにしたのね」

「恋人？」

「違うの？」

武藤は目を細めてくすくす笑った。「ふん、お遊びよ。恋人だなんて、笑っちゃうわ」

「だって、合鍵だって持たされてたんでしょ？」

「まあ、そうね。でも、恋人ごっこみたいなもの。彼、イケメンだから、ちょっと遊んであげてもいいかなあと思って……」

自分から誘ったのではなく、ある日一緒に食事をしていたら突然、コクられたのだと彼女は自慢げに話した。

倉沢は顔をしかめた。「ひどい女ね。人の心をもて遊んだってことじゃない」

「でも、楽しかったよ。あいつと過ごすのは」

なぜか、そこだけは本心を告げたように倉沢には聞こえた。

「話が横道にそれたわ。六本木のバーの話をしましょう。説得はどうなったの？」

「失敗した。大失敗」と、武藤は投げやりな言い方をした。「友之にクスリを盛ったのは私よ。それが失敗のもと」

友之の遺体から麻薬が検出されたのは、飲まされたからだったのだ。

「そのバーはクスリを買える店でね。あいつまじめだから、ハイにさせないと説得できないと思って、カクテルに混ぜてこっそり飲ませたわけ」

倉沢は深く頷いた。「よかった。彼は麻薬常習者でも売人でもなかった。兄の和也さんには、せめてもの救いになる」

だが武藤の本意はそこではなかったらしい。「救い？　……ふん、そんなこと、どうでもいいよ」と鼻で笑った。「私はね、殺人犯なんかになるのは真っ平ごめんなのよ」

倉沢はずばりと聞いた。「あなたが松井に殺害を指示したの？」

彼女は首を横に振った。「まさか。彼が勝手にやったんでしょ。ねえ、ちょっと聞いて。大事なところなの……」

「どうぞ、嘘でも一応は聞いておく」

武藤はきっと目をつり上げた。「友之はね、クスリが効き過ぎてどうかしちゃったんだよ。カクテルに口をつけたあと、なぜだかバカみたいにはしゃいだ。そして店を飛び出した。その後、私は彼がどうなったか知らない」

「ずいぶん都合のいい話ね。一人で店を飛び出して行ったなんて」

「証拠があるわ。普段は紳士なのに、私に強引にキスしてきた。私の携帯を取り上げ、写真に撮った。友之が死んだと聞いたあと、まずいと思って消去したんだけど、警察の技術で元に戻せるんでしょ？　松井が殺したとすれば、一人で勝手にしたことよ。私は関係ない」

「さあ、どうだか」と倉沢は疑問を呈したものの、こう付け足した。「わかったわ。復元はやってみる。言い分が本当かどうかを確かめるのも検事の責任だから」

そして倉沢は尋問を当初の取引に戻すことにした。「そろそろいいかしら、あなたが松井にどう脅されていたか話してくれない」

彼女は黙って頷き、こう切り出した。「私ね、松井にレイプされたの」

耳を疑った。「あなた今、レイプと言った？」

「言った。私はレイプの被害者……ビデオに撮られ、それをネタに脅されていた」彼女はそう言うと、一枚の名刺を差し出してきた。そこには田代秀美《たしろひでみ》の名があった。性被害のエキスパートとして活躍する弁護士である。

倉沢は取調室を出たあと、廊下の壁にもたれ、ひとり考え込んだ。胸のざわめきが止まらなかった。本来なら義憤、そして同情心が湧き上がるはずなのだが、本当なのかという疑問が頭のなかを渦巻いた。手元の留置書類を改めてめくると、昨夜、田代が接見した記録があった。

頭をよぎるのは、レイプが自作自演ではないかという疑いだ。どこかに映像が存在するとしても、捕まったときのために用意周到に被害者を装う準備をしていたのではないか。どうぞ私を捕まえてごらん、という低い声のささやきが聞こえる気がした。

6

会議室の前まで戻ったとき、そこに追出、関口、有村の心配げな顔があった。

「どうしたんですか?」と倉沢が聞くと、追出が言った。

「小橋さんという人が地検から来て、中で久我さんと話しています」関口へ落ち着かない視線を投げた。「こいつによれば取調室を出てきたところで、久我さんに事件を降りろと言ったそうです」

倉沢は表情を険しくし、ドアを開けて会議室に飛び込んでいった。

小橋は眉間にしわを寄せ、剣呑な顔つきで迎えた。

「おや、応援団長の登場ですかな」

倉沢はつかつかと歩き、久我の横の折りたたみ椅子に腰掛け、小橋と向き合うと、静かだが怒気を含む声で言った。「事件は渡しません。特に小橋さん、あなたなんかには」

「倉沢、きみは黙ってろ。まだこいつの話を聞いているところだ」

「そんなに冷静でいいんですか」

久我は軽く頷いて彼女をたしなめた。「さっきから区検の業務がどうのと言っているが、公判相当の事件を受けてはいけないなんて決まりはないはずだ」

「この事件規模になれば、本庁で対応するのが慣行です。公判部との打ち合わせだってある。不便じゃないですか」

「打ち合わせなら電話でもできることだろう。違うか」

小橋はそれには答えず、有り体に侮蔑を口にした。「区検の検事は略式事件だけを処理していればいい。あなたたちが墨田署に通い詰める分、未済がたまる一方になるんじゃないですか。私は刑事部の運営に支障があると言ってるんです」

「ここの警察に二人の身柄が入るまでは、おれと倉沢が骨を折ってきた。検事が事件の内偵段階からかかわるのはあることだ」

「そういう意味では、あなた方は不適任としか言えません」

「なぜだ」

「まずルールを無視した。警視庁はけさ墨田署から報告があがって大騒動ですよ。銀座の強盗事件に警視庁が何人の捜査員を投入しているか知ってますか。久我さん、あなたが私たちに情報をあげなかったから二つの捜査機関が混乱することになった」

「霞ヶ浦から逃走車両が見つかるまで、強盗とのかかわりを示す確かな証拠はなかったんだ」

「それでも相談してほしかったですね。あなたが事件を一人で抱えたくて、墨田署から情報が出ないようにしていたんじゃないですか」

倉沢が業を煮やして口を開いた。「久我さん、この人は事件が急にはねたものだから、起訴検事という実績がほしくて、もしくは久我さんが成果をあげようとしているのをねたんで、ここに来たんですよ」

若い男女が多額の現金を強奪し、金塊の密輸に絡んだうえ、あげくは殺人……となれば、世間の耳目を集めることは必至だ。自身への脚光と久我に恥辱を与えること、小橋にはその両方が手に入る。

だが小橋は眉一つ動かさなかった。否認の上手な犯罪者のように。「邪推もはなはだしいところですな、倉沢くん」

「そうですか」と彼女は目をつり上げた。「あなたは私が墨田署で若者の不審な死があり、久我さんが捜査の面倒を見ていると報告したとき、何と言いました？　久我のバカが、バカなことを始めたって言ったんですよ」

小橋は久我に視線を向けた。

「あなたが指導官だから、倉沢くんはこうも組織の常識をわきまえない検事になってしまったんじゃないですか」

「倉沢を巻き込むな。恨みがあるのはおれ一人だろ？　飛ばされた腹いせを大事な捜査の現場でやるな」

「ふん、この若い検事は私にへつらって、あなたのスパイを喜々としてやっていたんですよ。ひどい後輩をお持ちだ」

「喜々としてなんか、やってません」倉沢がにらみつけた。

「だまっていなさい。この子も終わりですよ。あなたと一緒にゴミ掃除しているのがお似合いだ」

久我は軽蔑の眼差しを向けた。

「仕事に貴賤《きせん》をつけるなって、誰にも叱られたことがないんだろう。お前はかわいそうなやつかもしれない」

「けっ、干されている人が偉そうに言いますな。すでに次席検事から了承をもらってることでもあります。私はね、区検の者にこんな大事件は任せられないと言ってるんだ。能力の問題ですよ。あなたにはとても無理だ」

久我の心のなかで、何かがぷつんと切れる音がした。「この野郎、おれはな、おまえみたいなやつが司法試験で何番だとか、刑事政策の論文でほめられたとか、そんな自慢をしあっている間、死ぬ気で調書を巻いてきたんだ。取調室で汗をかかないやつから、能力の問題などと言われる筋合いはない!」

部屋中に怒号がこだまし、久我は小橋のスーツの襟につかみかかった。

「だめ!」と倉沢が叫び、二人の間に飛び込んだ。椅子がばたんと倒れ、床に乾いた音が響く。彼女は机に突っ伏す格好になったものの、久我がなおも小橋につかみかかろうとすると、飛び起きて腕にしがみついた。

「こんなやつ、ほっときましょう! 久我さん」

騒ぎに気づき、外にいた三人も部屋に駆け込んできた。

「有村くん、久我さんを止めて!」

小橋はぎょっとして身をのけぞらせている。有村が駆け寄り、倉沢と役割を交代すると、久我は少し落ち着いた。だがその目は険しく小橋に向けたままだ。にらまれた男は虚勢を張り、憤然とした態度で言った。「この件は上に報告させてもらう。検察官が何と、警察署の中で同僚に暴行しようとした。今度こそ、ただじゃ済ませない」

「何とでも報告しろ。汚いのはおまえだ」

「久我さん、よしましょう」

倉沢はなだめるようにそう口にすると、顔の向きを変え、帰ろうとする小橋に向かって声を張り上げた。

「待ちなさい」

「待ちなさいだと、きみは私を誰だと思ってるんだ」

「そう、その言葉を待ってた」

倉沢は一呼吸おいて言った。

「あんたは人間のクズだ！」


久我と倉沢は墨田署で小橋が呼び寄せた検事らへの引き継ぎを終えたあと、隅田川にかかる橋をとぼとぼと歩いていた。川面に夕日が映えていた。そこに寄り添うように有村が自転車を押している。

区検へ逆戻りする道だ。川を渡る風はいくぶん涼しくなっていた。肌身に心地よく、それが少しの救いになった。

みんなで押し黙っていると、きょろきょろしながら前から歩いてきた高齢の女性が有村を呼び止めた。

「ちょっと、お巡りさん。東京スカイツリーってどこかしら？」

有村はにこっとして、「それなら、あそこに立っています」と、赤く染まり始めた空に高くそびえる塔を指さした。

「あらっ、あれ？　私ったら地図を見て下ばかり向いて歩いちゃってたから」おばあさんはスマホの道案内画面を見せながら、ほほほと笑った。「やあね、上を見て歩いたら、よく見えるじゃないの」

「そうです、上を向いて歩こうです。ただし前もしっかり見て、車や自転車にぶつからないようにしてください」

「ありがとう、親切な巡査さん」おばあさんは満面の笑みで歩き始めた。

倉沢が言った。「有村くん、いまの道案内、グッときた」

巡査は照れたように笑った。「僕が交番で一番好きな仕事は道を尋ねられることです。役立ってるなあと思えるから。迷ってる人を見かけると、こっちから声をかけることもあります」

若い二人の会話を久我はほほ笑んで聞いた。おばあさんにつられて、スカイツリーを見上げたとき、思い出したことがある。墨田署に倉沢が書いた釈放指揮書を持って、この橋を歩んだときのことだ。あの晩、ツリーの先端にきれいな星が装飾のようにまたたいていた。

久我は一連の出来事を始まりから振り返った。もし倉沢が指揮書を忘れなかったら、有村が検視官と間違えて高架下に自分を案内しなかったら……。河村友之は麻薬の売人として墓に入ったかもしれないし、ボニーとクライドは逃げおおせたかもしれない。そして倉沢と有村が出会うこともなかっただろう。

ｌｉｆｅ（人生）のなかにｉｆ（もし）がある――いつか読んだ新聞のコラムに、そんなことが書いてあった。人生というものは偶発的に起こるささいな出来事から、いかようにも流れを変えていくのだ。

橋を渡ったあと、新聞売りのスタンドにあった夕刊紙の見出しが目に留まった。

芸能プロ社長、高津安秀氏

あすにも脱税容疑で逮捕へ

政界捜査の入り口か

「マムシ」と称される特捜部の検事が何がしかの供述を得たことを、その見出しは告げていた。そうでなければ、里原次期総長が立件を承知するはずはない。任意聴取は区検から都内のホテルに場所を変え、継続されていたらしい。

そのことは、田中博の検事としての完全な敗北を意味していた。

7

詐欺は高度な知能犯ばかりではない。典型が無銭飲食だ。カネを持たず店に入れば、食事を注文した段階で料金が被害金になる。不起訴にするにしても一応、供述調書がいる。久我は焼き魚定食の値段「八百円」が被害金として正しく記載されていることを確認してから、本庁行きの書類箱に収めた。

小橋に墨田署から追い出されてひと月が過ぎた。久我はそれ以降、仕事に追われることはなく悠々とした時間を過ごすことができた。ほぼ定時に帰り、秋分の日を含む連休には家族を連れて瀬戸内の町に帰省した。

水道屋の店舗のあった建物は隣近所の家も含めて取り壊され、保育園に変わっていた。祝日にもかかわらず働く親を持つ子供たちが雲梯《うんてい》で遊び、赤ちゃんの泣き声も聞こえた。

久我はそこに菜穂を連れて行き、父との思い出を話した。

「おじいちゃんに会いたかったなあ」と菜穂はつぶやいた。どうして祖父が亡くなったかは旅に出る前、つぶさに話した。そのとき娘は何かの感情を瞳にたたえ、こう言った。

「お父さん、何だか私も検察官になりたくなっちゃった」

久我はやめておけと言いかけた。しかし、なぜだか声に出せなかった。悲劇が息子に人生の進路を与え、孫にまで影響しようとしている。親父の不幸な死はおれたち家族にとって何なのだろうと自問自答したものの、答えは出なかった。

もちろん、墓参りもした。菜穂は白菊の花を供えると、「はじめまして、おじいちゃん、おばあちゃん」と言って目を閉じ、手を合わせた。その後、ぶつぶつと口を動かし、模試や講習に追われているだの、好きなコミックが次々に発売されて読破に忙しいだのと近況を知らせていた。しつこいくらいの直接話法だった。

駅は昔とあまり変わらなかった。土産物店から海産物の干物の匂いが漂っていた。帰りの電車の座席に腰掛け、車両がプラットホームを離れようとしたとき、菜穂に聞かれた。

「お父さんはそれで、検事を辞めてもいいの?」

久我は一呼吸置き、「辞めるよ」とそっけなく答えた。

菜穂はふーんと鼻を鳴らし、小首をかしげた。

「何か、おかしいか?」

「別に」

いつもの単語ならぬ短語だったが、これまで何度も聞いてきた「別に」とは違うように聞こえた。そのときふと、脳のどこからか歌声が響いてきた。

満足できねえ

満足できねえ

特捜部の福地に呼び出されたあと、人事への期待を粉々にされ、失意のうちに喫茶エレンで聴いた「転がる石」と称するグループの曲だ。

電車に揺られて瀬戸内の海を眺めている間、何度もリフレーンした。

机に片肘をついて、ぼんやりと故郷で過ごした一日を思い出していたとき、倉沢の声に引き戻された。

「久我さん、また武藤結花が映ってますよ」

テレビを見やると、墨田署から拘置所への護送のワゴン車に乗り込む彼女の姿があった。河村友之を被害者とする殺人・死体遺棄容疑で再逮捕されたのだ。テレビ局の望遠レンズが細い首筋の後ろ姿をとらえていた。報道陣のざわめきが気になったのか、振り向いたとき、カメラ目線になった。有村や倉沢を惑わした切れ長の目があった。久我はその視線が自分に突き刺さったような錯覚に陥り、どきりとした。

捜査は銀座の強盗事件、金塊密輸による脱税事件の起訴を済ませ、河村友之の死への殺人罪適用で大団円を迎えようとしていた。

「小橋さんが松井を自供させたようですよ」

「ああ、追出さんから聞いたよ。本庁の一課のベテラン刑事が落とせなかったのを、小橋が入って三日で自供に追い込んだそうだ」

小橋の指揮のもとにまとめられた被疑事実はこうだった。六本木のバーで武藤にクスリを盛られた河村友之が警察署に駆け込むことを恐れ、武藤は店から松井に電話をかけ、口封じのために殺害するよう命じた——

追出によれば、松井が署名した調書には明確な殺意が記述されているという。高架から投げ落とせば自殺か事故のどちらかに受け取られても殺害を隠せると、武藤にそそのかされ、アパートで待ち伏せしてヘルメットで殴ったという内容だ。

法医の分析とも合っていた。致命傷となったのは頭蓋内出血——おびただしい頭皮の損傷がないため、金属ほどには硬度の高くない物をぶつけられたと結論されていた。ヘルメットなら条件を満たす。久我は悔しい気持ちを抱えながら、小橋の仕事は認めなければならないと思った。これほど克明に事実を明らかにするのは容易なことではない。

ふと、倉沢が考え込んでいることに気付いた。

「どうした？」

「いや、本当に松井が殺したのかなあと思って」

「ん？　きみだってどうなっていたかわからないじゃないか」

「ええ、粗暴であることは確かでしょう。でも私も有村くんも生きています。殺しを経験した人間だったら、もっと徹底的にやったんじゃないでしょうか……」

8

日本版「ボニーとクライド」では断然、ボニーが人気者となった。

駅のトイレで変身する画像をテレビ局が入手し、繰り返し流された。昼の情報番組は彼女の話題でしばらく持ちきりだった。

練馬にも連日、ロケ隊が出動した。都議会議員の娘にして、地元の人が正体を知らない「なぞのお嬢さん」を特集した。このキーワードの発信者であるクリーニング店のおかみさんは、ひとき情報番組の顔となった。

そうした報道に接するたび、倉沢には気がかりでならないことがあった。

私はレイプされ脅されていた……

取調室で武藤がささやいたことが一切表に出ないのである。もしレイプ映像が本当に存在するとすれば、弁護を正式に受任した田代秀美の戦略だろうか。公判に爆弾が落ちる可能性もある。倉沢は久我にさえ何も言っていない。小橋に「一切の口出しは無用」とつれなく追い払われたうえ、担当を外された身で捜査の足を引っ張りかねない情報を現場に投げ込むことがためらわれたからだ。

ふいに倉沢の卓上電話が鳴った。

「あっ、有村くん、うん、いいよ」と明るい声で電話を置いた。「彼、いま下に来ているみたいですけど、おうかがいしていいですかって。さっさと上がってくればいいのに。彼の礼儀正しさは、ちょっと度を超えてませんか」

「あいつらしいな」久我はそう言いつつ、ふしぎに思えることがあった。「有村は何でわざわざ卓上電話にかけてくるんだ。きみの携帯を知ってるんだろう?」

倉沢は表情を変えず、努めて平静な口調で言った。「だって私たち、そんなに親しい仲じゃありませんから」

ドアが開いて、有村が入ってきた。久我に一礼すると、倉沢に向かって探しものが見つかったと言った。

彼は持っていたファイルから、B5判にプリントアウトしたカラー写真を引っ張りだし、倉沢に手渡した。それは河村友之が自分の意思とは無関係に摂取した薬物により、ハイになって自撮りしたという生前の最後の一枚だった。

倉沢が気になっていたのは、なぜ武藤は友之に麻薬を盛ったことを明かしたのか、という疑問だ。

取調室で友之の名誉や兄の心情に触れたとき、武藤はどうでもいいことだと一言のもとに片付けた。しかし後にじっくり考えるうち、倉沢は友之へのそんな冷たい態度を疑うようになった。松井への殺害指示を否定するのが目的だったとしても、あの時点で取調官が喜ぶような闇に埋もれた事実を明かして彼女に利益があったとは思えない。もしかすると、友之を麻薬常習者に偽装したことを後悔しての告白ではなかったか。とすれば、友之への思いが感じられる。

倉沢はボクシング・グローブのミニチュアを思い浮かべた。友之と左右二つのグローブを分け合って、化粧ポーチに付けて持ち歩いていた。友之への温かな感情を読み取れないでもない。

ぼーっとして考え込んでいると、「どうした?」と、久我が興味津々といったようすで写真をのぞきに来た。倉沢は我に返って言った。

「彼女らしくない写真ですよ。友之が豹変《ひょうへん》したために、取り乱しているように見えます」と、落ち着いた感想を漏らした。

ところが久我は顔色を変えた。

「まさか」

驚愕《きょうがく》に満ちた目を写真に向けている。

「どうしたんですか」

倉沢が話しかけても、返事はなかった。

「有村、これが六本木のバーで撮った最後の写真に間違いないのか」

「ええ、間違いありません。友之が死んだ日の午後八時過ぎに撮影されています」

久我は目を閉じ、腕を組んだ。記憶倉庫に入り直し、高架下で対面した遺体の顔と比べているのだ。数秒後、しんみりとして言った。

「真犯人がわかった」

9

有村は追出や関口より先に、河村和也が営む合羽橋の理髪店に着いた。カーテンの向こうに明かりはなかった。サインポールも回っていない。

ただ、店の入り口ドアの一枚ガラスにかかるカーテンは最下部に数センチの隙間がある。有村は制帽を自転車の荷台に置き、地面すれすれまで頭を低くして中をのぞいた。

店内は青白かった。ハサミやカミソリを収納する紫外線消毒器の光が洗髪台の白い陶器や鏡に反射し、青白い霧が立ちこめているように見せているのだ。

誰かがいる気配はなかった。店は住居兼用の木造で、和也は二階に住んでいるはずだが、そこも電気はついていない。

有村は区検でのやり取りを繰り返し脳裏に浮かべていた。久我は写真から目を離さないまま言った。「友之が死ぬ直前に会ったのは兄の和也さんだ」

倉沢がおどおどしながら聞いた。「どっ、どうしてですか？」

久我は友之のあごの周囲を示して言った。「ここを見てくれ。うっすらだが、髭があごから、もみあげにつながっている」

若者が好む、おしゃれ無精髭というやつだ。

そこで有村が「あっ」と声をあげた。「そうか、気がつかなかった。うん、確かに僕の記憶でもこの髭は……」

「なに？　わからないのは私だけ？　早く説明してください」

久我が頷く。「おれたちが高架下で遺体を検分したとき、髭はなかった。きれいに剃《そ》られていた」

倉沢がきっと唇を結んだ。久我の言わんとすることがわかったのである。みるみる顔が紅潮していく。

「髭を剃ったのは理髪店をしているお兄さんですね。つまり、生きている友之に最後に会った人間は河村和也だった」

「そういうことになる。残念ながら……」と、久我は言葉を切った。

「しかし松井の逮捕容疑は、友之をアパートで待ち伏せし、バイクのヘルメットで頭を殴ったことになっていますよ」

「小橋の作文だろう」

久我はいっそう険しい顔つきになった。

有村は眼球が乾くほど店の内側に目を凝らしたあと、いったん立ち上がり、ほかの出入り口を探しに店の裏側に回ってみた。そこには車庫があり、いかにも下町の狭い路地を走るのに向いていそうな軽自動車が止めてあった。高架までこれで友之の遺体を運んだのだろうか。

建物の裏にはどこにも窓はなく、店のドアのカーテンと地面のわずかな隙間しか中をうかがう場所はないことがわかった。足早に正面に戻り、ふたたび地面に頭をこすりつけた。すると位置が少しちがったせいか、一回目のチャレンジでは見えなかったものが目に映り込んだ。

ゴム底の黒い靴を履いた男の足だ。

不吉な予感が胸を貫いた。鏡を背に洗髪台の脇にスツールを置いて座っている。

有村はかっと目を見開いて立ち上がり、呼び鈴を鳴らした。もう一度、かがむ。呼び鈴を連打する。また、かがむ。それでも男の足はぴくりとも動かない。

ドアは鍵がかかり、びくともしなかった。有村は周りを見渡し、厚いガラス板をぶち破れそうなものを探した。が、どこにもない。漬けもの石のようなものは都会には転がっていないのだ。

慌てながらも、自分のいる場所が道具街であることを思い出した。表通りに出て金物店に飛び込み、大きめのハンマーを借りて戻ってきた。ガラスは一発で砕けた。ドアの内側に手を差し込んで解錠し、店に飛び込んだ。やはり男は和也だった。

洗髪台のシンクに片方の手首を突っ込み、首をだらりとさせて鏡にもたせかけている。ためた水が赤く染まり、そばの銀の皿に血の付いたカミソリが置かれていた。顔色はよくわからない。

青い光のなかで目を閉じ、まるで眠っているようだった。

有村は叫んだ。

「和也さん、和也さん、返事をしてください」

しかし反応はない。救急車を呼ぶ前に止血しなければと思い、自分のベルトを外して水浸しの和也の腕を持ち上げた。手首に一筋の深い切り傷があった。首筋に手を伸ばし、脈をみたが、指先は何の震動も感じてくれない。肌の冷たさだけが伝わってきて、死後、数時間は経過していると思えた。

救急車を呼ぼうと携帯を取り出した。だが指が画面に触れたとき、激しい怒りが身を貫き、電話を放り投げた。床に突っ伏し、濡れた拳を打ちつけた。血を含んだ水滴が飛び散った。

「何でだよ、何でだよ……」

なぜだかその言葉しか、声に出すことができなかった。

10

久我と倉沢が合羽橋に着いたとき、救急車がサイレンを消して、誰も乗せないまま静かに走り去るところだった。

有村は理髪店の敷地の縁石に座って、うなだれている。パトカーの赤く点滅する光が静かに彼を照らしていた。倉沢はその姿を見つけるや、有村のもとに駆け寄った。

薄暗い店内から追出が出てきた。

「久我さん、ホトケさんにお目にかかりますか」

「ぜひ、お願いします」

はっきりそう言って、追出に続いて店に入った。たまたま近くにいた検視官がすぐに駆けつけたといい、遺体はすでに動かしてあった。

客用の椅子をリクライニングさせ、和也はそこに寝かされていた。死に顔は安らかだった。泡石鹸の残り香のせいか、肌にカミソリをあてられるのを待つ客のように思えた。弟の遺体もこうして椅子に寝かせ、髭を剃ってやったのだろうか。せめてもの供養のために。

店を訪れたときの和也とのやり取りが思い浮かんだ。

「友之さんを恨む人間に心当たりはありませんか？」

「私ですかねえ」

こうなったあとに思えば、自白の前兆だったにちがいない。

追出に聞いた。

「遺書が見つかったそうですね」

「ええ、鏡の前に置いてありました。すぐ見つけてほしかったんでしょうね。読んだら、この人の気持ちがわかりますよ」

久我のために用意していたらしく、追出は内ポケットからビニールに包んだ便箋を取り出した。何枚かの真っ白な紙が丁寧に折ってあり、開くとインクの文字で埋まっていた。

弟である河村友之の命を奪ったのは私です。取り返しのつかない罪を犯したことを告白するとともに、私の命に代えて深くお詫《わ》び申し上げます。

何一つ釈明できることはございませんが、なぜ私がただ一人の肉親を殺害してしまうことになったか、そのわけをわかっていただきたく筆をとった次第です。

それにはまず、私と弟の半生を説明する必要があります。私たち兄弟は両親を交通事故で亡くしました。弟はまだ九歳でした。私たちに身寄りはなく、当時十六歳の私は高校を辞めて向島の理髪店に勤めました。朝晩の食事や洗濯、日中は修業の身で、何度もへこたれそうになりましたが、支えてくれたのは友之でした。

弟は兄の苦労を見かねて、すぐに炊事と洗濯を覚えました。私と友之は貧しい生活のなかで心を通わせ、力を合わせてともに大人になることができたのです。

友之は私が店を出すとき、安月給から貯《た》めた預金五十万円を全額下ろし、お祝いだと言って私にくれました。いらないと言っても引き下がらないのでしぶしぶ受け取りました。それを返すのが、友之の死んだ晩の予定だったのです。あの日は店の開業一周年の記念日で、もともと弟が来ることになっていました。

お客様のおかげで順調に仕事は回り、経済的な余裕も出ました。そこで友之にお返しをすることを決めました。私は贔屓《ひいき》にあずかる時計店のオーナーから時計を買ったのです。その方は向島に住まわれていて、わざわざ隅田川を越えて足を運んでくれる有り難いお客様です。弟の性格を思うと、現金はまず受け取らない。悩んでいたとき、オーナーから著名なメーカーのスイス時計は中古でも値が下がらないと聞いて、それならぜいたく品と蓄えの両方を一緒に贈ってあげられると思ったのです……

ここまで読んで久我は、和也は向島に土地鑑があったことに改めて思いを巡らせた。雨上がりの高架下の事故現場を振り返り、友之の腕に巻かれていた時計が濡れて、街灯の光を鈍くはね返していたのを思い出した。

手紙の続きに目を落とした。

約束の時間をかなり過ぎて店に現れた友之のようすはいつもと違っていました。ふらふらした足取りで入ってきて、目が宙をさまよい、へらへら笑っていました。武藤結花と楽しく酒を飲んで、ちょっと飲み過ぎたと言いましたが、私には嘘だとわかりました。違法なドラッグでも使用しているのではないかと背筋が寒くなりました。

まじめな弟をそんなことに巻き込んだ者がいるとすれば、武藤結花しかいないと思いました。というのも、私はいい印象を持っていなかったからです。以前、弟が店に連れてきたときのことです。鏡に映った自分に気づくと、目をそむけたのです。こんなお客は見たことがありません。いい人生を歩んでないのではないかと感じました。

あの女にクスリを教えられたのか、と問い詰めました。だが弟は恋人を悪く言われて、カッときたのだと思います。顔色を変えて私につかみかかってきました。そのとき、私の胸は情けなさと友之への怒りでいっぱいになりました。両親の交通事故は麻薬に溺れた運転手がトラックで暴走し、追突したことが原因でした。安置所で見た父母の遺体は私の頭の中にすみ着いていて、いつ何時も離れたことがありません。

私はそのことを持ち出し、麻薬をやって何とも思わないのかと怒鳴り返しました。出て行けと言ったのも覚えています。友之は笑いながら出て行こうとした。だが体のバランスを崩し、花びんにぶつかった。花びんは床に落ちて割れてしまいました。それは親代わりになってくれた向島の店の親方が独立の祝いに贈ってくれたものでした。私は自制心を失い、猛然と弟に体当たりしたのです。友之は転がり、床で頭を打ちました。

弟の呼吸が止まっていることに気づいて、私は驚きました。救急のまねごとをしてみたのですが、いくらやっても心臓は動きませんでした。人はこんなに簡単に死んでしまうのかと、茫然《ぼうぜん》としました。すさまじい悲しみが襲ってきて、気がつくと、私は弟の顔をカミソリで剃っていました。警察に捕まるのが無性に怖くなったのは、タオルで友之の顔を拭いているときでした。私は鏡に映る自分の姿を見ることができませんでした。自殺に見せかけようと思ったとき、鉄道の高架を思い出したのです。最近、ホームレスを警察が追い出す騒ぎがあり、そこなら誰もいないと思って弟を車で運び、高架から突き落としました。偶然にも車にあたってしまい、見るも無惨な姿になってしまった。弟にはお詫びのしようがありません。

今朝になって、友之を殺害したとして武藤結花が逮捕されたことを知りました。彼女らは無実です。どうか事実をわかってください。あの日の夜、私がしでかしたことをここに書き置く次第です。

11

追出の洟《はな》をすする音が聞こえた。

「あの時計は金持ちが見栄張りで身につける物ではなかったんですなあ。やるせない。死んだあと、髭を剃ってやるなんて一種のパニックでしょうな」

「私がもう少し早く気づくべきでした。死を選ばせる前に……」久我は唇をかんだ。取調室で真実に向き合わせることで、罪のほかの償い方を選ばせることができた。あなたに大切に育ててもらった弟が、重い罰を望むはずがないと慰めることもできた。しかも、殺人ではない。過失性の強い暴行致死だ。

友之を殺害する動機があると言えばあるのは、武藤と松井の二人だ。彼女らはどう口を封じるか手をこまねいているうち、友之が死体で見つかったために慌てたにちがいない。友之を麻薬の売人か中毒者に見せかけて自分たちに捜査の手が及ばないようにしたかったのだろう。思えば、二人は友之の殺人容疑を互いになすりつけていた。相手がやったものと、本当に勘違いしていたのかもしれない。

久我は追出に手紙を返したあと、しゃがみこんで床に触った。コンクリートの上にリノリウムを張り付けたもので、弾力性を手のひらに感じた。〈金属ほどの硬度はないもの〉に頭をぶつけたと分析した友之の死因鑑定と符合していた。

ゆっくりと立ち上がり、和也の遺体に歩み寄った。一礼して許しを請うたあと、腕を持ち上げた。肘とその周辺に、痛みと引き換えにカミソリの腕を鍛えた職人の人生を映す無数の傷跡があった。

花屋が訪ねてきたとき、和也は慌てたように注文を断っていた。花を買おうにも、花びんが割れてなくなっていたのだ。

追出が厳しい顔つきになった。「久我さん、この手紙が我々に突きつけているのは冤罪《えんざい》ですよ。

一刻も早く上に報告せねばならない」

〝彼女らは無実です〟

遺書の結びを読めばわかる。自死のスイッチを押させたのは警察の殺人容疑による逮捕だ。そこに導いたのは小橋が強引に松井から取ったらしい作り話の調書なのだが、追出は恨み言を一切口にせず、急ぎ足で署に引き返した。

そうこうしているうちに和也は担架に載せられ、黒いビニールシートがかぶせられた。こつこつと働いて築いた人生のささやかな城から、魂の抜けた体で出て行った。久我は店内に一人残された。薄暗い部屋の中で消毒器がぽつねんと青白い光を灯し、職人の魂をとどめる道具を照らしていた。

久我は引き寄せられるように光の前に立った。きょろきょろと周囲をうかがい、誰も見ていないことを確かめると、いなくなった主人の代わりにスイッチを切った。現場の保全に責任を持たない検事の立場では、警察の了解なしにしてはならないことだった。

有村が割ったというガラスの破片を靴底に感じながら外に出た。すると、倉沢がへたり込んだ有村の手を取り、引っ張り起こすところだった。何を語らったのだろうか、彼らの表情に安らぎのようなものが戻っていた。

「おい、そろそろ帰るぞ」

倉沢がお疲れさまですと言って、歩み寄ってきた。遺書の内容は有村から説明されたのだろう。何も聞かなかった。シャッターの降りた道具街を無言のまま歩き始めた。有村もついてくる。このとき彼は、自転車と制帽を置き忘れたことに気づいていなかった。

区検へと引き返す道の向こうに、日本一高い電波塔がそびえている。先端付近に星が二つ、兄弟のようにまたたいていた。

エピローグ

しばらく洗濯をさぼっていたせいで、コインランドリーでは二台を動かさねばならなかった。有村誠司は乾かした洗濯物を大きな袋に詰め、サンタクロースのように肩から背中にぶらさげてランドリーを出た。

元プロボクサーにめった打ちを食らったときに着ていたポロシャツは、肩や胸の部分についた血の染みが液体洗剤を練りこんでもとれなかった。まだ新品だったのに捨てるしかないかと迷う心にケリをつけながら、独身寮へ続く小道をてくてくと歩いた。

ふと民家に咲くピンクや白のコスモスが目に留まった。どこからどう見てもそれはコスモスなのだが、もし茎や芯の外れた花びらだけをもらったら、コスモスとすぐにわかるだろうかと思った。

群馬の病院で治療を受けていたとき、枕の下に和紙の包みを見つけた。開いてみると、濃い青色をした花びらが五枚入っていた。ネットで調べてリンドウとわかったのはごく最近のことだ。その花を包んだ和紙の裏には五十音が書いてあった。字は人の性格を表すというが、筆圧の強い丸っこい字が並んでいた。

その後、何度か彼女と顔を合わせながら、リンドウの花びらのみをくれたわけは聞けないでいた。東京を去るまでに尋ねるかどうか。でもたぶん、自分のことだから、何も聞かないまま鹿児島に帰るのだろうと思った。

もう一つ、何度も思い出すことがある。河村和也を救えず、打ちのめされていたときのことだ。彼女は理髪店の敷地の縁石に並んで腰掛けてくれた。

「私ね、有村くんと仕事をして教わったことがある。捜査官って人を助ける仕事なんだって気がついた。きのうまで、そうじゃないことばっかり考えてた」

「だけど僕は助けられなかった。それどころか、和也さんの自殺を後押ししたのかもしれません」

「どういうこと?」

「腕時計の預かり証のサインをもらいに行ったとき、容疑者を捕まえたことを教えてしまったんです。和也さんはそれ以来、いっそう罪悪感に苦しんだんじゃないでしょうか」

彼女は語気を強めて言った。「あなたのせいじゃない。そんなふうに考えちゃだめ」

返事をしないでいると、突然、映画の話が始まった。「フランケンシュタインって、知ってる?」

「人造人間ですか?」

「うん、映画にこんなセリフがあった。『おれには感情があるが、使い方を教わっていない』って、人造人間が言うんだよ」

「それが何か」

「有村くんがいい警官だってことを言いたいの。私、かっかして有村くんとケンカしたでしょ。今まで感情の使い方を知らなかったと思うんだよね。自分のためにばかり使っていた。でも、有村くんは被害者ばかりか、犯罪をおかした人のためにも使っている。すごいと思うよ」

「僕がすごいんですか?」

「ええ、すごい。でも、すっごくバカ。和也さんが死んだのが、有村くんのせいだなんて絶対にない」

二人はしばらく黙り込んだあと、顔を見合わせて静かにほほ笑んだ。

少し元気が出て立ち上がろうとしたとき、彼女は夜空を見上げてつぶやいた。

「十代の頃、父が家を出て行ったの。それ以来、話をしていない。有村くんが鹿児島に帰ったら、同じように話をしなくなるのかなあ」

どうしてお父さんと自分を並べるのか、気になった。聞こうとしたところに、店から久我が出てきて、それきりになっている。

けさは部屋の掃除もした。寮の敷地に入ったとき、ごみ収積所に目がいった。昇任試験の教本や問題集を捨てたのだ。ほかの住人に気づかれないように雑誌や漫画の間に挟んで、資源ごみの回収場所に置いた。

去年試験に落ちたあと、勤務の間をぬって怠りなく勉強を続けてきた。とくに問題集のほうは苦手な刑訴法規を頭にたたき込むべく、赤いペン字で空白の部分をぎっしり埋めたものだ。思い入れの強いものだったが、警察への未練を断ち切ろうと、えいやと捨てたのが洗濯に向かう前のことだ。

たたきで運動靴を脱いでいる途中に携帯が鳴った。高校野球部の同級生、下園からのビデオ通話だった。画面に触れると日焼けした顔が現れ、あいさつもなく言った。

「ケガは治ったか」

「この通り、ぴんぴんしとる」

「よかったの。じゃっどん、こんどは入院中に連絡せんか。見舞いなら東京に行く口実になる」

有村は笑顔を返しながら聞いた。

「メール見たか」

「おう、見た、見た。横浜税関の竹下さんとジョシュアくんやな」

下園の実家が営む道の駅から、桜島大根の初物を有村の名で送ってもらうよう頼んでいたのだ。

「代金はこんど会ったときでいいか？」

「いらんわい。おまえへの見舞いにするから、払わんでいい」

有村はちょっと言葉に詰まって、ありがとうと返した。

「でもなあ、犬は大根なんか食わんぞ」

「そういえばそうじゃ」

互いの顔を画面いっぱいにして笑った。

下園がふいに聞いた。

「おまえのところの兄ちゃん、いつ帰ったと？」

「は？　何のことだ」

「畑に出とるとこ、最近よく見るぞ」

「畑って、うちの畑か」

「そうじゃ。人んちの畑におったら泥棒やろうが。うちのパートさんに、兄ちゃんの同級生がいてな。居酒屋辞めて帰ってきたって喜んどった。兄ちゃん、相変わらずモテモテじゃのう」

「うそだ」

「アホッ、不良はもてよるんじゃ」

「そげん話じゃない。兄貴は本当に畑に出て仕事してるのか」

「誠司、お前まさか、知らんかったんか？」

有村は電話を切って、しばし茫然とした。はっと気がつき、寮の階段をとことこと駆け下りた。だが、収集車は下園と話している間に行ってしまったらしい。資源ごみの回収場所はがらんとしてコンクリートの地肌のみを見せていた。

いつだって、ぎりぎりのところで運がない。

倉沢が参道裏手の団子屋から雷門に戻ったとき、久我は横一列に笑顔を連ねるご婦人方を前に腰をかがめ、「はい、チーズ」と明るい声色でシャッターを切るところだった。カメラを返すなり、不機嫌な顔を向けてきた。

「おい、よく先輩を十五分も待たせられるな」

「だって団子屋のおじさんが焼きたてを持ってけって言うから、待ってたんです」

「今のが二組目だぞ。ここは観光地だから、突っ立ってるとカメラマンにされるんだ」

「ふふっ、久我さん、いいことしましたね。浅草観光に貢献してます」倉沢は少しも悪びれることなく言った。

二人はランチのあと、参道を区検に向かって歩いた。秋らしく空はすっかり高くなっていた。浅草寺境内では東京大空襲を生き延びたという大いちょうが黄色に色づく。

本庁にも変化はあった。武藤らの事件は刑事部から公判部に担当が移り、裁判の準備が始まろうとしていた。性被害専門の弁護人、田代秀美の動きも公判部経由で伝わってきた。

武藤のレイプ映像は存在した。アダルトサイトに一般視聴者からの投稿としてアップされており、見た者によれば、顔はモザイクでぼかしてあるものの、声や顔の輪郭で彼女とわかるのだという。相手が誰かまではわからない。

練馬のクリーニング店の奥さんの話は、誰かが映像を見て広めたうわさではなかったかと倉沢は思った。

「久我さん、公判部は慌てているそうですよ」

「らしいなあ。田代さんは分離公判を申し立てたそうだ」

分離公判は共犯者を別々の法廷で審理する措置で、被告人の利害が対立する場合に認められる。

田代は裁判所、検察、弁護人が公判に向けて話し合う三者協議の席で、レイプ被害を訴え、証拠として映像のコピーを提出した。モザイクのない映像をばらまくと松井に脅され、犯行に協力せざるを得なかったという主張だ。

田代の尽力によって映像は投稿サイトから削除された。事件がかまびすしいほど報道される裏で、ひそかに運営業者と交渉したという。そこに骨を折らなければ、映像は弁護方針が外に知れたとたん拡散することは目に見えている。

倉沢は田代の隠密《おんみつ》行動に感心する一方、複雑な心持ちになった。罪から逃げるための周到な自作自演ではないかという疑念は膨らむばかりだった。武藤と松井はどんな関係か、目の当たりにした人間以外はわかるはずはない。

久我に聞いてみた。

「私、武藤って女がさっぱりわかりません。頭がいいのか、おかしいのか。強盗や金塊の密輸にしても、欲が深いのか、スリルを楽しんでいるのか。人間は不可解なんて言葉でかたづけてしまうと、何か悔しいんですよね」

先輩検事は首を傾げたあと、ぽつりと言った。「事実ってものは真実のほんの一部なんじゃないか」

「えっ、どういうことですか?」

「おれたちは証拠を積み上げて事実を立証するのが仕事だが、大概、それ以外はわからないことばかりだ」

倉沢は何となく頷いた。「真実は常につかまえきれないということでしょうか」

「ああ、そう思う。だって、何でもかんでも調べてわかるんだったら、真実なんて言葉はいらないだろう?」

この頃では、罪を押しつけられる形勢となった松井の弁護団もにわかに忙しくなっている。記者会見に引っ張り出されたのは、ボクシングジムの渡瀬省造だった。

彼は松井にパンチドランカーの症状が見られたため、スパーリングなどのリングに立つ仕事はさせず、用具係に専念させていたと明かした。強盗や金の密輸に見られる入念な計画を立てたのは武藤で、松井は従う立場にあったとする弁護団の主張に手を貸すことにしたらしい。「武藤さん、どうか、あいつだけのせいにはしないでください」とカメラに向かって呼びかけた。

裁判の行方をあれこれ想像していたとき、ふいに久我に聞かれた。

「そういえば、有村が松井の携帯を借りたときに盗み見た番号は、武藤のプリペイド携帯だったのか?」

倉沢は首を横に振った。「わかりません。私たちが事件を下ろされてから、誰も調べてないでしょうから」

「その番号を、松井の弁護団に教えた者がいるらしいぞ」

ドキッとして久我を見上げると、薄く笑んでいた。彼はそれ以上は何も聞かなかった。しばらく無言のまま歩いた。

浅草寺の角を曲がると、区検の前庭が見えてきた。倉沢はこの道を久我が通うのはいつまでだろうかと思った。

「久我さん、辞表をもう書いたんですか」

「ああ、書いた。だが、まだ提出していない」

「やっぱり常磐さんの事務所に行くんですね」

久我は首を縦に振った。「倉沢、おれの気のせいかもしれないが、さみしそうだな」

倉沢は慌てたそぶりで打ち消した。「なっ、なに言ってるんですか、久我さん、私だって春が来たら地方に転出しなきゃならない。さみしいなんて思うわけないじゃないですか」

「そうはっきり否定されると、ムッとするなあ」

久我は言葉を継いだ。

「なあ、本当は不安なんだろう。ここにいるにしても、地方に行くにしても」

心の内を見抜かれたと思った。たまには先輩に敬意を表して観念することにした。「はい、おっしゃる通りです。私、自信をなくしました」

「ほう、めずらしく弱気だな。さては懲りたんだろう。身に危険が及ぶような失敗までして」

武藤に蹴られ、松井に殴られそうになったときのことは時々夢に出てくる。

「懲りました。またバカやるんじゃないかって心配です。人の言うことが聞けなくて、無鉄砲で、感情的で、短絡的で……」

「なんだ、自分のことをよくわかってるじゃないか。説教はいらないな」

「私、いい検事になりたいんです」

「だいじょうぶだ」

「は？」

「だいじょうぶだと言ったんだ。いい検事になれる」

倉沢は黙って耳を傾けた。

「自信などなくす必要はない。事件にガツンと向き合うのはきみのいいところじゃないか。これまで通り、自ら熱量を上げて仕事に取り組んでいけばいい」

一言一句が心に染みた。

「ただし……」

久我はそこで言葉を切り、黙った。

「ただし、何ですか」

「おれのは少数意見だと思う」

倉沢はこけそうになった。

「ああ、もう、しみじみと聞き入って損した」

久我は控えめな笑みを向けてきた。

「おれも、いい検事になりたい。いや、待てよ。なりたかった……か」

多香子が出血大サービスと言って買ってくれた新調の背広は、まだ体にしっくりこない。ワイシャツのカラーがパリッとしすぎているせいもある。きつく締めたネクタイもなじめる気がしなかった。だが、きょうは人生の晴れの日である。久我は身なりにも心にも緩みは禁物だと身を引き締めた。

季節は流れ、春が訪れた。倉沢は三月の声を聞くとともに新天地、鹿児島地検へと旅立っていった。偶然にもそこは有村の故郷だ。彼は警視庁に残ることにしたそうだが、細い一本の糸でわずかにつながっているところが恋の神様のいたずらなところだ。その糸が赤いかどうか、あるいは色を染めていくのは彼ら自身だろうと久我は思った。

東京駅を出ると、花粉の混じる風に吹かれ、鼻がむずむずした。二重橋法律事務所は常磐春子に身も蓋もない説教をくらったパレスホテルの隣のビルにある。久我はティッシュで洟をかみながら、常磐の執務室のある高層階を仰ぎ見た。

〈弁護士　久我周平〉と表示するプレートを作り、一室に掲げたと常磐から連絡をもらって事務所を訪ねたのは、年明けのことだった。以来、彼女とは会っておらず顔を見るのは三か月ぶりになる。

エレベーターから降り、ふかふかの絨毯《じゅうたん》を歩んで理事長室に入った。常磐はソファに足を組んで座り、書類に目を落としていた。ティーテーブルに茶器はなく、企業の財務会計資料とわかる紙束が積まれていた。

「精が出ますね。ブツ読みですか」

久我があいさつ代わりに尋ねると、彼女はじろっとにらみをきかせた。

「あんたのせいで、特捜検事に逆戻りだよ。いい部下に恵まれなくてね」と皮肉を言われた。前回の訪問時、検事を続けると腹に決めたのはエレベーターの中にいたときのことだった。そして使用されないままに部屋の名札が捨てられるのは、これで二回目となった。

「まさか、久我くんに逃げられるとは思わなかった。個室まで用意したんだぞ」

「その節はすみませんでした」

久我がこくりと頭を下げて謝ると、「もういいよ、そこにお座り」と、さばさばした声が返ってきた。

常磐はそのとき、久我の服装が見違えるようにきちんとしているのに気づいた。「きょうはずいぶんおしゃれじゃないか……あっ、そうか、娘さんの入学式なんだね」

「きょうは休みを取りました」

「あら、言ってくれればよかったのに。こっちは会うのがいつでもかまわなかったんだから」

「いえいえ、式までに時間は十分にあります。気にしないでください」

常磐は一安心したようで、笑顔に戻った。

「で、私に用事とはどんなことですか？」

「そうそう、特捜部とのけんかにカタがつきそうなんだ。あなたにも話しておこうと思ってね」

「高津さんの事件ですか？」

彼女は頷いた。

「久我くんを巻き込んで嫌な思いをさせたからさ」

「そのお顔だと、けんかには勝ったんですね」

「勝ったかどうかねえ」常磐はそうつぶやくと、少し考えた後にぼやくように言った。「複雑な気持ちでいるよ。私も元特捜検事だからさ」

特捜部は高津を脱税で起訴したものの、その先に進めなかった。政界捜査を断念したと通告してきたという。

「押収資料はすべて返すってさ。取りに来いって言うんだ。あいつら、負けても威張ってるんだな」

「つまり、事件は脱税止まり。何も出て来なかったということですね」

「福地はよほどトサカにきたらしい。とち狂って、常磐が書類を捨てさせたからだ、証拠隠滅で逮捕しろと言ったとか。部下の誰一人として真に受けなかったそうだけど」

久我は遠慮なく聞いた。

「隠滅したんですか?」

「まさか、私は正々堂々と被告人の権利を守っただけ。法の範囲でね」

常磐は不敵な笑いを浮かべたまま、脱税事件に話題を移した。

「裁判を前に、いよいよ証拠が開示されたんだ。そこでわかったのは、高津さんは自白なんてしてなかったということだ」

「例の裏金について、公訴時効にかからない近々の所得だと高津氏が認めたから、特捜部は逮捕に踏み切ったのではないのですか?」

「それが中途半端なものだったんだよ」

常磐によると、供述調書の所得隠しを認めた部分には〈七年以内に得た資金も含まれていて、おかしくない〉と書かれていたという。

「何が、おかしくない、だい。推測じゃないか。含まれる、という表現にしてもおかしい。含まれていたら、脱税額は百円でもいいってことかい？」

常磐は一刀両断に切り捨てた。

自白か否かは、調書の評価によるところが大きい。裁判では判事が心証で自白と受け止めれば自白となる。逆に、心証でそう見なさない場合は否定される。取り調べをする者と、される者が向き合って長い時間を過ごし、ぎりぎりの折り合い点を見つけた結果として作成される調書もある。その場合は往々、自白と否認のどちらにも受け取れる文言で埋まっていることが多い。

ただし検事の立場からみると、否認事件は調書に署名させることさえ難しい。久我はそこまで行き着いた取調官の技量には敬意を払うものの、自分なら取らない供述だと思った。自白、否認、見方によって色を変える玉虫色の調書である。恐らく田中博はそれを取ることができなかったから担当を外されたのだ。

常磐はふと表情を曇らせた。

「私は勝ったよ。だけど、残念だね」

「どういうことですか」

「事件が政界に伸びれば、再契約してまたまた着手金がいただけるだろ？」

久我が目を見張ると、彼女はしてやったりという顔をした。

「冗談だよ」

相好《そうごう》を崩して言った。

「私はそこまで腐っていない。高津さんが大金を隠し持っていたというのは不名誉な事実だ。福地が出世欲にかられて手を突っ込んできた事件であったとしても、私は正義がなされるのが一番いいことだと思っている。だけど、それにストップをかける仕事をしていると、身を裂かれる思いがするけどね」と胸の内を吐露した。

久我は聞いてみた。

「捜査が先に伸びなかったことで、福地さんは責任を問われるのですか」

「まさか。誰も問わないだろ？　高津さんに嫌疑があったのは事実だから……まあ、福地は気に入らないけど、私は難しい事件に怖《お》じ気《け》づいて何もしない特捜部ではあってほしくない。ヤメ検が商売あがったりになっても困るしね」

ややあって彼女は思い出したように言った。

「そういえば、小橋が面接に来たよ。採用してくれって」

「小橋克也ですか」

「ああ、ずうずうしい男だね。私が久我くんに目をかけているのは知ってたろうに」

小橋は武藤、松井を殺人容疑で誤認逮捕したことの責任を問われ、主任検事の役を解かれた。しばらく刑事部内で久我と同じく略式案件の処理という底辺の仕事に回されていたが、年が明ける前に辞表を出して検察を去った。

常盤は続けた。

「あいつは組織を恨んでた。だから、弁護士業界のなかで最も検察と厳しく対峙している私のところに来たんだよ。検察に敵意を見せれば採用されると思ってんだね」

「ある意味、たくましい人間ですね。逆境を生きる糧《かて》に変えようとしている」

彼女も異論はないようだった。

「あの男、どこかの事務所が拾うよ。遠慮なく検察に挑みかかるだろうし、頭もずるがしこく回りそうだ。この世界では、あんなのが這い上がってくるんだろう」

そうつぶやくと、常盤は急に改まり、久我の顔をじろじろと眺め回してきた。

「さて、次は久我くんの話だ。正直に教えてくれない？」

「いったい、何ですか」

「私のスカウトを断った理由だよ」

「検事を続けたいからです」

「それは前に聞いたよ。それだけじゃないだろう。私のようになりたくないからじゃないのか？」

「おっしゃる通りです。身を引き裂かれたくない。弁護士業は向かない」

それ以上は語らなかったが、心の底には少年の頃の記憶があった。法が裁かれる人に与えた正当な権利とはいえ、父を死に追いやった世の汚れた部分の弁護はどうしてもできないという感情がやはり小さくはなかった。だが、そんな気持ちの遥か上に見つけたのは、私心を切り離して仕事をしてきた十数年が悪くない時間に思えたことだ。

「よし、わかった。すっきりした。私は久我くんをあきらめる」

常磐はきっぱりと言い、書類との格闘に戻っていった。

久我はゆっくりした足取りで外に出て行くと、ビル街の空を見上げた。街路樹から漂う緑の匂いを胸一杯に吸い込んだ。

あの歌はもう聞こえなかった。

本作品は、第3回警察小説大賞を受賞した同名作品を大幅に加筆、修正して単行本化しました。

この物語はフィクションであり、作中に登場する人物、団体、事件等はすべて架空のものです。

なお、映画に関する記述に関しては、和田誠著『お楽しみはこれからだ　映画の名セリフ』（PART1～7、文藝春秋）を参考としました。

直島 翔（なおしま・しょう）

一九六四年、宮崎市生まれ。立教大学社会学部社会学科卒。
新聞社勤務。社会部時代、検察庁など司法を担当。
本作品にて作家デビュー。

転がる検事に苔《こけ》むさず

二〇二一年九月一日　初版第一刷発行
二〇二一年十一月二十七日　第二刷発行

著者　直島　翔
発行人　飯田昌宏
発行所　株式会社　小学館
〒一〇一－八〇〇一
東京都千代田区一ツ橋二－三－一
電話　〇三－三二三〇－五五九四
販売　〇三－五二八一－三五五五

DTP　株式会社昭和ブライト
印刷　凸版印刷株式会社
製本　株式会社　若林製本工場

 ISBN978-4-09-386617-0